Sweet Suffering

C. R. SCOTT

Sweet Suffering

NEU ENTFACHTE LEIDENSCHAFT

ROMAN

PASSENDER SONG ZUM BUCH

Morten – Beautiful Heartbeat (Deorro Remix)

Für Randy. Geht's noch?

Deutsche Erstausgabe 2018, 1. Auflage
ISBN-13: 9781717984890

C. R. Scott, c/o Papyrus Autoren-Club, R.O.M. Logicware GmbH,
Pettenkoferstraße 16-18, 10247 Berlin
Umschlaggestaltung: Sarah Buhr – Covermanufaktur
Bildmaterial: conrado – Shutterstock
Korrektorat: Sabine Wagner
Endlektorat: Emily West
Gute Fee: Claudia Gerschwitz
Dank gebührt auch den offiziellen Testlesern der Autorin sowie
Lana Stone und Peter Bold für ihre Unterstützung.
Druck: Amazon Media EU S.à r.l., 5 Rue Plaetis, L-2338, Luxembourg

www.crscott.de

Nach einer Idee von Britta Horriar-Haupt.

Dieser Roman erschien zuvor auszugsweise bei Snipsl. Mit der Snipsl-
App können neue Romane vorab angelesen und kommentiert werden.
Dies betrifft teilnehmende Autoren, zu denen C. R. Scott zählt.

PROLOG

VIVIEN

»Nicht, Matt! Das dürfen wir nicht.« Ich komme aus dem Lachen nicht mehr heraus. Immer wieder muss ich mir die langen, dunkelbraunen Strähnen aus dem Gesicht streifen, damit sie bei meinem Lachanfall nicht in meinem Mund landen. Diesen Zustand habe ich *ihm* zu verdanken – wie so oft. Zwischendurch spiele ich die Entsetzte, was mich nur noch mehr zum Kichern bringt. »Oh Gott, nein! Lass das, sonst kriegen wir noch Ärger.«

»Ich hab's gleich«, erwidert er nur und fummelt konzentriert weiter am Zaun herum. Dabei scheint ihm nicht bewusst zu sein, wie heiß ich ihn finde, wenn er sich voll und ganz in eine knifflige Aufgabe verbeißt.

Fürsorglich beuge ich mich zu ihm herunter und lege die Hand auf seine breite, durchtrainierte Schulter. »Dann mach schneller, sonst erwischt uns noch jemand.«

»Und was dann?«, will er wissen und grinst mich frech an. »Wir haben beide perfekte Noten und stehen kurz vor dem Highschool-Abschluss. Soll der Direktor uns etwa suspendieren?«

Da mache ich große Augen und kriege einen Schreck. »Genau das, Matt. Ja, genau das!« Ich komme näher und flüstere ihm ins Ohr: »Wenn wir nicht aufpassen, fliegen wir noch von der Schule.«

Gelassen winkt Matthew ab, ehe er die Hand wieder gebraucht, um die aufgebrochene Stelle am Zaun zu vergrößern. »Quatsch, hier ist doch niemand«, meint er. »Außerdem muss man ab und zu auch etwas riskieren, Viv.«

Unter einem Grinsen führe ich meinen Mund an seine Wange heran. Behutsam nähere ich mich ihm und genieße es, mir dabei Zeit zu lassen. Schon merke ich, dass ihn meine sinnliche Geste ablenkt. Leicht zuckt er zusammen, laut atmet er aus. Im nächsten Moment drücke ich ihm einen zärtlichen Kuss auf die Wange. Mehrere Sekunden lang spüren meine Lippen seine Haut, seine Wärme.

»Willst du, dass ich mir eine Verletzung zufüge?«, fragt er, gefolgt von einem Lächeln.

Matthew hält den Blick auf den grauen Draht gerichtet, doch ich spüre genau, dass er in diesem Augenblick nur noch an mich denkt. Seit drei Jahren sind wir nun schon zusammen. Er, der beliebte Footballspieler, und ich, der geheimnisvolle Bücherwurm. So verschieden wir sind, so tief sind unsere Gefühle füreinander. Matthew ist meine erste große Liebe. Vor ihm hatte ich keinerlei Erfahrungen mit Männern. Er kennt mich wie sonst niemand – und ich ihn.

Wieder drücke ich sanft meine Lippen an seine Wange.

»Ernsthaft, Viv«, entgegnet er lachend. »Was soll das werden? Du hast doch gesagt, ich soll mich beeilen.«

Mein Grinsen wird breiter. »Aber wenn hier niemand ist, wie können wir dann etwas riskieren?«

»Die Ungewissheit, Viv. Die macht es aus. Es könnte ja theoretisch jede Sekunde irgendwer um die Ecke kommen.«

Panisch sehe ich mich um. »Bitte nicht!«

Amüsiert lacht er. »Mach dir keinen Kopf, ich habe alles im Griff.« Er rüttelt am Zaun, lässt den Draht seine immense Kraft spüren und ächzt auf. »Gleich ist es geschafft.«

»Ach ja?«, flüstere ich und führe meine Lippen zu seinem Ohrläppchen. Schon wirft sich mein heißer Atem gegen ihn.

Plötzlich zuckt er zusammen. »Au, verdammt!« Matthew zieht den Finger vom Zaun zurück und fährt mit der Zunge darüber.

»Was ist? Oh Gott, du blutest ja!« Ich nehme seinen Finger und umschließe ihn mit der Hand. Vorsichtig puste ich auf die Wunde. »Tut mir leid, das wollte ich nicht.«

Doch Matthew antwortet zunächst nichts. Deswegen sehe ich ihm wieder in die braunen Augen. Als ich seinen ernsten Blick auf mir bemerke, bekomme ich Gänsehaut. Tief sieht er mir in die Augen.

»Das ist gelogen«, sagt er schließlich nüchtern, auch wenn sich ein Lächeln auf seinen verführerischen Lippen andeutet.

»Was?«

Nun lässt er das Lächeln frei. »Dass es dir leidtut, ist gelogen, Viv. In Wahrheit macht es dir doch Spaß, mich mit einer simplen Bewegung aus dem Konzept zu bringen.«

Mit großen Augen sehe ich ihn an. »Und wenn es so wäre?«

Sein Lächeln wird breiter. »Tja. Du bist eben nicht so brav, wie du mit deinem Pferdeschwanz und der Brille immer tust.«

»Was soll das jetzt wieder heißen?« Grinsend gebe ich ihm einen Klaps gegen den muskulösen Oberarm.

»Nichts«, erwidert Matthew sogleich und zieht mich zu sich. Er schließt mich in die Arme und drückt mich fest an sich. »Ich bin ja froh, dass sonst kein Idiot auf unserer Schule kapiert, was für ein süßes, lebensfrohes Mädchen sich hinter der großen Brille versteckt.«

Sanft drücke ich ihn von mir weg, aber nur so weit, dass ich ihn wieder ansehen kann. »Ich liebe Hornbrillen, auch wenn mit meinen Augen alles in Ordnung ist. Das weißt du.« Mit diesen Worten stupse ich ihn an der Nase an.

»Ja«, flüstert er. »Du lässt dir von niemandem etwas vorschreiben. Und das liebe ich so an dir.«

Damit bringt er mich zum Strahlen. »Und du bist unter all den Idioten hier mein Lieblingsidiot, Matt.«

Nun ist er derjenige, der den Entsetzten spielt. »Lieblingsidiot?!«

»Hey, *du* hast angefangen, von Idioten zu sprechen.«

Beide lachen wir.

Ich senke den Kopf und will Matthews Wunde prüfen, da legt er den Finger unter mein Kinn. Sanft drückt er es hoch und zwingt mich so, ihn wieder anzusehen. Ein weiteres Mal bekomme ich Gänsehaut, als ich die Entschlossenheit in seinen braunen Augen bemerke.

»Und wie soll ich dich bestrafen, Viv?«

Ich muss schlucken. »Bestrafen? Für die Bezeichnung *Lieblingsidiot*?«

»Die auch, ja. Ich habe eigentlich von meiner Schnittwunde gesprochen. Aber jetzt, wo du es sagst – ich muss dich eigentlich direkt für zwei Dinge bestrafen.«

Daraufhin werfe ich ihm einen Blick der Verunsicherung an den Kopf.

»Willst du bestraft werden, Viv?«

Der Blick der Verunsicherung verwandelt sich in einen Blick der Erwartung.

Ja, Matt. Ich will bestraft werden. Von dir – und sonst von niemandem. Eben von meinem Lieblingsidioten.

Ich hole Luft, um zu sprechen. Doch plötzlich fällt ein Stück Draht aus dem Zaun und landet auf dem Boden. »Oh, du hast es geschafft!«, entfährt es mir auch schon.

Auch Matthew bewundert sein Werk. Tatsächlich hat er es hinbekommen, den defekten Draht so weit aufzubrechen, dass wir nun hindurchschlüpfen können. Er reicht mir seine Hand und schenkt mir sein bezauberndstes Lächeln. »Bereit?«

Voller Neugier und Euphorie nehme ich sein Angebot an und lege meine Hand in seine. Matthew geht voraus und steigt durch das Loch, das er gerade für uns geschaffen hat. Dabei hält er mich fest und zieht mich hinter sich her.

Als ich durch den Zaun steige, schießt mir das Adrenalin ins Blut. Normalerweise bin ich die brave Musterschülerin, die sich strikt an die Vorschriften hält. Mein perfekter Notendurchschnitt ist hart erarbeitet, weil ich immer alle Hausaufgaben gemacht habe, mir den neuen Lernstoff zu Hause nochmals ansehe und mich im Unterricht stets melde.

Matthew dagegen scheinen die guten Noten nur so zuzufliegen. In den drei Jahren, die wir nun zusammen sind, habe ich ihn jedenfalls noch nie wirklich pauken sehen. Englisch, Mathe, Biologie? Egal. Ihm liegt einfach alles. Außer Kunst vielleicht, da ist er eher mittelmäßig. Aber das interessiert ihn auch nicht weiter. Sport ist da schon eher sein Ding, kann man sagen. Und in Sport ist er mehr als gut. Um nicht zu sagen: verdammt gut. Mehrmals die Woche trainiert er seinen stählernen Körper. Und beim Football macht ihm keiner etwas vor. Kein Wunder, dass er zum vierten Mal in Folge zum

Captain seiner Mannschaft gewählt wurde. Matthew ist witzig, charmant, attraktiv und einer der beliebtesten Typen auf unserer Highschool. Wohl auch, weil er trotz all seiner Vorzüge so bodenständig geblieben ist.

»Hey, was ist?«, fragt er, weil ich stehen bleibe und mich in Gedanken verliere. Dann lässt er mich los, allerdings nur, um mich in der nächsten Sekunde an der Taille zu umklammern. »Hast du Angst?« Ein freches Grinsen ziert sein perfekt gezeichnetes Gesicht und soll mich herausfordern.

»Ein bisschen«, gebe ich verlegen zu. »Du weißt, ich mache so etwas normalerweise nicht.«

Sein Grinsen wird breiter und er nimmt mich wieder an die Hand. »Ja, Viv. Normalerweise. Jetzt komm.« Er zieht mich weiter hinter sich her, ohne zu fest zuzudrücken.

Ehrfürchtig sehe ich mich um. »Ich war noch nie bei Nacht auf dem Schulgelände. Wenn es hier so still und dunkel ist, wirkt das Grundstück richtig unheimlich.«

»Quatsch«, sagt er wieder. »Ich bin doch bei dir. Was soll da passieren? Es sei denn natürlich, uns greifen Vampire an!«

»Das ist nicht witzig, Matt!«, mosere ich, mache mich von ihm los und schubse ihn – weil ich weiß, dass er das bei seinen Muskeln kaum spürt.

Tatsächlich kann er über meinen kläglichen Versuch, ihm Konter zu geben, nur amüsiert grinsen. »Du bist süß, wenn du versuchst, mich umzuhauen, Viv.«

Da muss auch ich lachen. »Ja, ich weiß.«

Wir schlendern über den verlassenen, unbeleuchteten Schulhof. Wieder spüre ich Angst in mir aufsteigen. Doch ein einziger Blick in Matthews Richtung kann mich beruhigen. Er ist für mich da. Er ist mein Fels in der Brandung. Mit seiner Kraft, aber auch mit seiner Gelassenheit und mit der Frohnatur, die er nun mal ist.

Wie sind wir überhaupt zusammengekommen, obwohl wir doch in völlig verschiedenen Welten leben?

Tja.

Eines Tages, vor drei Jahren, kam er in die Bibliothek und wollte sich ein Buch über Van Gogh ausleihen, um sein Wissen für den Kunstunterricht zu erweitern. Statt sich von der Lehrerin an der Rezeption beraten zu lassen, kam er zu mir und sprach mich an. Das schüchterte mich als introvertierten, fünfzehnjährigen Nerd zunächst vollkommen ein. Unser erstes Gespräch verlief daher holprig – und das war meine Schuld. Immer, wenn Matthew mich etwas fragte oder einen Witz machte, stand ich nur beschämt da und lächelte wie ein Idiot in die Gegend. Ich konnte ihm nicht einmal direkt in die Augen sehen, so nervös machte er mich. Aber Matthew ließ sich nicht abwimmeln. Immer wieder kam er daraufhin in die Bücherei und wich mir nicht mehr von der Seite. Im Grunde war es nur eine Frage der Zeit, bis ich seinem Charme erlag. Als ich dann auch noch merkte, wie ernst er es meinte, verlor ich mein Herz an ihn und wir wurden ein Paar. Er liebte angeblich die brave Art an mir, aber auch, dass ich diese mal vergessen konnte. Und ich – ich liebte unter anderem, dass er diese Seite an mir entdeckt hatte und wecken konnte. Noch heute kommt es mir manchmal so vor, als würde er mich besser kennen als ich mich selbst. Ich bin gerne der Bücherwurm und eine Streberin. Aber erst durch Matthew ist mir klar geworden, dass es auch schön sein kann, sich mal fallen zu lassen.

»Also«, sage ich voller Tatendrang. Ermutigt von Matthews Gelassenheit, sehe ich mich um. »Welchen nehmen wir?«

Er bleibt stehen und blickt umher. Laut atmet er dabei durch. Heimlich beobachte ich, wie sich seine breiten Schultern heben und wieder senken.

»Den ganz links«, beschließt er dann. »Der sieht gut aus.«

Gesagt, getan.

Der Schulhof grenzt an einen öffentlichen Park an. Vor dem Zaun stehen drei Holzbalken, die fest im Boden verankert sind und den jüngeren Schülern als minimalistischer Spielplatz dienen. Sie stehen zu weit vom Zaun weg, um sie vom Park aus zu erreichen. Man muss schon auf dem Schulgelände sein, will man sie berühren. Wir begeben uns zu dem Balken, der ganz links steht. Hier wollen Matthew und ich uns verewigen. Und zwar auf der Seite, die dem Zaun und dahinter dem Park zugewandt ist.

Während ich Schmiere stehe, zückt mein Angebeteter sein Taschenmesser und geht in die Knie. Dann beginnt er, seine Initiale *M* ins Holz zu ritzen. Angespannt sehe ich mich zu allen Seiten um. Ich liebe den Adrenalinkick, den unser kleiner Einbruch mir verpasst. Für manch anderen Schüler mag das keine große Sache sein. Aber für mich ist das hier gerade das größte Abenteuer meines Lebens.

»Und das macht dem Holz nichts?«, frage ich Matthew besorgt.

»Wie gesagt. Dieser Baum ist sowieso zerstückelt und tot.« Konzentriert ritzt er weiter.

Ich verschränke die Arme. »Nicht sonderlich romantisch, oder?«

»Soll das ein Scherz sein? Was wir hier gerade machen, ist für die Ewigkeit gedacht. In vielen Jahren kommen wir wieder her und sehen es uns an.«

»Ja, ich weiß. Aber beeil dich, okay? Ich werde langsam nervös.«

Charmant lacht er. Mehr antwortet er mir nicht.

Ich grinse. »Hey. Sieh zu, dass du fertig wirst. Sonst komme ich noch auf dumme Ideen und finde wieder Gefallen daran, dich abzulenken.«

Er sendet mir einen verliebten Blick zu und seufzt. »Das solltest du besser sein lassen, solange ich mit einem Messer hantiere.«

»Auch wieder wahr.« Nach einem Seufzer sehe ich mich wieder um und prüfe, ob uns auch niemand beobachtet.

»Wollen wir morgen eigentlich ins Kino?«, höre ich Matthew plötzlich fragen. »*Fluch der Karibik* ist diese Woche angelaufen und ich würde dich gerne einladen, Viv.«

»Hm?!« Verwundert wende ich mich wieder ihm zu.

»Was, *hm?!* Ich möchte, dass du dir diesmal auch ein Popcorn gönnst, statt mir immer nur meins wegzuessen.«

»Nein, das meine ich nicht. Aber kannst du dich nicht bitte erst mal auf unser Kunstwerk konzentrieren. Ich muss gestehen, dass ich nun doch sehr nervös bin, Matt.«

Da schenkt er mir sein umwerfendes Lächeln und drückt mir einen schnellen, aber kräftigen Kuss auf den Mund. »Ich bin doch längst fertig.«

»Was?« In meiner Neugier trete ich näher an den Holzbalken heran und gehe in die Knie. »Oh, du hast ja sogar schon das Herz reingeritzt!«

»Jetzt fehlt nur noch deine Initiale. Die musst du schon selbst unterschreiben.« Nach diesen Worten reicht er mir das Messer und sieht mir tief in die Augen.

Vorsichtig nehme ich das Taschenmesser an mich und mache mich ans Werk, das *V* hinter *M +* zu ergänzen.«

»Beeil dich«, triezt Matthew mich. »Langsam werde *ich* nervös.«

Da muss ich lachen. »Sehr witzig. Als wenn ich dich schon mal nervös erlebt habe.«

Als ich fertig bin, richte ich mich wieder auf und gehe einen Schritt zurück. Dann betrachte ich das Kunstwerk. Matthew tritt dichter an mich heran und lehnt den Kopf gegen meinen.

Zufrieden atme ich durch. »Sieht gut aus.«

»Gut?«, wiederholt er ungläubig. »Das ist der absolute Oberhammer.«

Damit bringt er mich ein weiteres Mal zum Strahlen.

Matthew nimmt mich in den Arm. »Was wir hier gerade getan haben, symbolisiert unsere Liebe.«

Als ich das höre, komme ich aus dem Strahlen gar nicht mehr heraus. »Ja.« Mehr erwidere ich darauf nicht. Denn damit ist alles gesagt.

Und doch kann er seine Bemerkung noch toppen: »Unsere ewige Liebe.«

Nun kann ich nicht mehr anders und schlinge meine Arme um seinen Hals. Ich setze einen verliebten Blick auf und streichle zärtlich über sein dunkelblondes, strubbeliges Haar. »Für immer und ewig, Matt«, erwidere ich und schenke ihm einen leidenschaftlichen Kuss.

Weil ich es in dem Moment noch nicht besser weiß.

Denn wir sind jung. Wir sind naiv. Das Leben ist nun mal kein Ponyhof. Kein Disney-Film, keine Hollywood-Schnulze.

Und fünfzehn Jahre später ist alles anders.

Ganz anders.

Schon kurz nach dem Highschool-Abschluss verändert sich mein Leben auf tragische Weise.

Vollkommen unerwartet macht Matthew mit mir Schluss. Es ist, als würde mir jemand den Boden unter den Füßen wegziehen. Für mich bricht die Welt zusammen, als er sich plötzlich von mir trennt. Vor allem die Art, mit der er es macht, bricht mir das Herz. Alles passiert so schnell. Matthew ist anders als sonst, als er mir die Hiobsbotschaft mitteilt. Nüchtern. Entschlossen. Als hätte er längst mit mir abgeschlossen. Und so verbietet er mir auch strikt, um ihn zu kämpfen. Wir hatten so viele Pläne für eine gemeinsame Zukunft. Aber davon will er kein Wort mehr hören. Ohne Erklärung lässt er mich zurück. Mich und die tausend kleinen Scherben, in die mein Herz soeben zerbrochen ist.

Doch ich kann mir den Grund für unsere Trennung denken. Und spätestens einige Zeit später darf ich diesen Grund im Fernsehen sehen und in der Zeitung lesen. Matthew hat seine Chance genutzt und in Texas Karriere gemacht. Ohne mich. Oder gerade deswegen, weil er nun ohne mich ist. Ja, als ich ihm lästig geworden bin, hat er mich abgeschüttelt. Wie einen Klotz am Bein, der ihn daran hindert, zu fliegen und seinen Traum zu leben. Vorher habe ich gar nicht gewusst, dass ich seinen Träumen im Weg gestanden habe. Jedenfalls hat er mir nie das Gefühl gegeben. Er hat mich immer auf Händen getragen und auf diese Weise mein Herz erobert. Umso härter hat mich die plötzliche Trennung getroffen. Umso tiefer sitzt nun der Schmerz.

Und dann? Fünfzehn Jahre lang komme ich ohne Matthew aus. Weil ich gar keine andere Wahl habe. Er wollte es so. Ich will es mittlerweile auch. Und ich wüsste nicht, was sich daran jemals wieder ändern sollte.

1. KAPITEL

VIVIEN

Oh Mann, schon zehn vor sieben. Zeit, aufzustehen. Gähnend strecke ich alle Gliedmaßen von mir und stapfe ins Badezimmer. Nach einer kalten Dusche bin ich endlich wach und bereit für den neuen Tag. Auch heute schlüpfe ich in mein typisches Outfit: eng anliegendes Shirt, darüber ein dünnes Wolljäckchen, dazu ein karierter Rock und Stiefel. Hier in New York kann man so etwas eigentlich zu jeder Jahreszeit und zu jedem Anlass tragen. Selbst jetzt, Anfang Juli. Und das mache ich auch, in den verschiedensten Farbkombinationen. Der Pferdeschwanz und die Fake-Brille runden meinen femininen Nerd-Look ab. So laufe ich immer herum und so kennt man mich seit Schulzeiten. Im Flur greife ich mir den Schlüssel von der Kommode und ziehe die Haustür auf. Hinter mir schließe ich ab und sause auch schon die Treppe herunter ins Freie.

Draußen tauche ich direkt ins belebte Großstadtleben ein. Der Stadtteil Queens, in dem ich lebe, ist zwar nicht von so hohen Wolkenkratzern wie etwa Manhattan geprägt, aber dafür ist Queens dicht mit Wohngebäuden besiedelt. Viele, die in New York City arbeiten, wohnen in diesem Stadtteil und sind nun auch auf dem Weg zur Arbeit, so wie ich. Hier in Queens ist es immer noch teurer als in so manch anderen Städten, aber innerhalb New Yorks gehört dieser Stadtteil zu den günstigeren Flecken. Auch ich habe hier meine vierzig Quadratmeter große Rückzugsoase gefunden und habe es nicht allzu weit zu meinem Arbeitsplatz.

Gelbe Taxis, telefonierende Geschäftsleute, Straßenkünstler und Hotdog-Stände prägen auch diesen Teil von New York. Und ich bin mittendrin. Um mich herum höre ich das laute Hupen ungeduldiger Autofahrer. Hier und auf der gegenüberliegenden Seite dieser mehrspurigen Hauptstraße strömen Fußgänger über den Bürgersteig. In beide Richtungen eilen die Menschen zur Arbeit. Sie legen ihren Weg entweder komplett zu Fuß zurück, so wie ich, oder steuern die nächste Haltestelle der U-Bahn an. Und die ganz Mutigen schlängeln sich mit dem Fahrrad zwischen den Autos durch den stockenden Verkehr auf der Straße. Für einen Außenstehenden mag dies zu viel Trubel sein und auf den ersten Blick verrückt erscheinen. Für uns New Yorker ist das ganz normaler Alltag.

Strammen Schrittes und mit gehobenem Kopf marschiere ich über den Bürgersteig. Einen solchen Gang gewöhnt man sich schnell an – hier in der Stadt, die niemals schläft. Wer zu langsam geht oder den Kopf einzieht, wird schnell angerempelt oder sogar umgerannt. Aber auch das macht, wenn man sich einmal daran gewöhnt hat, den Charme einer solchen Metropole aus. Ich liebe New York. Hier bin ich geboren und hier lebe ich bis heute, dreiunddreißig Jahre später, wahnsinnig gerne.

Ich biege in die Nebenstraße ein, in der ich arbeite. Schon stoße ich die dunkelgrün lackierte Holztür des kleinen Buchladens auf. Die Klingel über dem Eingang bimmelt zweimal laut und die Tür knarrt, als sie hinter mir wieder zufällt.

»Hey Leute«, grüße ich in die Runde und begebe mich schnurstracks hinter die Theke.

Obwohl ich im ersten Moment niemanden sehen kann, weiß ich, dass schon jemand da sein muss. Immerhin war die Tür nicht mehr abgeschlossen. Und da heute die neuen Titel geliefert werden, rechne ich fest damit, dass sogar schon die gesamte Belegschaft im Buchladen lauert.

Tatsächlich kommen sie alle drei von hinten aus dem kleinen Lagerraum zurück.

»Hey Viv!«, meint Tanya, kommt auf mich zu und schenkt mir eine herzliche Umarmung.

»Hey Tanya«, erwidere ich, zusammen mit der Umarmung.

»Viv, hi«, ertönt hinter ihr auch Michaels Stimme. Lässig hebt er die Hand zu einem angedeuteten Winken.

»Hallo, Michael, na, alles klar?«

Er nickt. »Sicher doch. Die neuen Bücher sind eben eingetroffen.«

Sofort bekomme ich leuchtende Augen. »Wirklich, so früh?«

»Ah, guten Morgen, Vivien«, erklingt eine alte, zittrige, liebenswerte Stimme.

Ich widme ihr ein warmes Lächeln und schließe auch sie in die Arme. »Guten Morgen, liebe Betty. Schön, dich hier zu sehen.«

Sie lacht. »Na, wo soll ich auch sonst sein, wenn nicht in meinem eigenen Buchladen? Seit mein Mann verstorben ist, bin ich mit der Arbeit verheiratet. Ich habe gehört, das macht mich trotz meiner achtundsechzig Jahre zu einer modernen Frau.«

Tanya, Michael und ich lachen.

Dann fällt mein Blick auf das Buch, das sie fest umklammert vor der Brust hält.

Meine Augen werden größer. »Sind sie das?« Mit dem breitesten Strahlen bewundere ich den dunkelgrünen Einband und die goldenen Lettern, die eingestanzt sind.

»Oh ja, in der Tat.« Betty reicht mir das Buch und setzt die Brille auf, die mit einer dünnen Kette um ihren Hals gesichert ist. Im Gegensatz zu meiner Brille, ist ihre dezent gehalten. »Siehst du?«, meint sie und zeigt auf die entsprechenden gestanzten Buchstaben. »Originalausgabe von neunzehnfünfundachtzig.«

Ich nicke und betrachte das Buch voller Ehrfurcht. »Limitierte Edition anlässlich der dritten Auflage. Die schönste und beliebteste Version des Romans.« Ich sehe wieder zu ihr. »Und die anderen John Irvings sind auch da?«

Nun ist Michael derjenige, der nickt. Mit dem Daumen deutet er nach hinten zum kleinen Lagerraum. »Alle Exemplare sind angekommen und warten darauf, ausgepreist und aufgestellt zu werden.«

»Oh, ich freu mich!« Tanya klatscht voller Tatendrang in die Hände. »Ich weiß schon ganz genau, wie ich die Schmuckstücke im Schaufenster anordnen werde. Da habe ich doch freie Hand, oder, Betty?«

Sie lacht. »Aber natürlich. Zerbrich du dir darüber den Kopf, das macht dir doch immer solchen Spaß, Tanya. Wozu bezahle ich dich sonst?«

Wieder herrscht ausgelassene Stimmung im Buchladen.

Doch mit jedem Lächeln, welches die lieben Kollegen oder der Duft alter Bücher mir entlockt, schwingt auch die Angst mit. Seltene Ausgaben von John Irving mögen zwar keine Ladenhüter sein, aber die meisten Bücher, die wir hier anbieten, warten schon eine Ewigkeit darauf, einen neuen Besitzer zu finden. Das Geschäft läuft schlecht, die moderne Konkurrenz macht uns zu schaffen und die Leute scheinen ihr Interesse an alten Originalausgaben zu verlieren. Mit meinem Gehalt als Angestellte in *Betty's Little Bookstore* komme ich gerade so über die Runden – so etwas wie eine Urlaubsreise ist nicht drin. Und ich weiß ganz genau: Würde ich die liebe Betty um eine Gehaltserhöhung fragen, müsste sie ablehnen und sich dabei schlecht fühlen. Es ist so schon fraglich, wie lange der Laden noch überlebt. Der bloße Gedanke daran bricht mir das Herz. Denn von so einer Arbeit habe ich als Jugendliche geträumt. Meistens versuche ich daher, die Ängste zu verdrängen. Nicht immer gelingt mir das. Aber ein so seltenes Buch in den Händen halten zu dürfen, hilft tatsächlich ein wenig. Darauf, wie glücklich mich der Anblick und der Geruch solcher geschichtsträchtigen Ausgaben macht, will ich mich auch heute wieder konzentrieren.

Entschlossen atme ich durch. »Gut, dann packe ich die Lieferung aus.«

Und so begibt sich jeder an seinen üblichen Platz: Ich verschwinde ins Lager, Betty geht zur Kasse, Tanya entstaubt schon mal das Schaufenster und Michael prüft die Regale.

Tja.

Eigentlich sind wir für den Umsatz, den der Laden noch abwirft, zu viele Leute. Das sah vor knapp zehn Jahren, als ich hier angefangen habe, noch anders aus. Aber Betty will niemanden entlassen. Und keiner von uns will gehen ...

Schluss jetzt!, sage ich mir. *Positiv denken! Es wird sich schon alles zum Guten wenden. Also. Denk an etwas Schönes. An Peter Wright, zum Beispiel.* Diesen gut aussehenden Typen, mit dem ich auf der Straße zusammengestoßen bin, als ich mit Tanya und Michael unterwegs war. So richtig kitschig wie in einem Liebesroman.

Mir entfährt ein Seufzer. *Genau. Peter Wright.* Mit dem habe ich jetzt schon ein paar Mal telefoniert. Und was er alles über mich wissen wollte! Wo ich herkomme, woran ich glaube, als was meine Eltern arbeiten, wo ich mich in fünf Jahren sehe ... Er scheint mich wirklich kennenlernen zu wollen. Deswegen will ich ihm eine Chance geben, obwohl er so ein reicher Geschäftsmann ist und damit eigentlich überhaupt nicht zu mir passt.

Auf einmal ruft Betty nach mir. »Vivien, magst du mal kommen? Hier ist jemand für dich.«

Was? Ein Kunde, der explizit von mir beraten werden will? Das würde mir natürlich schmeicheln.

Ich erhebe mich vom klapprigen Drehstuhl.

»Es ist Peter Wright.«

Hm?! Ruckartig bleibe ich stehen und merke, wie mir das Herz in die Hose rutscht. Peter! Er ist hier? Dann werde ich wohl nicht wegen meiner Beratungskompetenz gerufen, sondern weil ich scheinbar Menschen mit meiner bloßen Gedankenkraft teleportieren kann. Das klingt verrückt, aber was könnte sonst dahinterstecken? Immerhin sind wir nicht verabredet. Moment mal, woher weiß er überhaupt, wo ich arbeite?

»Viv?«, ruft nun auch Tanya nach mir.

Da kann ich mich fangen und setze mich wieder in Bewegung. »Ja, ich komme!«

Ich. Komme.

Dass ich das eines Mannes wegen gesagt habe, ist schon ewig her.

Nun betrete ich wieder die Verkaufsfläche. Und tatsächlich steht er vorne vor der Theke und unterhält sich gerade mit Betty und Tanya! Lässig hat er die rechte Hand in die Tasche seiner Anzughose gesteckt.

Mit der anderen Hand gestikuliert er hin und wieder, um seine Worte zu untermauern. Gleich zweimal hintereinander bringt er die beiden Bücherfrauen zum Lachen. Noch immer stehe ich in der Raummitte zwischen zwei Regalen und blicke ihn an. Peter ist kein schlechter Fang, das lässt sich zweifellos sagen. Mit den blonden Haaren und den strahlend blauen Augen entspricht er optisch nicht unbedingt meinem Traummann, aber seine charmante, gelassene Art gefällt mir dafür umso mehr.

Schließlich bemerkt er mich, hält inne und dreht sich zu mir. »Oh, Vivien. Hallo.« Er schenkt mir ein Lächeln und lässt auch die andere Hand in die Hosentasche verschwinden. »Guten Morgen.«

»Guten Morgen, Peter.« Ich erwidere ein Lächeln der Verunsicherung und gehe auf ihn zu. »Was machst du denn hier?«

Da holt er die linke Hand wieder aus der Tasche seiner dunkelgrauen Anzughose hervor und fasst sich beschämten Blickes an den Kopf. »Ich habe Recherchen darüber angestellt, wo du arbeitest. Bitte entschuldige.«

»Wow«, entgegne ich beeindruckt – und auch ein wenig beunruhigt. »Wie hast du das denn herausgefunden?«

»Na ja, du hast mir erzählt, dass du in einem kleinen, alten Buchladen arbeitest. Und so viele gibt es davon ja leider nicht mehr. Außerdem hast du mal den Namen Betty erwähnt.« Kurz widmet er Michael, der am hintersten Regal beschäftigt ist, einen Blick. Dann wendet er sich wieder mir zu. »Von dort an war es nicht allzu schwer, deinen Arbeitsplatz herauszufinden.«

»Alle Achtung«, meine ich und nicke langsam. Und doch bin ich mir noch immer nicht sicher, was ich davon halten soll, dermaßen überfallen zu werden.

»Ein richtiger Detektiv«, kommentiert nun auch Tanya und wirkt amüsiert.

»Und ein Gentleman!« Bei dieser Bemerkung deutet Betty auf Peters Anzug.

Ein Anzug alleine macht einen Mann zwar noch lange nicht zum Gentleman. Aber auf Peter scheint das tatsächlich zuzutreffen. Denn seine nächsten Worte an mich lauten: »Es ist schön, dich zu sehen, Vivien. Ich musste immer wieder an unsere Gespräche denken, da konnte ich nicht anders und musste dich aufsuchen. Du bist genauso schön, wie ich dich in Erinnerung hatte.« Als er das sagt, fällt sein Blick auf den grauweiß karierten Rock, den ich heute trage.

Ich merke, wie mir die Röte in die Wangen schießt. Am liebsten würde ich mir Luft zufächern! Für einen Moment muss ich den Blick von ihm abwenden und lächeln, so verlegen hat er mich gemacht. Ist er ein Gentleman oder ein Charmeur? Vielleicht ist er beides.

»Tut mir leid, ich wollte dich nicht überfallen«, meint er dann und lächelt erneut.

Dadurch gelingt es mir, ihn wieder anzusehen und ihm ein Grinsen zuzusenden. »Hast du aber.«

Beide lächeln wir um die Wette. Und dabei sind uns die neugierigen Blicke von Betty und Tanya sicher. Mit einem Räuspern wende ich mich ihnen zu. Sofort verstehen sie die Geste und widmen sich wieder der Arbeit. Zumindest tun sie so.

Tief atme ich durch. Dabei merke ich, dass heiße Luft meinen Mund verlässt. »Bist du aus einem bestimmten Grund hergekommen?«

Peter nickt. »Ich wollte dir von dem neuen Italiener erzählen, der in Manhattan aufgemacht hat.«

»Oh«, mache ich zunächst nur und bin noch damit beschäftigt, seine Worte zu deuten.

Er hebt beide Hände. »Mach dir keine Sorgen. Ich konnte meine Beziehungen spielen lassen und habe uns einen Tisch für morgen Abend besorgt.«

In meiner Überforderung ziehe ich beide Augenbrauen hoch. »Ach so?«

»Und wegen der Preise musst du dir auch keine Gedanken machen. Ich bezahle natürlich.«

Nun falle ich gänzlich ins Schweigen. Denn irgendwie finde ich es unpassend, wenn er so etwas sagt. Auch Betty und Tanya machen nun ernste Gesichter.

»Also?«, fragt er. »Würdest du mir die Ehre erweisen und morgen mit mir ausgehen, Vivien?«

Wie angewurzelt stehe ich da. Und wahrscheinlich gucke ich gerade wie ein Auto. »Ähm ...«

Erwartungsvoll erwidert er den Blick.

Fragend blicke ich zu Betty und Tanya, doch die schauen mich genauso gespannt an und haben ihre »Tarnung« als meine Mitarbeiter längst wieder fallen lassen.

»Ja?«, hakt Peter nach.

Da zwinge ich mich zu einem Lächeln. »Na ja, wenn du extra herkommst und den Tisch eh schon reserviert hast, kann ich ja sowieso nicht Nein sagen, oder?«

Erleichtert wirft er den Kopf zurück und lacht. »Erwischt. Du hast meinen Plan durchschaut.«

Ohne das aufgesetzte Lächeln abzulegen, presse ich die Lippen zusammen.

»Gut, dann steht unser Date. Morgen, Freitagabend, um acht. Soll ich einen Chauffeur schicken oder hast du es lieber, wenn ich dich selbst abhole?«

Wieder brauche ich einen Moment, um zu schalten. »Schreib mir die Adresse. Wir treffen uns dort.«

»Sicher?«

»Klar, mach dir keine Gedanken«, greife ich seine Wortwahl von eben auf.

»Okay. Dann ...« Er überwindet die zwei Meter, die uns getrennt haben, und gibt mir einen zaghaften

Kuss auf die Wange. »Bis morgen. Ich kann es kaum erwarten.«

»Bis morgen, Peter. Ich freu mich.«

Vor Betty und Tanya hebt er die Hand für eine lässige Verabschiedung. Dann lässt er die Türklingel ertönen und verlässt den Laden.

Wie gebannt sehen die beiden ihm hinterher, als er am Schaufenster vorbeigeht. Als er aus ihrem Blickfeld verschwindet, wenden sie sich mir zu und flippen aus.

»Oh mein Gott, Viv!«, ruft Tanya und grinst. »Du bist immer so cool, wenn dich ein Mann anspricht.«

»Ja?«, entgegne ich verunsichert. »Irgendwie bin ich das nur bei Peter.«

»Vielleicht ist das ein gutes Zeichen.« Grinsend verschränkt Betty die Arme. »Du spielst die Unnahbare, um ihm zu gefallen. So habe ich das auch in deinem Alter gemacht.«

Ich schüttle den Kopf. »Nein, ich mache das nicht mit Absicht. Ich weiß auch nicht, es ist nur ... Ich habe noch keine richtigen Schmetterlinge im Bauch. Peter ist nett, aber ... Reicht das für den Anfang?«

Noch immer strahlt Tanya. »Ich weiß nur, dass sich für mich noch keiner die Mühe gemacht hat, meinen Arbeitsplatz zu stalken.«

Michael kommt mit einem Karton zu den beiden hinter den Tresen und stellt ihn in einem leeren Fach ab. »Das sollte zur Gewohnheit werden, dann kriegen wir vielleicht mehr Kunden. Hast du nicht noch mehr Verehrer, Viv?«

Betty gibt ihm einen Klaps gegen den Arm, der so sanft aussieht, dass er ihn vermutlich nicht einmal gespürt hat. »Ach, du.«

Ich verziehe den Mund. »Stimmt schon. Jemand, der so interessiert ist wie Peter, läuft einem nicht jeden Tag über den Weg.«

»Und er scheint reich zu sein«, merkt Tanya an.

Michael schüttelt den Kopf. »Als wenn das wichtig wäre.«

Daraufhin zuckt sie mit den Schultern. »Nicht wichtig, aber ein Bonus.«

Betty hingegen schenkt mir ihr herzliches Lächeln. »Amüsier dich einfach mit ihm. Ohne Zwang. Du hast doch bald sowieso Urlaub. Und dann siehst du weiter, okay?«

Dankbar nicke ich. »Ja. Du hast recht, Betty.«

»Wie immer«, erwidert sie zufrieden.

***

Gegen halb fünf komme ich zu Hause an. So voll, wie die Straßen auf meinem Rückweg sind, ist der Buchladen auch heute leider nicht gewesen. Im Grunde war Peters Überraschungsbesuch der Höhepunkt des Tages. Und ich stimme Betty zu: Ich sollte das Date ganz zwanglos angehen und mich amüsieren. Vielleicht wird ja bald schon mehr aus dem Vizepräsidenten und mir. Jedenfalls hätte in *Betty's Little Bookstore* mehr los sein können. Die erste Sonderedition von John Irving ging zwar gleich heute über die Theke. Betty hat einfach ein Händchen für so seltene Bücher. Aber das allein wird uns langfristig nicht über Wasser halten. Nicht alle vier. Nicht einmal für die Miete dürfte das noch lange reichen. Die Leute müssten wieder mehr Alltagsliteratur bei uns kaufen.

Hach ja ...

Seufzend öffne ich den Briefkasten. Vielleicht ist ja zwischen Rechnungen auch etwas Erfreuliches dabei. Manchmal schreibt mir Tante Lily einen Brief mit ihrer alten Schreibmaschine, und dann antworte ich ihr mit meiner Schreibfeder.

Ein Brief von Tante Lily ist aber leider nicht dabei. Dafür die Stromrechnung. Und ein Brief von der

Wohnverwaltung. Sicher will der neue Eigentümer unseres Gebäudes sich vorstellen. Ich nehme die Post mit nach oben und schließe die Tür zur Wohnung auf. Mit dem Rücken drücke ich die Haustür hinter mir wieder zu und sehe dabei auf den Brief von der Verwaltung. Nichtsahnend reiße ich den Umschlag auf und falte das Schreiben auf.

Ich muss schlucken, als ich die Zeilen lese.

Was?! Die Miete wird um den maximalen Betrag, den die Mietkontrolle zulässt, erhöht?! Und zwar schon ab übernächstem Monat, und dann jedes Jahr?!

Das darf nicht wahr sein! Ist das überhaupt rechtens? Aber den Anwalt, der das prüfen könnte, müsste ich auch erst mal bezahlen.

Oh Gott …

Okay. Beruhig dich.

Einatmen. Ausatmen.

Nein, das bringt überhaupt nichts! Das ist und bleibt eine Katastrophe!

So ein Mist. Was mache ich denn jetzt? Mehr Lohn kann Betty mir unmöglich geben. Und wenn ich mir einen anderen Job zulegen müsste – das würde mir das Herz brechen. Ich kann mir nicht einmal vorstellen, in einem Kaufhaus in der Buchabteilung zu stehen. Ohne Betty, Tanya und Michael.

Wie soll es denn jetzt bloß weitergehen?

2. KAPITEL

MATTHEW

Ich gehe im Haus auf und ab und muss darauf achten, dass ich über keinen der vielen Umzugskartons stolpere, die noch nicht ausgepackt sind.

»Was?«, frage ich ins Handy. »Sorry, die Verbindung war eben schlecht.«

»Ich wollte wissen, ob du mir zustimmst«, wiederholt Bob, der Trainer der New Yorker Footballmannschaft, seine letzte Frage an mich. »Ich will das Pensum eigentlich nicht erhöhen.«

»Ja, das sehe ich auch so.«

»Das Team von L.A. trainiert neuerdings auch abends – ist das zu glauben?«

Ich atme durch. »Scheiß drauf, was die Westküste treibt. Wir haben unsere eigene Strategie – und die ist um Längen besser.«

»Da bin ich voll und ganz deiner Meinung«, meint Bob. »Wir dürfen die Jungs nicht übertrainieren. Damit würden wir nur riskieren, dass sie sich verletzen oder auf dem Feld unkonzentriert sind. Beides kann für eine Footballmannschaft tödlich sein – selbst für ein gestandenes Team wie unseres. L.A. wird schon sehen, was sie davon haben.«

Ich muss lachen. »Gut, dann sind wir uns ja einig.«

Bob erwidert das Lachen. »Ich kann nur noch mal sagen, wie froh ich bin, dass du unser Angebot angenommen hast und jetzt als Berater für unser Team tätig bist, Matt. Du hast so viele Jahre erfolgreich für Dallas gespielt und dabei immer wieder als Stratege geglänzt. Ich bin mir sicher, dass du uns von großem Nutzen sein wirst. Unsere Statistiken müssen schnell wieder besser werden. Sonst springen mir noch die Sponsoren ab.«

»Mach dir keine Sorgen, Bob. Eure Basis stimmt immer noch. Du hast da ein paar tolle Spieler am Start. Jetzt geht es um den Feinschliff.«

»Dir gefällt der neue Kader also?«, fragt er neugierig.

»Auf jeden Fall. Vor allem die Neulinge. Ich möchte, dass wir uns schon jetzt intensiv den Spielern widmen, die nächstes Jahr zur NFL antreten. Das erledigen wir parallel zur laufenden Saison. Deswegen wäre es gut, wenn du bald deine provisorische Aufstellung machst, Bob.«

»Da bin ich dran. Die Liste bekommst du bald. Es ist zwar sehr ungewöhnlich für mich, so früh schon festzulegen, wer nächstes Jahr in der Liga spielen soll. Der offizielle Draft steht ja erst im April nächstes Jahr an. Aber du hast recht, schaden kann es nicht.«

»Es ist ja nur eine interne Aufstellung«, entgegne ich gelassen. »Damit uns möglichst niemand unsere Favoriten unter den College-Spielern wegschnappt. Schick mir deine Liste bitte so bald wie möglich.«

»Natürlich. Bis wann brauchst du sie spätestens? Ich bin zwar der Headcoach, das wissen wir beide. Aber wie du sicher auch weißt, arbeitet es sich mit Deadlines immer leichter.«

»Gestern, Bob. Die Antwort ist immer gestern.«

Beide lachen wir.

»Mir gefällt deine Einstellung, Matt. Immer Vollgas geben, genau wie auf dem Feld, was?«

»Selbstverständlich.«

Bob räuspert sich. »Wir müssen nur aufpassen, dass die Liste nicht nach außen durchsickert. Da erwarte ich absolute Diskretion von dir, Matt. Und wir sollten auch nicht zu früh auf die Nachwuchstalente zugehen. Lieber gezielt beobachten.«

»Ja«, gebe ich ihm recht. »Da müssen wir verdammt vorsichtig sein. Als Trainer weißt du selbst, wie schnell ein guter Spieler abgeworben werden kann. Aber es kann nicht schaden, bei den Nachwuchstalenten Präsenz zu zeigen. Pass immer auf deine Spieler auf und behandle sie wie Könige. Da stehen sie drauf und dann geben sie dir, was du willst. Ich spreche da aus Erfahrung. Die Spieler wollen sich nicht wie gedrillte Soldaten fühlen, sondern wie Kings auf dem Platz. Auf dem College erst recht, wenn sie noch so jung sind.«

Bob seufzt. »Na ja, einige meiner Jungs kommen mir nicht wie verwöhnte Kings vor, eher wie weinerliche Diven.«

Ich lache. »Das gehört dazu. So ein Profi-Gehalt kann einem schon mal den Kopf verdrehen.«

»Du allerdings kommst mir nicht gerade verwöhnt vor«, erwidert Bob. »Obwohl du mehrmals Spieler des Jahres geworden bist.«

»Danke, das nehme ich mal als Kompliment.«

»Vermisst du deine Zeit als aktiver Spieler denn schon?«, will er wissen.

Kurz überlege ich. »Ich weiß nicht. Ich meine, das waren schon verrückte Zeiten, als ich noch für Dallas gespielt habe. Aber ich denke, dass mir als Berater für New York auch nicht langweilig wird.«

Wieder lacht Bob. »Dafür werden wir schon sorgen. Es gibt immer etwas zu tun, immer etwas zu optimieren. Wie geht denn dein Umzug voran? Hast du dich schon wieder in deiner alten Heimatstadt eingelebt?«

Ich lasse den Blick über die Kartons schweifen. »Passt so weit. Es ist schon irgendwie komisch, wieder in New York zu sein. Das weckt viele alte Erinnerungen. Und wenn ich ehrlich bin, ist mir durch den Umzug auch spätestens klar geworden, dass ich hier noch mit jemandem eine Rechnung offen habe.«

Fuck, ich schweife ab und werde privat. Zu privat.

Ihretwegen. Das sollte ich vor Bob besser lassen, sonst ist das unprofessionell.

»Na, jedenfalls ...«, fahre ich fort und muss mich sortieren. »Die letzten Möbel wurden gestern geliefert. Jetzt heißt es: Kisten auspacken und mein Hab und Gut einräumen.«

»Kannst du dafür nicht jemanden kommen lassen? Das dürfte bei deinem Vermögen doch kein Problem sein.«

Auch wenn er es nicht sehen kann, schüttle ich den Kopf. »Nee, lass mal. Das mache ich lieber selbst. Das Geld, das ich im Laufe der Jahre verdient habe, habe ich gerne zur Sicherheit auf der hohen Kante. Aber so der Schnösel, der in Diamanten badet, war ich irgendwie noch nie.«

»Das dürfte auch ziemlich schmerzhaft sein – in Diamanten baden.«

Als ich das höre, muss ich lachen. Bob ist echt in Ordnung und ich genieße die Zusammenarbeit schon jetzt.

»Aber Diamanten an der Decke, das hat Stil«, fährt er fort. »Oder am Finger einer schönen Frau.«

Ich presse die Lippen zusammen.

»Tja, was Frauen angeht, warst du auch nie so der typische Footballstar, was, Matt? Man hat dich zwar ab und zu an der Seite einer hübschen Frau gesehen, aber das war's dann auch. Das ist übrigens auch ein Grund, warum ich dich als Berater haben wollte. Du lässt dich von keinem Drogen- oder Sexskandal ablenken. Wenn du in der Presse stehst, dann wegen deiner Erfolge, und nicht wegen irgendwelcher Eskapaden. Nicht so wie manch anderer Profisportler, dem der Ruhm zu Kopf steigt.«

Ich zucke mit den Schultern. »Soll das wieder ein Kompliment sein, Bob? Ich finde es ganz normal, in seinem Beruf einen guten Job zu machen. Ohne Ablenkung. Ohne schlechte Presse.«

»Und ganz ohne Frau an deiner Seite?«, will er mit neugieriger Stimme wissen. »Ich meine, selbst ich bin verheiratet. Dabei lautete mein Spitzname zu Collegezeiten nicht umsonst Casanova. Und an den meisten Tagen bereue ich die Ehe nicht einmal.«

Damit bringt er mich zum Schmunzeln. »Das freut mich für dich, Bob.«

»Na ja, du bist erst dreiunddreißig. Da hast du noch Zeit, um dich zu binden.«

Ich schnaufe durch und versuche, mir meine wahren Gefühle zu diesem Thema nicht vor ihm anmerken zu lassen. »Gut, dann ist bei mir ja noch nicht alle Hoffnung verloren.«

Er lacht. »Okay, dann bis morgen im Büro, Matt. Hau rein.«

»Bis dann, Bob.«

Ich beende den Anruf und entlasse ein Schnaufen in die Welt. Und als ich mich jetzt im frisch bezogenen Haus umsehe, sind es nicht die Kartons, die mich stören. Etwas anderes macht mir zu schaffen: Noch nie sind mir meine eigenen vier Wände so leer vorgekommen wie jetzt. Bedenkt man das derzeitige Umzugschaos, ist das echt bescheuert. Und doch fühlt es sich hier so verlassen an. Viel zu still. Irgendwie kalt. Und ich weiß genau, woran das liegt. Alles, was ich im Moment empfinde und was mir durch den Kopf geht, hat mit ihr zu tun. Mit der einen Frau, mit der ich noch etwas zu klären habe. Erst, wenn das erledigt ist und mein Plan hoffentlich aufgeht, kann ich in New York ankommen und mein neues Leben genießen. Das ist mir jetzt endgültig klar geworden. Jetzt, wo ich wieder in New York bin, bin ich ihr näher als in all den Jahren zuvor. Zumindest räumlich. Alles andere ... Nun, das wird sich zeigen. Ich werde mich in Geduld üben müssen, wenn ich sie da haben will, wo sie mir am besten gefallen würde. Unter mir. Keuchend, stöhnend, in Ekstase und verschwitzt. Voller Sehnsucht soll sie meinen Namen rufen. Genau wie früher, vor vielen, vielen Jahren. Und das, obwohl ich ihr auf so brutale Weise das Herz gebrochen habe. Bin ich ein Arsch, weil ich vorhabe, ihr wieder näherzukommen? Und zwar so nahe, dass wir in rhythmischen Bewegungen miteinander verschmelzen und in einer gewaltigen Explosion der Leidenschaft eins werden. Ich weiß nur, dass ich an nichts anderes mehr denken kann als an sie. Und an den Plan, den ich mir überlegt habe. Ob er aufgehen wird? Ob sie mich so nah an sich heranlassen wird, um auf mich hereinzufallen? Nach allem, was war?

Es gibt nur einen Weg, das herauszufinden.

Dass sie noch immer in dem kleinen Buchladen arbeitet und kaum mehr als zweimal den New Yorker Mindestlohn verdient, kommt mir für mein Vorhaben sehr gelegen. Und noch etwas konnte ich in Erfahrung bringen: Seit Jahren wohnt sie im selben Gebäude. Und dieses Gebäude hat kürzlich den Eigentümer gewechselt. Da es sich dabei um eine Gesellschaft handelt, die viele Wohnhäuser auf einmal aufgekauft hat, stand das in der Presse. Und wenn der neue

Besitzer so wie die meisten Eigentümer tickt, hat er längst eine Mieterhöhung angeordnet. In New York herrscht Immobilienmangel, da kann man sich trotz Mietkontrolle so einiges erlauben. Wenn ich Glück habe, hat sie diese Hiobsbotschaft inzwischen erhalten. Das dürfte mir erst recht in die Karten spielen.

Meine Taktik für dieses Spiel habe ich mir in den letzten Wochen zurechtgelegt und ausgefeilt. Ab morgen wird sich zeigen, welche Chancen ich mit meiner Aufstellung habe.

Scheiße, bin ich nervös.

Denn eins ist mal sicher: Egal, wie oft ich in der NFL gespielt, und egal, wie viel Kohle ich dabei eingesackt habe – das hier wird mein Spiel des Lebens werden.

Vivien ...

3. KAPITEL

VIVIEN

Ich kann es kaum erwarten, dich wiederzusehen, hat Peter mir gestern Abend geschrieben. Zusammen mit der Adresse des Italieners, der in Manhattan neu eröffnet hat. Unzählige Male habe ich seine Nachricht seitdem gelesen. Dieser eine Satz von ihm hat ausgereicht, um mich nervös zu machen. Was mich heute Abend wohl erwarten wird?

Diese Frage beschäftigt mich genauso wie die Überlegung, was ich fürs Date anziehen soll. Ich möchte mich nicht verkleidet fühlen, aber zur ersten Verabredung mit Prince Charming darf es ruhig mal etwas Besonderes sein. Schließlich entscheide ich mich für ein dunkelrotes Kleid mit kurzen Ärmeln dran. Dazu schlüpfe ich in schwarze Halbschuhe mit flachen Absätzen, die gut zu meiner kleinen, schwarzen Handtasche passen. Die Haare lasse ich offen, aber mit Brille fühle ich mich einfach sicherer.

Ein letztes Mal betrachte ich mich im Spiegel und atme tief durch. Ein Lächeln zaubert sich auf mein Gesicht. Ich bin zufrieden mit mir selbst und freue mich auf den bevorstehenden Abend. Mein Blick fällt auf die Uhr auf meinem Handy-Display.

Jetzt muss ich aber echt los!

Ich lasse das Handy in der Handtasche verschwinden und eile in den Flur. Dort greife ich mir noch meinen Trenchcoat, für den Fall, dass das Date gut läuft und es heute spät wird. Dann verlasse ich die Wohnung, schließe ab und eile nach draußen.

Mein Ziel ist der nächste U-Bahnhof, zu dem ich zu Fuß keine zwei Minuten brauche. Am Bahnsteig ist einiges los. Viele Menschen wollen sich ins New Yorker Abendleben stürzen. Aber die U-Bahn fährt alle paar Minuten. Und so muss ich nicht lange auf den nächsten silbernen Zug warten und finde im Waggon sogar einen Sitzplatz.

Die U-Bahn bringt mich von dem einigermaßen bezahlbaren Queens in den teuren Insel-Bezirk Manhattan im Westen. Nahezu eine Stunde dauert die Fahrt. Aber ich bin rechtzeitig aus dem Haus gekommen und genieße die Aussicht auf der Strecke, die mich quer durch New York und über den East River führt. An der Haltestelle, die dem noblen Restaurant am nächsten ist, steige ich schließlich aus und gelange über die Rolltreppe ins Freie.

Nun sind es nur noch ein paar Meter bis zum Restaurant. Mein Herz schlägt schneller. Wartet Peter vielleicht schon auf mich?

Nein, sieht nicht so aus. Das stelle ich fest, als ich mich dem Italiener weiter nähere. Vor dem Restaurant steht zwar jemand und scheint auf seine Begleitung zu warten, aber das ist er nicht. Wieder sehe ich auf die Uhr. Punkt acht. Tief atme ich durch und stelle mich neben den Eingang, um auf ihn zu warten.

Und so warte ich.

Und warte weiter.

Und warte.

Verunsichert schaue ich mich nach rechts und links um. Zehn Minuten später prüfe ich ein weiteres Mal die Uhrzeit. Soll ich ihn anrufen? Ihm schreiben? Oder direkt gehen?

Da höre ich langsame Schritte auf mich zukommen. Ich sperre den Handybildschirm und sehe auf. Es ist Peter, der sich mir nähert und mich auch längst gesehen hat. Er schenkt mir ein Lächeln, nein, ein Grinsen, und behält sein gemütliches Tempo bei. Und so packe ich das Handy zurück in die Handtasche.

»Tut mir leid, ich bin zu spät«, lauten seine ersten Worte an diesem Abend an mich. »Der Verkehr war die Hölle.« Schon tritt er dicht an mich heran und gibt mir einen Kuss auf die Wange. »Wartest du schon lange?«

Ich muss mich sammeln. »Äh, nein. Ich bin auch gerade erst gekommen.«

»Ausgezeichnet.« Erleichtert schnauft er aus und lacht. »Dann bist du mir nicht böse?«

»Natürlich nicht.«

»Gut, gut.« Auch er sieht nun auf die Uhr seines Handys. »Gehen wir rein?«, fragt er und steckt das Handy wieder weg.

Ich nicke und zwinge mich zu einem Lächeln. »Gerne.«

Peter reißt die Tür auf und betritt direkt das Restaurant. Als ich ihm folge, lässt er die Tür abrupt los und ich muss schnell schalten, um sie davon abzuhalten, mir gegen die Nase zu knallen. Spätestens da kommt ein ungutes Gefühl in mir auf. Ich erwarte gar nicht, dass ein Mann beim ersten Date den überhöflichen Gentleman spielt. Aber warum habe ich schon jetzt den Eindruck, dass Peter mich wie einen Geschäftstermin behandelt, den er erledigt haben will?

Ach, sicher ist das nur Einbildung. Ich sollte nicht so empfindlich sein. Warum sollte Peter mit mir ausgehen, wenn er es nicht will? Ihn wird ja wohl kaum jemand dazu gezwungen haben.

»Guten Abend«, begrüßt uns ein älterer Herr mit freundlicher Stimme am Empfang. Er trägt einen Smoking und wirkt genauso nobel wie die Einrichtung des Restaurants.

»Hallo, ich habe einen Tisch auf den Namen Wright reserviert.« Peter setzt ein stolzes Grinsen auf. »Von Wright Industries, ich bin der stellvertretende Geschäftsführer.«

Hm. Muss der Herr das unbedingt wissen, um uns den richtigen Tisch zuzuweisen? Vielleicht weiß ich noch weniger über so teure Läden, als ich dachte.

Der schnauzbärtige Herr sieht auf der Liste nach und geht die Zeilen mit seinem Finger durch. »Ah, Mr. Wright. Sehr wohl. Darf ich Ihnen den Mantel abnehmen?«

Diese Frage gilt mir, denn Peter hat keine Jacke dabei. Er trägt einen dunkelgrauen Anzug mit rosa Krawatte. Tja, Männer haben es gut. Maßgeschneiderte Anzüge können Sie immer tragen – im Büro und auch abends beim Date.

»Ja, vielen Dank«, sage ich und gebe dem Herrn meinen Trenchcoat.

Behutsam hängt er den Mantel an der Garderobe auf und wendet sich wieder uns zu. »Bitte folgen Sie mir.«

Zufrieden lächelt Peter mich an. Statt mir den Vortritt zu lassen, setzt er sich in Bewegung.

Der Herr führt uns durch das halbe Restaurant, bis zu unserem Tisch mitten im Raum. Mit einer eleganten Handbewegung zeigt er auf den freien Tisch für zwei. »Bitte sehr, die Dame, der Herr.« Er begibt sich zu dem hinteren Stuhl, zieht ihn weg und sieht mich an.

Ich schenke ihm ein Lächeln, stelle die Handtasche neben dem Tisch ab und nehme Platz. »Vielen Dank.«

Mit einem Lächeln schenkt er uns gekühltes Wasser ein.

Als der Herr wieder an Peter vorbeigeht, zückt dieser einen Fünfzig-Dollar-Schein und drückt ihn dem Mann in die Hand. »Danke«, sagt er dabei nüchtern.

»Oh, bitte, Sir, das ist nicht nötig.« Der Herr will Peter das Geld zurückgeben.

Ich schätze mal, dass so etwas nicht üblich ist und dass Trinkgeld eigentlich erst am Ende bei der Bezahlung übergeben wird. So, wie man es eben auch aus »normalen« Restaurants kennt.

»Schon gut«, meint Peter und klopft dem Herrn auf die Schulter. »Kaufen Sie sich etwas Schönes davon.«

Wie bitte? Ist das nicht eine Spur zu protzig?

Verunsichert lächelt der Herr ihn an. »Haben Sie vielen Dank, Sir.« Innerlich verdreht er wahrscheinlich gerade die Augen. Doch statt diese Gestik nach außen zu tragen, begibt er sich wieder zum Empfang. Zu gerne hätte ich gewusst, was für ein Gesicht er dabei macht.

Peter setzt sich hin, stützt die Arme auf dem Tisch ab und grinst mich an, als wäre nichts gewesen. »Und, gefällt es dir hier?«

»Ja, es ist wirklich schön hier«, erwidere ich sogleich.

Ich sehe mich um. Piekfein ist es hier – mit klassischer Livemusik am Klavier, Kronleuchter, Kellnern in Smokings ... und lauter Gästen in Abendgarderobe, von denen es mir vorkommt, als würden sie mich skeptisch mustern.

»Alles in Ordnung?«, fragt er plötzlich.

Ich sehe ihn wieder an und fühle mich wie ertappt. Anscheinend kann er mir ansehen, dass ich mich etwas unwohl fühle. Da beschließe ich, offen zu ihm zu sein. »Ja, es ist nur ... Ehrlich gesagt, komme ich mir ein bisschen underdressed vor.«

Peter lässt die Augen schmaler werden und scheint sich nun zum ersten Mal die Zeit zu nehmen, mich genauer zu betrachten. »Nein, nein, das passt schon, was du da anhast.«

Kurz muss ich überlegen, wie er das meint. »Oh, okay. Danke.«

Aber ein wirkliches Kompliment war das jetzt nicht, oder?

»Dein natürlicher Look gefällt mir einfach am besten«, fügt er an, als er meinen verdatterten Blick sieht. »Mit der braven Frisur, dem Rock und so. Und ich mag die Brille, die du heute wieder trägst.«

»Oh, ach so«, entfährt es mir erleichtert.

»Also«, meint Peter entschlossen und klappt die Speisekarte auf. »Such dir aus, was du willst. Geld spielt keine Rolle.«

Peinlich berührt von dieser Bemerkung, öffne ich meine Karte und sehe mir die Auswahl an. Leider steht alles auf Italienisch geschrieben, und zwar ohne Übersetzung. Ich ziehe beide Augenbrauen hoch.

»Soll ich dir etwas aussuchen?«, bietet Peter an.

»Äh …«

Schon schnippt Peter, um den Kellner zu rufen, der uns am nächsten ist.

Sogleich kommt er zu uns geeilt. »Ja, Sir?«

»Wir wollen bestellen. Ich nehme ein Lachsfilet, aber anstelle der Sahnesauce bekomme ich eine Soße mit Tomaten, anstatt der Bandnudeln nehme ich Spaghetti und der Parmesan wird natürlich gegen Trüffel ausgetauscht.«

»Sehr wohl, Sir.« Er wendet sich mir zu.

Doch Peter spricht weiter: »Die Dame nimmt das Hühnchen. Übergießen Sie es nicht in zu viel Soße, sonst können Sie den Teller gleich wieder mitnehmen. Dazu nehmen wir den teuersten Rotwein.«

Äh, was?

Mehrmals pendelt der Blick des Kellners zwischen Peter und mir hin und her.

Bin ich damit einverstanden?

»Sehr wohl«, wiederholt er, verneigt sich und macht sich dann auf in die Küche.

Was. Ist. Hier. Los?

So schnell, wie Peter all das bestellt hat, konnte ich gar nicht schalten und widersprechen!

»Und?«, fragt er mich auch schon und nippt an seinem Wasser. »Was hast du für Ziele, Vivien?«

»Hm?«, antworte ich perplex. »Wie … meinst du das?«

»Na ja«, meint er nüchtern und nimmt noch einen Schluck. »Du willst doch sicher nicht ewig in diesem kleinen, langweiligen Buchladen arbeiten.«

Innerlich fällt mir die Kinnlade herunter!

»Äh … Ich finde es alles andere als langweilig, in einem alten Buchgeschäft zu arbeiten, Peter.«

»Aha. Hm. Aber fändest du es nicht viel interessanter, die Frau an meiner Seite zu werden? Dann müsstest du überhaupt nicht mehr arbeiten, Vivien. Überleg doch mal. Bei meinem Gehalt. Würde dir das nicht gefallen?«

Ich bin sprachlos! Mit jedem Satz hat er mich gerade noch mehr schockiert. In was für einem Film bin ich denn hier gelandet?

»Hör zu«, sagt er dann und sieht mich inständig an. »Mein Vater geht bald endlich in den Ruhestand und wird mir die Geschäftsleitung der Firma übertragen. Doch er hat sich über meinen Lebensstil beschwert und wünscht sich eine bodenständige Frau an meiner Seite. Na ja, und als wir uns vor dem Pub begegnet sind und ich dich in deiner Aufmachung gesehen habe, da dachte ich mir: Welche Frau wäre besser geeignet, um meinen Vater zu überzeugen, dass die Firma bei mir in guten

Händen ist, als du? Es wäre also eine Win-Win-Situation für uns beide, wenn wir heiraten.«

Ich! Fass! Es! Nicht!

Deswegen wollte er unbedingt mit mir ausgehen und hat mir immer wieder auf den Rock gesehen?!

Das kann doch nur ein Scherz sein!

Doch Peter scheint es vollkommen ernst zu meinen. Ja, er meint es todernst. Er hat nicht nur die freundlichen Kellner hier erniedrigt. Sondern auch mich behandelt er seit der ersten Sekunde ohne jeglichen Respekt. Peter Wright denkt nur an sein eigenes Wohl und ist durch und durch von sich selbst überzeugt.

Und als er mich jetzt auch noch grinsend ansieht und »Na, was sagst du?« fragt, platzt mir endgültig der Kragen.

»Jetzt hörst *du* mir mal zu«, sage ich im strengen Ton und lehne mich vor, um meinen Blick zu intensivieren.

Die Überraschung steht ihm ins Gesicht geschrieben.

»Dein Benehmen ist unmöglich, Peter! Es ist mir schleierhaft, wie man dermaßen prollig mit materiellem Firlefanz angeben kann, den du doch allein deinem Vater zu verdanken hast. Hast du überhaupt schon mal richtig gearbeitet? Ich will es gar nicht wissen – aber wenn dein Vater sich schon über deinen Lebensstil beschwert, dürfte die Antwort auf diese Frage wohl eher enttäuschend ausfallen.«

Nun fällt Peter die Kinnlade herunter – und zwar wirklich. Er wird kreidebleich und starrt mich voller Entsetzen an.

Ich stehe auf. Und dass ich spätestens damit sämtliche Blicke auf mich ziehe, ist mir in dem Augenblick vollkommen egal. »Ich würde dich nicht einmal heiraten, wenn du der letzte Mann im Universum wärst! Und jetzt entschuldige mich bitte, denn im Gegensatz zu dir, muss ich in die reale Welt zurückkehren. Wo ich übrigens tausendmal lieber bin, als auch nur eine weitere Sekunde an so ein Vatersöhnchen wie dich zu verschwenden.«

Vor lauter Empörung öffnet sich Peters Mund weiter.

Doch ich lasse mich nicht beirren, sondern schnappe mir meine Handtasche und dampfe davon. Ohne zu zögern. Ohne auch nur einmal zurückzublicken.

Am Empfang schaltet der Herr schnell und eilt zu meinem Mantel.

»Danke«, sage ich kleinlaut und will den Trenchcoat an mich nehmen.

Da hält der Herr ihn mir auf, damit ich hineinschlüpfen kann. Ein Grinsen zaubert sich auf sein freundliches Gesicht. »Nein, ich danke *Ihnen.*«

Als mir klar wird, dass er meine Predigt klar und deutlich gehört hat – und wie er dazu steht –, muss auch ich verlegen lächeln. Dankbar schlüpfe ich in den Mantel und schenke dem Herrn einen letzten warmen Blick.

Schon begibt er sich zur Tür, öffnet sie und hält sie mir auf. »Ich wünsche Ihnen einen schönen Abend«, sagt er mit herzlicher Stimme und nickt.

»Das wünsche ich Ihnen auch.«

Nach diesen Worten verlasse ich das Restaurant. Dabei zwinge ich mich dazu, bloß nicht noch einmal zu Peter zu sehen. Nicht, um ihn weiter zu bestrafen. Sondern weil ich seine Visage wirklich für keine weitere Sekunde ertragen könnte.

Gott!

Wie konnte ich nur an so einen Idioten geraten?!

Liegt es an mir?

Mann!

***

Eine Stunde. So lange hat die Hinfahrt gedauert. Und so braucht die Rückfahrt genauso lange. In diesen sechzig Minuten kann ich die Aussicht auf New York in der Abenddämmerung nicht genießen. Je mehr Zeit vergeht, umso mehr verwandelt sich mein Ärger über Peters Verhalten in Trübsal. Die Aufregung vor dem Date hat mir klargemacht, dass ich eine Beziehung haben möchte und mich nach meinem Mr. Right sehne. Aber bisher hat es einfach nicht geklappt. Und dann musste ich mit Peter auch noch an einen absoluten Vollidioten geraten. Das ist frustrierend. Mehr als frustrierend.

Seufzend verlasse ich die U-Bahn und lege die letzten Meter zur Wohnung zurück. Wie soll es jetzt bloß weitergehen? Diese Frage habe ich mir gestern schon gestellt, weil meine Miete schon bald erhöht wird. Ich stecke echt in der Klemme. Und jetzt auch noch das! Peter hätte genügend Geld, um mir aus der Patsche zu helfen. Aber mich kriegen keine zehn Pferde dazu, mit diesem Schnösel zusammenzuleben oder ihm auch nur einen Cent zu schulden.

Ich muss beide Probleme also irgendwie anders lösen. Die Sache mit der Wohnung – und die Sache mit meinem Herzen.

Und außerdem habe ich immer noch Hunger! Das wäre dann Problem Nummer drei. Habe ich noch etwas im Kühlschrank?

Ach, so ein blöder Abend.

Eins ist mir heute jedenfalls klar geworden: Steinreiche Typen sind nichts für mich. Die High Society kann mir gestohlen bleiben, und so könnte ich auch niemals mit einem Mann zusammen sein, der ein millionenschweres Vermögen besitzt. Lieber lebe ich in einem Karton unter einer Brücke, als mich noch einmal mit einem verwöhnten Schnösel abzugeben.

Gerade, als mir das durch den Kopf geht, komme ich bei meiner Wohnung an und entdecke, dass jemand an die Tür gelehnt steht und wartet. Ein Mann mit durchtrainierter Statur. Jemand, den ich kenne. Jemand, von dem ich nur zu gut weiß, dass er inzwischen ein beachtliches Vermögen besitzt. Und den ich lange nicht gesehen habe.

Mir bleibt das Herz stehen.

»Matthew?!«

4. KAPITEL

MATTHEW

Da ist sie. Endlich. Endlich steht sie mir gegenüber. Nach all den Jahren, in denen wir uns nicht gesehen und nicht einmal geschrieben haben.

Seit eineinhalb Stunden warte ich vor ihrer Wohnung auf sie und komme mir vor wie ein Idiot. Aber das spielt keine Rolle. Ich habe ihr das Herz gebrochen und mich in all der Zeit nie bei ihr gemeldet. Und nun lauere ich ihr hier auf. Da bin ich ganz sicher nicht in der Position, mich zu beschweren. Stattdessen kann ich froh sein, wenn sie mir keine Backpfeife verpasst und mich lautstark zum Teufel jagt. Dabei hätte ich es verdient. Mehr als das. Und was mache ich? Ich überfalle sie spätabends vor ihren vier Wänden, wo sie sich sicher fühlen will. Ich bin so egoistisch und hoffe, dass sie bereit ist, mich anzuhören. Aber es darf mich nicht wundern, wie sie gerade auf meinen Überraschungsbesuch reagiert.

Abrupt bleibt sie stehen und zuckt zusammen. Ihre runden Augen sind von Entsetzen geprägt und starren mich erschrocken an. »Matthew?!«, entfährt es ihr vor lauter Überraschung und sie hält hörbar den Atem an. Meine Anwesenheit verstört sie so sehr, dass sie nicht mehr fähig ist, sich zu bewegen. Einzig allein ihre vollen Lippen beben vor Angst. Ihr Blick spricht Bände – und zwar die eines Thrillers.

Nein, eine solche Reaktion darf mich ganz und gar nicht wundern. Ich kann wohl froh sein, dass sie bei meinem Anblick nicht zur Furie wird. Bedenkt man, was ich ihr angetan habe, ist ihre Körpersprache noch harmlos.

Mit den angespannten Schultern stoße ich mich von der Wand ab und gehe auf sie zu. »Hallo, Vivien«, sage ich und achte dabei auf eine möglichst ruhige Stimme. »Es ist schön, dich zu sehen.«

Als ich ihr noch näher komme, kann sie sich aus ihrer Schockstarre lösen. Unter einem Räuspern bemüht sie sich, einen ernsten Blick aufzusetzen. »Was willst du hier?«, verlangt sie mit strenger Stimme, zu erfahren.

»Tut mir leid, dass ich dich überfalle. Aber ich hatte keine andere Wahl.«

Sie reißt die Augen auf und hebt die Hand. »Stopp!«

Sofort gehorche ich und bleibe stehen. Zu sehen, wie sehr es ihr zusetzt, wenn ich bloß ein wenig näher komme, jagt auch mir einen Schrecken ein.

»Keinen Schritt weiter«, zischt sie. »Sonst rufe ich die Polizei.«

Ich ziehe eine Augenbraue hoch. »Die Polizei? Das wird nicht nötig sein, Vivien. Ich will dir nichts tun. Ich ...«

Es verschlägt mir den Atem, als ich nun das erste Mal dazu komme, sie näher zu betrachten. Vivien trägt ihre langen, dunkelbraunen Haare offen und zeigt sich mir in einem dunkelroten Kleid, das zwar nicht hauteng ist, und sich dennoch schmeichelnd an ihre Rundungen schmiegt. In ihren großen, braunen

Augen drohe ich mich noch genauso zu verlieren wie damals. Ihr trauriger Blick löst das Bedürfnis in mir aus, sie hier und jetzt in den Arm nehmen zu wollen. Diese vollen, sinnlichen Lippen – ich weiß noch genau, wie sie schmecken. Und so, wie der Wind gerade durch ihre offenen Haare weht, sieht sie aus wie ein Engel. Die Brise fächert ihr Parfum zu mir. Lieblicher Rosenduft steigt mir in die Nase und macht mir unter meinem Shirt Gänsehaut. Aber was ist das für eine Aufmachung? Ihr Make-up ist natürlich, doch für die Vivien, die ich kenne, ist es schon auffällig.

»Du – was?«, fragt sie perplex nach.

Erst da wird mir klar, dass ich mich ganz in Gedanken an sie verloren habe. »Warst du auf einem Date?«, höre ich mich auch schon fragen. Ich muss es einfach wissen. Dabei bin ich doch eigentlich hergekommen, um ihr etwas ganz anderes zu sagen.

Abfällig schnauft sie. »Wie bitte?«

Ich schlucke. »Heißt das, dass du aktuell mit niemandem fest zusammen bist?«

Blankes Entsetzen steht ihr ins Gesicht geschrieben.

Fuck, was stelle ich ihr da für Fragen? *Reiß. Dich. Zusammen.*

Defensiv hebe ich die Hände. »Vivien, ich …«

»Du hast echt Nerven, Matt«, unterbricht sie mich und stemmt die rechte Hand in die Hüfte. »Ich glaub es nicht!«

Ein Schauer läuft mir über den Rücken. Gerade hat sie mich *Matt* genannt. Viele nennen mich so – das ist bei meinem Vornamen naheliegend. Aber nur, wenn *sie* Matt zu mir sagt, bekomme ich Herzrasen. So wie damals. Nur, dass sie meinen Spitznamen jetzt nicht sinnlich haucht, so wie früher, sondern mir eisige Kälte entgegenbringt.

»Nach allem, was passiert ist, tauchst du hier einfach auf«, fährt sie wütend fort. »Und wofür? Um mich das zu fragen?« Wieder entlockt mein Anblick ihr ein Schnaufen. »Mein Privatleben geht dich nichts an, Matt. Und so weit ich weiß, hat es dich in den letzten fünfzehn Jahren auch nicht sonderlich interessiert.«

Oh, da irrst du dich, Vivien. Da irrst du dich gewaltig. Nur leider ist es nicht so einfach gewesen, überhaupt etwas über sie herauszufinden. Schließlich steht sie nicht in der Öffentlichkeit, so wie ich.

»Und wenn du jetzt auf einmal mit solchen Fragen ankommst, muss ich wohl davon ausgehen, dass du nichts Besseres zu tun hast, als dich über mich lustig zu machen.«

»Nein, so ist es nicht!«, beteuere ich und hebe die Hand, um meine Worte zu untermauern. »Ich habe dich gerade nur in diesem schönen Kleid gesehen und wurde neugierig. Bitte entschuldige, Viv.«

Oh, Viv ...

Hat sie sich in den fünfzehn Jahren etwa nie über mein Leben auf dem Laufenden gehalten? Kein bisschen? Das würde ich zu gerne wissen. Aber auch eine solche Frage wäre jetzt zu frech und unangemessen. Ich muss meine Neugierde im Zaum halten und genau aufpassen, was ich sage. Ja, verdammt, ich darf diese eine Chance nicht vermasseln. Sie ist anscheinend bereit, mich anzuhören. Schließlich stehen wir uns noch immer gegenüber. Darf ich mir also Hoffnungen machen, dass sie auf mein unmoralisches Angebot eingehen könnte?

Tief atmet sie durch. Noch immer ist ihr Blick so ernst, dass ich nicht deuten kann, ob sie meine Entschuldigung annimmt – wenigstens die für meine Neugierde eben.

»Was willst du, Matt?«

Konzentrier. Dich.

Denk an das, weswegen du hergekommen bist.

Sag es ihr endlich.

»Vivien, ich bin hier, um dir einen Deal vorzuschlagen.«

Pause. Sie braucht mehrere Sekunden, um meine Worte zu begreifen. »Einen Deal? Du meinst ein Geschäft?«

»So in der Art«, bestätige ich und nicke. Und dann beschließe ich, mein Anliegen auf den Punkt zu bringen, ehe sie mich doch noch hier stehen lassen könnte. »Vivien, ich möchte, dass du eine Woche mit mir verbringst. Eine Woche, in der du meine Begleitung bist, während ich mich hier in New York neu einleben will. Ich bin bereit, dir dafür eine stattliche Summe als Aufwandsentschädigung zu zahlen.«

Wieder sieht sie mich sekundenlang mit großen Augen an. »W-Was? Du ... du willst ... was?!«

»Kein Sex«, stelle ich klar, in der Hoffnung, sie damit zu überzeugen. »Nur Begleitung.«

Nun stemmt sie auch die andere Hand in die Hüfte. »Sag mal, spinnst du?!«

Verdammt, sie wird es nicht machen. Was habe ich auch erwartet? Aber ich kenne ihre Achillesferse. Das ist mein Ass im Ärmel. Meine letzte Chance.

»Einhunderttausend Dollar«, sage ich laut und deutlich.

Sogleich verändert sich der Ausdruck in ihren Augen. Das Entsetzen weicht der Verunsicherung. »Was?«, fragt sie wieder, diesmal ganz leise.

Eindringlich sehe ich sie an. »Einhunderttausend Dollar, Viv. So lautet mein Angebot.«

Vivien presst die Lippen aufeinander. Mit langsamen Bewegungen schüttelt sie den Kopf. »Oh, Matt ... Natürlich habe ich mitbekommen, dass du es zu einer Menge Geld gebracht hast. Gratuliere. Aber hast du es wirklich nötig, dich dermaßen vor mir aufzuspielen? Jetzt auf einmal?«

»Das Geld ist für mich nur Mittel zum Zweck, Viv. Mehr bedeutet es mir nicht. Ich verprasse das Geld nicht unnötig. Sieh dir an, wie ich jetzt lebe, und du wirst es sehen.«

»Du willst also auch noch, dass ich bei dir einziehe?«

»Natürlich«, entgegne ich und zucke mit den Schultern. »Das wäre Teil des Deals. Einhunderttausend Dollar sind ein Haufen Geld, Viv. Du bist mir jeden Cent davon wert. Aber wenn, dann will ich rund um die Uhr etwas von dir haben.«

Sie holt Luft, um zu sprechen. Und ich kann ihrem Gesichtsausdruck ansehen, dass es nichts Gutes ist.

»Kein Sex«, wiederhole ich mit inständiger Stimme. »Du wirst dein eigenes Schlafzimmer haben.«

»Oh, na das ist aber gütig von dir, Matt.« Fassungslos schüttelt sie ihren süßen Kopf ein weiteres Mal über mich. Und ich habe mit nichts anderem gerechnet. »Echt, du bist unglaublich! Wie vielen Frauen hast du dieses Angebot denn schon gemacht, dass du nun bei mir gelandet bist? Haben dir so viele Models einen Korb gegeben, trotz der Millionen auf deinem Konto? Du musst ja echt verzweifelt sein, wenn du jetzt ausgerechnet zu mir kommst.«

Ernsten Blickes sehe ich ihr tief in die Augen. »Ja, ist okay. Beleidige mich ruhig. Ich habe dich damals sehr verletzt, Viv. Das ist mir vollkommen klar.«

Da werden ihre Augen feucht. »Verletzt trifft es nicht einmal annähernd, Matt. Nicht annähernd.«

Ich muss schlucken. *Fuck, ich will sie in den Arm nehmen!* Aber dieses Privileg steht mir nicht zu. Mehrmals muss ich mich räuspern, damit ich nicht die Stimme verliere. »Eins kann ich dir versichern, Viv: Noch nie habe ich einer Frau ein solches Angebot unterbreitet. Das mache ich gerade zum ersten Mal. Nur bei dir.«

»Wow, soll ich mich jetzt auch noch geschmeichelt fühlen? Ich habe diesen Deal genauso wenig nötig wie du.«

Ja. Es stimmt. Die Empörung über meine bloße Anwesenheit ist ihr unmissverständlich anzusehen. Das bohrt mir tausend Messer in die Brust, aber so ist es. Und doch steht sie immer noch hier, statt reinzugehen oder tatsächlich die Polizei zu rufen. Mache ich mir etwas vor – oder ist da noch immer ein Funken Liebe in ihren braunen, großen Augen? Ein einziger Funke könnte ausreichen, damit mein Plan aufgeht. Verdammt, ich muss in die Vollen gehen. Jetzt heißt es: Alles oder nichts.

»Ist das so, Vivi?« Ich komme näher und neige leicht den Kopf. »Kannst du auf mein Angebot wirklich verzichten?«

Verunsichert weicht sie zurück. »Was soll das heißen?«

»Du arbeitest noch immer in Bettys Buchladen. Das bereitet dir Freude und du kannst dir nicht vorstellen, etwas anderes zu tun. Nun, es ist erstaunlich, wie lange sich der Laden hält. Das freut mich. Wirklich. Aber dein Gehalt wird sich in den letzten Jahren kaum verändert haben. Aber der Eigentümer deiner Wohnung hat gewechselt, nicht wahr? Sämtliche Gebäude dieser Straße gehören jetzt einer Gesellschaft, die die Mieten jährlich anziehen will. Es gibt sogar das Gerücht, dass sie daran arbeiten, die Mietkontrolle zu umgehen. Was denkst du – wie lange kannst du dich unter diesen Umständen noch über Wasser halten?«

Sie hebt den Kopf an. »Alle Achtung. Du hast deine Hausaufgaben gemacht. Das muss ich dir lassen. Du hast wirklich keine Mühen gescheut, um mich zu demütigen.«

»Hey, Viv, so war das nicht gemeint.«

»Doch, doch, ich versteh schon. Du willst dich nur über mich lustig machen. Egal, ob ich annehme oder ablehne. Ich stehe in beiden Fällen dumm da.«

»Nein! Aber einhunderttausend Dollar sind eine Menge, Viv.«

Abfällig lacht sie. »Das weiß ich auch – danke für den Hinweis.«

»Verstehst du denn nicht? Mit dem Geld könntest du nicht nur eine Weile die Miete bezahlen, sondern auch Betty helfen.«

Wieder kämpft sie mit den Tränen. Es macht mich fertig, zu wissen, dass ich der Grund dafür bin. Aber ich kann nicht anders. Das ist meine einzige Chance, diese eine Woche mit ihr zu bekommen.

»Du bist ein mieser Mistkerl, Matt! Was fällt dir ein, so auf meinen Gefühlen herumzutrampeln?«

»Viv ...«

»Reicht es dir nicht mehr, was du mir damals angetan hast?«

»Viv, bitte ...«

»Hast du es so nötig, mich noch mal leiden zu sehen? Ja, ich habe finanzielle Probleme! Aber die gehen dich absolut nichts an!«

»Doch, das tun sie.«

Eine Träne kullert über ihre rosige Wange. »Nein, sicher nicht!«

»Doch, Viv.«

»Und warum?!«

»Weil ...« Es fällt mir zu schwer, es auszusprechen. Damit würde ich alles andere als gut vor ihr dastehen.

»Warum, Matt?«

»Weil ...« Ich. Kann. Nicht.

»Warum?«

Da platzt es aus mir heraus: »Weil du ohne deine Geldsorgen nicht einmal in Erwägung ziehen würdest, auch nur einen Tag mit mir zu verbringen!«

Shit. Jetzt ist es raus. Ich wollte so etwas nicht sagen. Aber sie hat mich aus der Reserve gelockt. Fuck!

Mit geröteten Augen sieht sie mich an, ohne auch nur einmal zu blinzeln. »Da sagst du endlich mal etwas halbwegs Vernünftiges, Mat. Aber ich muss dich enttäuschen: Nicht einmal, wenn ich unter einer Brücke leben müsste, wäre ich dazu bereit, einen einzigen Tag mit dir zu verbringen.«

Shit. Das zu hören, tut so verdammt weh. Es macht all meine Hoffnungen mit einem Schlag zunichte. Ich wusste ja, dass unser Wiedersehen uns beide aufwühlen würde. Doch ich hatte gehofft, dass sie sich darauf einlassen würde. Wenigstens für Betty.

Sie sieht zu Boden und presst die Lippen zusammen. »Ironischerweise bist du heute nicht einmal der erste Schnösel, dem ich so etwas in der Art sagen muss.«

Da werde ich hellhörig. »Was?«

Was hat das jetzt wieder zu bedeuten? Also hatte sie vorhin tatsächlich ein Date! Und ... Schnösel?!

»Ach, nichts«, murmelt sie. »Auch das geht dich eigentlich gar nichts an.«

»Vivien ... Hasst du mich denn wirklich so sehr?« Inständig sehe ich sie an. Jede Faser meines Körpers hofft, dass sie diese Frage verneinen wird. Das würde mir im Moment schon reichen, um nicht aufzugeben.

Doch als sie mich wieder ansieht und mir diesen traurigen Blick an den Kopf wirft, fühlt es sich an, als würde man mir eine Axt in den Rücken rammen.

»Was hast du erwartet, Matt.« Sie betont es nicht als Frage. Sondern als Tatsache.

Ich habe Unmögliches erwartet. Ich war ein Dummkopf. Ein Vollidiot. Das Ding ist gelaufen. Vivien würde es nicht ertragen, auch nur einen Tag an meiner Seite zu verbringen. Und wenn ich ihr eine Million Dollar dafür anbieten würde. Lieber würde sie von der Brücke, unter der sie hausen will, in einen Fluss voller Lava springen. Dass ich in unserer gemeinsamen Woche meinen eigentlichen Plan durchziehe, kann ich also vergessen. Stattdessen darf ich mir ihrer ewigen Verachtung sicher sein. Hatte ich bisher Zweifel daran, so sind diese nun unmissverständlich ausgeräumt. Und jede weitere Minute, die ich hier bleibe, quäle ich uns beide nur unnötig. Vor allem sie.

»Hör zu, Viv, ich ... Es tut mir leid, was ich damals getan habe und wie es abgelaufen ist.«

»Spar dir das«, sagt sie und wischt sich die Tränen weg. »Das kommt fünfzehn Jahre zu spät.«

»Ja, ich weiß. Deswegen wollte ich dir eigentlich auch nur von meinem Angebot erzählen und gar keine große Entschuldigungsrede halten. Aber irgendwie verspüre ich nun doch das Bedürfnis, dir wenigstens noch das Folgende zu sagen: Es tut mir leid, Viv. Es tut mir unendlich leid. Ich wünschte, es wäre alles anders verlaufen.«

»Auch das kannst du dir sparen.«

Nun bin ich derjenige, der die Lippen zusammenpresst und zu Boden starrt. Heute Mittag, in der Kabine der Footballspieler, habe ich eine Motivationsrede gehalten und war der Mittelpunkt unter gut bezahlten Promis. Jetzt, vor ihr, bin ich ein kleines Häufchen Elend. Und sie hat recht: Etwas anderes als das kann ich nicht erwarten. Ich habe es versucht. Ich wollte Viv dazu bewegen, mir die Chance zu geben, die ich gar nicht verdiene. Aber sie will nicht. Sie ist nicht bereit, sich darauf einzulassen. Für kein Geld der Welt. Sie hasst mich wirklich. Und sie leidet, wenn ich in ihrer Nähe bin. Und das ist wichtiger als mein Plan. Meine Bedürfnisse. Das muss ich akzeptieren.

Tja. Wenigstens habe ich es versucht.

Ein kläglicher Trost.

Ich könnte die Tür hinter mir kurz und klein schlagen!

Mann.

Noch immer erträgt Vivien meine Anwesenheit, obwohl sie sichtlich darunter leidet. Sie verbietet sich selbst, mich zu schlagen, mich hier einfach stehen zu lassen oder um Hilfe zu rufen. Dabei stünde ihr all das zu. Und doch wartet sie eisern ab, bis ich endlich abhaue. Sie ist ein herzensguter Mensch. Genau wie damals.

Ich sollte gehen. Ich muss.

Was kann ich ihr zum Abschied sagen? Nichts. So gerne ich es würde. Jedes Wort würde alles nur noch schlimmer machen. Wirke ich unhöflich, wenn ich nichts mehr sage? Der Zug ist eh abgefahren.

Und so setze ich mich in Bewegung. Wortlos gehe ich an ihr vorbei und halte dabei zwei Meter Sicherheitsabstand ein. Als ich auf ihrer Höhe bin, steigt mir ein weiteres Mal der Duft süßer Rosen in die Nase. Ich balle die Hände zu Fäusten, weil es mir nicht erlaubt ist, sie zu berühren. Verdammt, wie gerne würde ich sie berühren! Aber es geht nicht. Würde ich auch nur eine Sekunde länger hierbleiben, wo doch alles gesagt wurde, wäre ich ein Monster. Bin ich das nicht längst? Fuck, Mann, fuck.

Ich muss weitergehen, ohne stehen zu bleiben und mich zu ihr umzudrehen. Ich muss sie von mir erlösen.

Lebwohl, Viv. Du tust gut daran, mich an meinem Plan zu hindern.

5. KAPITEL

VIVIEN

Mit lauten Schritten stürme ich die Treppe hoch. Oben angekommen, lasse ich meine Schuhe hart und schnell auf dem Boden aufkommen, während ich zur Tür meiner Wohnung stapfe. Dass Matthew plötzlich vor mir gestanden hat, wühlt mich total auf. Und diese Energie, die in mir aufkommt, muss irgendwie raus. Also muss der Fußboden darunter leiden. Und meine Schuhe. Meine Füße. Und vielleicht der eine oder andere schon schlafende Nachbar. Ist mir egal!

Auch, als ich energisch die Tür aufschließe, mache ich mehr Krach als nötig. Mehrmals lasse ich den Schlüsselbund gegen das dunkelgrün lackierte Holz donnern. Schwungvoll stoße ich die Tür auf und stürme hinein. Hinter mir drücke ich die Tür kräftig wieder zu. Es knallt, als sie zurück ins Schloss fällt – lauter, als ich es geplant hatte. Seufzend werfe ich die Schlüssel und die schwarze Handtasche auf die Kommode. Dann hänge ich unter einem lang gezogenen Schnaufen den Mantel auf und schlüpfe aus den flachen Halbschuhen.

Gott!

Wie kann er es nur wagen, hier aufzutauchen?! Wenn er mir schon das Herz brechen musste und es dann jahrelang nicht für nötig hielt, sich zu melden, dann soll er es bitte auch ganz lassen, statt mich so durcheinander zu bringen.

Und durcheinander gebracht hat er mich gerade allemal. Schlimm genug, dass er mich ohne Vorwarnung vor meiner Wohnung überfällt. Aber muss er dann auch noch die Frechheit besitzen, dabei so verdammt gut auszusehen? Verdammt, ich habe Matthew das letzte Mal gesehen, als wir achtzehn waren. Schon damals war er trainiert und hatte dieses umwerfende Lächeln. Und noch immer fesseln mich seine braunen Augen. Ach, noch immer trägt er diese weiten, farbenfrohen Shirts, gepaart mit einem Cap, dessen Vorderseite nach hinten gedreht ist. Darunter verbirgt sich sein dunkelblondes Haar, das noch genauso strubbelig ist wie früher. Das fand ich schon auf der Highschool zum Anbeißen an ihm, diese Frisur und die Caps, die er gerne trägt.

Aber nun ist Matthew dreiunddreißig und einiges ist jetzt anders. Aus ihm ist ein Mann geworden. Und was für einer. Die Züge seines perfekt gezeichneten Gesichts sind jetzt noch markanter und männlicher. Und im Gegensatz zu früher trägt er einen gepflegten Zehntagebart, der ihm unverschämt gut steht. Er ist muskulöser, als ich ihn in Erinnerung habe – seine Arme sind stämmig und seine Schultern noch breiter als damals. Meine Güte, ich verwette mein letztes Kleingeld darauf, dass er mehrmals die Woche trainiert. Ja, ich weiß, dass er nicht mehr aktiv Football spielt. In der professionellen Sportbranche ist man(n) mit über dreißig ein alter Hase. Aber im »echten« Leben ist Matthew alles andere als alt und steht in der Blüte seines Lebens, wie man so schön sagt. Er hält sich weiterhin fit und hat noch immer mit Football zu tun, was bedeutet, dass er auch in Zukunft daran arbeiten wird, sein Vermögen zu vergrößern. Und, ja, ich habe auch mitbekommen, dass er zurück nach New York kommen würde, um der Mannschaft unserer Stadt als Berater zur Seite zu stehen. Wer Nachrichten liest, kommt kaum an solchen Neuigkeiten über beliebte (Ex-)Sportler vorbei. Und beliebt ist Mr. Matthew Kent bis heute. Er ziert nicht selten ein Magazincover oder landet in der Presse, wenn er Arm in Arm mit einem hübschen Model abgelichtet wird. Ich versuche, von solchen schmerzhaften Bildern nichts mitzubekommen, doch das ist unmöglich und so musste ich mich mit der Zeit daran gewöhnen.

Aber ich hatte ja keine Ahnung, dass er längst wieder in New York ist. Und nie hätte ich damit gerechnet, dass er mich ausfindig machen und aufsuchen würde! Und dass er in natura noch tausendmal besser aussieht als auf all diesen Pressefotos.

Und dann noch dieser Deal, den er mir vorgeschlagen hat! Geht`s noch? Eine Woche lang soll ich seine Escortdame spielen, wofür ich eine stattliche Summe erhalten würde. Das klingt ja wie in diesem einen Liebesroman von C. R. Scott – wie heißt er doch gleich, *Play My Game*! Nur noch viel schlimmer, weil Matthew auch noch will, dass ich in der Zeit bei ihm wohne. Ist doch klar, worauf das hinauslaufen würde. Auf schnellen, unkomplizierten, heißen Sex. Da kann er noch so oft das Gegenteil behaupten. Als wenn ich ihm vertrauen könnte. Aber warum zum Teufel kommt er mit einer solchen Bitte ausgerechnet zu mir? Er braucht niemanden, der ihm New York zeigt. Er ist hier genauso aufgewachsen wie ich. Ach, er wollte mir bloß sein Vermögen unter die Nase reiben. Einen anderen Zweck sollte sein Angebot nicht erfüllen, das kann ich mir nicht vorstellen. Wohl deswegen hat er meine

Geldprobleme angesprochen. Echt erbärmlich, dass er das nötig hat.

Nein, Schluss jetzt!

Ich darf keinen weiteren Gedanken an ihn verschwenden. Das Herzflattern, das er in mir bis heute auslöst, muss ich ignorieren. Er hat es nicht einmal verdient, dass ich mich weiter über ihn aufrege. Matthew und ich ... wir werden uns niemals wiedersehen.

***

Gut gelaunt betrete ich am nächsten Tag den Buchladen. Ich habe nämlich beschlossen, nicht mehr an Matthew zu denken und mir von ihm nicht das Leben vermiesen zu lassen. Ach, und das Gleiche gilt natürlich auch für Peter, aber den habe ich sowieso schon aus dem Kopf gestrichen.

Heute ist Samstag – der letzte Arbeitstag in dieser Woche und gleichzeitig mein letzter Arbeitstag, bevor ich eine Woche freihabe. Da ich mir keine große Urlaubsreise leisten kann, fahre ich morgen früh mit dem Zug ins verschlafene Denville. Das liegt eine Stunde westlich von hier, in New Jersey. In Denville ist es idyllisch-ruhig – deswegen haben meine Eltern sich inzwischen dort ein Haus gekauft. Und so kostet mich ein Urlaub dorthin keinerlei Übernachtungsgebühren.

Aber heute steht noch einmal Arbeit im Buchladen an. Und es gibt keinen Grund, diesen Tag mit schlechter Laune zu beginnen. Nein, das nun wirklich nicht! Dass muss ich mir nach der Begegnung mit Matthew gestern nur immer wieder sagen, dann klappt das schon. Die Klingel über der Tür zu hören, als ich in Bettys Geschäft eintrete, erfüllt mich auch direkt mit der üblichen Freude.

»Guten Morgen!«, rufe ich fröhlich in den Raum und schlendere zur Theke, wo Betty, Tanya und Michael vor einem Notizblock versammelt stehen. Ich stelle den Papphalter mit den vier Kaffeegetränken ab. »Entschuldigt die leichte Verspätung. Aber dafür habe ich Kaffee mitgebracht – für jeden so, wie er ihn am liebsten mag.«

Synchron sehen alle drei vom Notizblock auf, ohne ihren konzentrierten Blick abzulegen.

»Guten Morgen, Vivien«, grüßt Betty mich mit einem zurückhaltenden Lächeln.

»Morgen«, sagen auch Tanya und Michael.

Okay?

Ich erwarte ja nicht gleich, dass sie mir für den Kaffee um den Hals fallen. Aber schön wäre es ja schon gewesen. Normalerweise klopfen wir doch jetzt um die Wette Sprüche darüber, wie lebensnotwendig Kaffee für uns alle ist. Selbst Betty kann ohne Koffein nicht leben. Stattdessen umgibt mich eine angespannte Atmosphäre, seit ich den Laden betreten habe.

»Was ist denn los?«, frage ich verunsichert.

Tanya seufzt.

»Es sieht nicht gut aus, Vivien«, sagt Michael und klingt betrübt.

»Was?« Längst ahne ich, was er damit meint. Aber ich hoffe, dass ich mich irre.

Kopfschüttelnd nimmt Betty ihre dezente Brille ab. »Wir sind den bisherigen Jahresumsatz noch mal durchgegangen und es sieht schlechter aus, als ich dachte. Anscheinend muss ich die Bank schon früher um einen Kredit bitten als befürchtet.«

»Oh!«, entfährt es mir im ersten Moment nur. Gerade wurden meine Hoffnungen zunichtegemacht und ich muss mich erst sammeln. »Aber … Ist das denn schon sicher?«

Mit zusammengepressten Lippen hebt Tanya den Notizblock auf und reicht ihn mir.

Dankbaren Blickes nehme ich den gelben Block an mich und sehe mir die Zahlen an, die darauf mit Bleistift geschrieben stehen. Betty schreibt sich die Umsätze und Ausgaben gerne vom Bildschirm auf Papier ab, um besser darüber nachdenken zu können. Und was ich da sehe, gefällt mir ganz und gar nicht.

»So schlimm ist es?«, frage ich und sehe auf. Mehrmals wandert mein Blick zwischen meinen drei Kollegen hin und her. »Aber … Ich dachte, wir haben noch mehr Zeit, um uns wieder zu fangen.«

»Dachten wir auch«, meint Tanya und sieht traurig auf die Theke herunter. »Aber der neue Eigentümer wird den Mietpreis deutlich erhöhen.«

»Was?!«, frage ich entsetzt. »Den Buchladen hat die Gesellschaft auch übernommen? Aber Betty, warum hast du denn nichts gesagt?«

Sie verzieht den Mund und wischt sich die Nase. »Ich wollte euch nicht beunruhigen und habe gehofft, dass sich an der Miete nichts ändert. Aber da habe ich mich offensichtlich geirrt. Ehrlich gesagt, habe ich schon vorgestern in einem Brief von der Erhöhung erfahren. Auch da wollte ich euch keine Angst machen. Gestern Nachmittag hatte ich einen Termin bei der Gesellschaft, der nun das Gebäude gehört. Ich habe den Anzugträgern die Situation erklärt und versucht, den Preis wenigstens ein bisschen herunterzuhandeln. Aber da war leider nichts zu machen.«

Mit Schwung lasse ich den Block auf die Theke fallen. »Das ist doch typisch für so reiche, schnöselige Unternehmer! Hauptsache, noch mehr Geld auf Kosten anderer machen!«

Tanya und Michael tauschen besorgte Blicke aus.

»Aber macht euch keine Sorgen«, beteuert Betty und sieht mich inständig an. »Der Laden wird nicht geschlossen und ich lasse auch nicht zu, dass auch nur einer von uns seinen Job verliert. Ihr seid meine Familie, das wisst ihr.«

Mit einem warmen Blick legt Tanya ihre Hand auf Bettys Schulter. »Du bist wie eine Tante für mich, Betty. Ich will auch nicht, dass der Laden schließen muss oder einer von uns geht.«

Erneut hebe ich den Block auf und sehe auf die Zahlen. »Aber ... Wie können wir den Laden retten? Wir brauchen schnell eine Lösung.«

Michael zuckt mit den Schultern. »Wir haben uns doch überlegt, wieder mehr Lesungen im Laden anzubieten. Lesungen von bekannten, älteren Autoren, die länger nicht mehr in der Öffentlichkeit aufgetreten sind. Ich habe immer noch ein gutes Gefühl bei der Sache. Was ist damit?«

Unter einem Seufzer sehe ich Michael traurig an.

Als Betty meinen Blick sieht, nickt sie. »Ich fürchte, das allein wird nicht reichen. Jedenfalls nicht am Anfang, wo wir nun schnell Geld brauchen.«

»Für die Lesungen müssen wir den Autoren ja auch erst mal ein Honorar zahlen und ins Marketing investieren«, fügt Tanya an. »Auch die anderen Maßnahmen, die wir uns überlegt haben, kosten erst einmal Geld, ehe wir dadurch mehr verkaufen und etwas einnehmen.«

Besorgt sehe ich mich um. »Renovieren, die Regale anders anordnen, die Webseite neu gestalten – all das kostet Zeit und Geld, was wir schon in den letzten Monaten nicht hatten.«

»Dafür wollte ich die Bank um einen Kredit bitten«, meint Betty. »Aber wie es aussieht, brauchen wir nun erst mal Geld, um überhaupt weiter die Miete zahlen zu können.«

Kopfschüttend schnaufe ich. »Diese reichen Männer kann man doch echt alle in die Tonne treten.«

Stille.

Als ich die fragenden Blicke der anderen bemerke, bekomme ich Gänsehaut.

»Wovon redest du, Vivien?«, fragt Michael.

Auch Tanya wird hellhörig. »Geht es etwa um diesen Peter?«

Oh. Nein. Ich befürchte, gerade habe ich an einen anderen reichen Mann gedacht. Matthew.

»Äh ...«, kommt nur aus mir heraus und ich merke, dass mir die Röte in die Wangen schießt.

Betty schenkt mir ein warmes Lächeln. »Hattest du ein schönes Date, Vivien?«

Die neugierigen Augenpaare machen mich nervös. »Nein!«, platzt es aus mir heraus.

»Nein?«, fragt Tanya.

»Also ...« Ich atme durch. »Nein. Es lief nicht so gut.«

Wieder zuckt Michael mit den Schultern. »Tut mir leid.«

Tanya wirft mir einen Blick des Mitleids an den Kopf. »Dann ist er wohl doch nicht der Richtige?«

»Oder er braucht noch eine zweite Chance«, entgegnet Betty und will mir Hoffnung schenken.

»Peter ist ein Idiot«, kommentiere ich nur, und zwar in einem Tonfall, der klarmacht, dass dieses Thema für mich gegessen ist und ich wunderbar damit leben kann. »Aber der Punkt ist doch: Was können wir tun, um den Laden zu retten?«

»Ihr müsst euch keine Sorgen machen«, wiederholt Betty mit eindringlicher Stimme. »Ich habe mir schon alles genau überlegt.«

»Ach ja?«, will ich neugierig wissen – und schöpfe tatsächlich neue Hoffnung.

»Ich werde eine zweite Hypothek auf mein Haus aufnehmen. Damit sollte die Bank mir einen Kredit geben. Und zur Not habe ich auch noch meine Altersvorsorge. Das schaffen wir schon!«

Tanya, Michael und ich tauschen Blicke aus.

»Kommt nicht infrage, Betty«, sagt Tanya dann.

Michael nickt. »Es muss eine andere Lösung geben. Eine bessere. Das ist zu riskant.«

Ich seufze. »Betty, das ist wirklich lieb von dir. Aber …« Ich setze ab. Mir kommt gerade eine Idee. Vielmehr kommt mir ein letzter Strohhalm in den Sinn, nach dem ich greifen könnte, um Betty dieses Schicksal zu ersparen. Uns allen. Doch dieser Strohhalm gefällt mir ganz und gar nicht. Er trägt den Namen Matthew Kent.

»Seht ihr, was da steht?«, reißt Betty mich aus den Gedanken und deutet auf das Schaufenster. »*Betty's Little Bookstore*. Von hier aus natürlich spiegelverkehrt. Aber Tatsache ist: Das ist mein Laden. Ich bin die Inhaberin. Und es ist meine Aufgabe, mich um die Finanzen zu kümmern. Um euch. Das ist vollkommen in Ordnung, ihr Lieben. Ich habe mir das gründlich überlegt.«

»Nein«, widerspreche ich entschlossen. Ich schenke ihr einen eindringlichen Blick. »Betty, du hast es selbst gesagt: Wir sind eine Familie.«

Michael und Tanya nicken.

»Und wir werden gemeinsam eine Lösung finden. Ohne, dass hier irgendjemand seine Rente plündern muss. Okay?«

Da schenkt Betty mir ein dankbares Lächeln. »Ach, das ist lieb von euch.« Sie ist zu Tränen gerührt. Es könnten aber auch Tränen der Verzweiflung sein. Denn ihre nächsten Worte lauten: »Aber wie wollen wir das anstellen? Wer würde uns schon so viel Geld geben, damit wir wieder auf die Beine kommen?«

Ich muss schlucken. Und als ich in meiner Verzweiflung eine Entscheidung treffe, wird mir heiß und kalt zugleich. »Macht euch keine Gedanken mehr darüber. Lasst uns lieber einen konkreten Marketingplan entwickeln.« Voller Entschlossenheit sehe ich die drei an. Dabei verstecke ich die Angst und das Unbehagen, das mich längst eingenommen hat. »Ich kenne da jemanden, der bereit ist, uns zu helfen.« Doch so entschlossen ich auch wirken mag – als ich das sage, zieht sich mein Magen auf unangenehmste Weise zusammen.

»Was?«, fragt Tanya erstaunt.

Auch Michael ist überrascht. »Im Ernst?«

Ich zwinge mich zu einem Lächeln, das sie beruhigen soll. Ein Stück weit hoffe ich wohl, mich damit selbst zu beruhigen. Denn eine Stimme in mir schreit mich an: *Tu! Das! Nicht!*

»Stimmt das wirklich?«, möchte Betty von mir wissen. »Du kennst jemanden, der das tun würde?«

»Und der die Mittel hat?«, fügt Michael an.

Hellhörigen Blickes zieht Tanya eine Augenbraue hoch und wieder herunter. »Etwa einen – wie nennst du solche Männer doch gern – Schnösel?«

Michael tut es ihr gleich und lässt seine Augenbraue kurz tanzen. »Aber nicht dieser Peter, oder?«

Ich presse die Lippen zusammen und schüttle den Kopf. »Nein, es ist nicht Peter. Es ist jemand anderes. Und er wird uns das Geld nicht nur leihen. Er wird es uns schenken.«

***

Ach. Du. Meine. Güte!

Will ich das wirklich durchziehen? Anscheinend. Nein. Doch. Auf keinen Fall. Ja! Hä?

Den ganzen Tag lang habe ich mir überlegt, was ich Matthew sagen soll. Wie ich ihm mitteilen will, dass ich nun doch auf sein Angebot eingehe. Wie ich den Sinneswandel begründen kann. Was er wissen darf und was lieber nicht. Welche Bedingungen ich habe.

Natürlich ist da noch immer diese Stimme in meinem Kopf, die sagt: *Tu es bloß nicht! Lass dich nicht auf diesen verrückten Deal ein! Er wird dich nur verletzen. Erneut. Dir wird das Ganze um die Ohren fliegen.*

Aber eine andere Stimme in mir ist noch viel lauter. Und diese ruft mir zu: *Rette den Laden! Rette deine Familie und deinen Traumjob. Matthew geschieht es nur recht, wenn er in Bettys Buchladen investiert, ohne das Geld zurückzubekommen. Nutze diese einmalige Chance!*

Oh Gott ... Was wird mich bei ihm zu Hause erwarten – eine Woche lang? Diese Ungewissheit jagt mir echt Angst ein.

Doch wenn ich ehrlich bin, bereitet mir eine andere Frage noch größere Sorgen: Was ist, wenn Matthew es sich inzwischen anders überlegt hat und der Deal nicht mehr zustande kommt? Immerhin habe ich sein Angebot mit harten Worten abgelehnt.

Ja, das ist die eigentliche Frage, die gerade Panik in mir aufsteigen lässt. Inständig hoffe ich, dass seine Lust auf mich noch nicht erloschen ist. Seine Lust darauf, sich mit mir zu amüsieren. So falsch das auch klingt. Und daran merke ich, dass ich es wirklich durchziehen will.

Ich habe also Zweifel in mir. Ja. Große Zweifel. Keine Frage. Aber ich will es tun. Ich muss. Für den Laden.

Und zwar jetzt.

Gerade habe ich mich in den Feierabend verabschiedet. Meine Kollegen bleiben noch im Geschäft und tüfteln weiter an unserem neuen Businessplan. Ich habe ihnen versichert, dass ich mich um die Angelegenheit kümmern werde. Na ja. Ich werde es versuchen. Uns Geld zu beschaffen. Mehr als das konnte ich ihnen am Ende dann doch nicht versprechen. Aber genau das werde ich jetzt machen. Versuchen. Kämpfen. Über meinen Schatten springen und alles riskieren. Wenn nicht für mich, dann für Betty, Tanya und Michael.

Nicht weit von hier liegt der Cunningham Park. In diesen gehe ich nun, um all meinen Mut zusammenzunehmen und Matthew anzurufen. Inzwischen bereue ich es daher fast schon, ihn gestern so eiskalt abgewiesen zu haben. Wer hätte das gedacht? Aber wäre ich nicht so auf ihn losgegangen, hätte ich jetzt vielleicht seine Nummer. Es hilft alles nichts. Ich muss versuchen, ihn trotzdem zu erreichen. Irgendwie.

Auf dem Weg in den Park suche ich mit dem Handy nach der Nummer der New Yorker Footballmannschaft. Das ist das Einzige, was mir im Moment einfällt, um ihn ans Telefon zu kriegen. Das – und die Option, es unter der alten Nummer seiner Eltern zu versuchen. Aber diesen Weg würde ich gerne vermeiden, wenn es geht. Ich meine, was soll ich bitte sagen, falls Matthews Eltern noch immer in Brooklyn im selben Apartment wohnen und rangehen, wenn ich ihre alte Nummer wähle?

Hi, ich weiß nicht, ob Sie sich an mich erinnern. Aber ich bin Vivien Harper, die ehemalige Freundin von Matt aus Highschool-Zeiten. Ihr Sohn hat mich damals abserviert und mein Herz in Stücke gerissen, aber das ist schon okay. Jetzt hat er sich plötzlich wieder gemeldet und möchte, dass ich für eine Woche bei ihm einziehe und ihn unterhalte. Ohne Sex, wie er mir versichert hat. Nachdem ich gestern voller Entsetzen abgelehnt habe, habe ich es mir nun doch anders überlegt und bräuchte seine aktuelle Nummer. Können Sie mir da weiterhelfen? Sie müssen ja wirklich stolz auf Ihren Sohn sein – legt so eine Footballkarriere hin, für die er alles andere liegen lässt, und statt sich mal zu binden, steht er nachts zum Zeitvertreib vor den Wohnungen lediger Frauen und bietet ihnen Geld für fragwürdige Escortdienste an. Ich finde das ja selbst ganz toll und möchte das unbedingt machen. Ach, und Mrs. Kent, ich erinnere mich noch heute an den fabelhaften Apfelkuchen, den Sie immer gebacken haben! Ich mochte Sie damals wirklich gern und eine Zeit lang war ich davon überzeugt, dass Sie meine Schwiegermutter werden. Tja, wie das Leben so spielt, nicht wahr?

Nein, das kann ich nicht bringen. Ich will nicht! Und bedenkt man, wie viel Matthew in den vergangenen fünfzehn Jahren verdient haben muss, wohnen die Kents inzwischen bestimmt in einem freistehenden Haus. So wie Matthew selbst sicher auch. In das ich, wenn alles hinhaut, bald einziehen werde.

Oh Gott ...

Tausend Gedanken gehen mir also durch den Kopf, als ich im Internet nach einer Telefonnummer suche, die mich mit irgendjemandem vom New Yorker Footballteam verbindet. Schnell werde ich fündig. Aber das ist auch keine große Kunst, denn ich finde die allgemeine Servicenummer.

Ich gelange in den Park. Umgeben von sattem Grün, schlendere ich auf dem Sandweg entlang. Die schöne Kulisse soll mich beruhigen, wenn ich Matthews Stimme höre. Auf der ersten freien Bank, die ich finde, lasse ich mich nieder. Tief atme ich durch. Dann rufe ich die Servicenummer an.

»New York Tigers, was kann ich für Sie tun?«, begrüßt mich eine freundliche Frauenstimme.

»Hallo, Vivien Harper mein Name. Ich möchte bitte mit Matthew Kent sprechen.«

Pause. »Mit wem, bitte?«

»Matthew Kent«, wiederhole ich verdattert. *Müsste den nicht jeder, der beim Football arbeitet, kennen?*

»Verzeihen Sie, soll das ein Kollege aus dem Ticketshop sein? Sie sind hier beim Ticketschalter gelandet, Ms. Harper.«

»Oh, ach so.« *Ups! Okay, dann bin* ich *wohl der Idiot hier.* »Matthew Kent ist Berater bei den Tigers.«

»Verstehe, Ms. Harper. Aber da kann ich leider nichts für Sie tun. Es sei denn, Sie möchten doch noch ein Ticket kaufen.«

»Das nicht, nein.«

»Dann tut es mir sehr leid, aber ich kann Ihnen leider nicht helfen. Ich wünsche Ihnen einen schönen Tag.«

»Nein!«, rufe ich so laut und panisch, dass sich ein Parkspaziergänger zu mir umdreht. Leise spreche ich weiter. »Nein, bitte. Hören Sie, es ist sehr wichtig. Können Sie mich nicht mit jemandem verbinden, der mir weiterhelfen könnte?«

»Nun ...«

»Jemand aus der Verwaltung vielleicht!«

»Hören Sie, Ms. Harper. Es ist Samstag ...«

»Bitte!«, flehe ich. »Es ist ein Notfall!«

»Ein Notfall?«, fragt sie nach.

»Ja!« *Ein Notfall für Bettys Buchladen. Aber Notfall ist Notfall.*

»Na gut. Ich denke, dann kann ich eine Ausnahme machen.«

Erleichtert atme ich auf. »Haben Sie vielen Dank!«

»Einen Moment, bitte, Ms. Harper.«

Es klackt in der Leitung. Dann lande ich in einer Warteschleife. Die Sekunden wollen nicht vergehen und ich werde unruhig.

»Hallo?«, höre ich auf einmal.

Ich strecke den Rücken durch. »Hallo! Vivien Harper hier.«

»Ja, meine Kollegin vom Verkauf hat mir Ihren Namen durchgegeben. Hier spricht Barry Drew aus der Verwaltung. Sie sind bei der Hotline gelandet. Wie kann ich Ihnen helfen, Ms. Harper?«

Ich muss schlucken, so als würde es mir dabei helfen, meinen Mut zusammenzunehmen. »Vielen Dank, dass Sie meinen Anruf annehmen, Mr. Drew. Ich weiß nicht, ob Ihre Kollegin es Ihnen schon gesagt hat, aber ich bin auf der Suche nach Matthew Kent.«

Er zögert. »Matthew Kent?«, fragt er stutzig. »Der Matthew Kent, der nun als Berater für die Tigers tätig ist?«

»Ja, genau der!«, antworte ich voller Erleichterung. Denn wenn er weiß, wen ich meine, dann kommt er vielleicht auch an dessen Kontaktdaten heran.

»Der Matthew Kent, der zuvor für Dallas gespielt hat und mehrmals Spieler des Jahres war?«, fährt er mit ungläubiger Stimme fort.

»Äh, ja ...«, sage ich.

Ich höre ein Schnaufen. »Hören Sie, Ms. Harper. Das hier ist keine Hotline für Fans unserer Spieler – und Berater. Sie sind nicht die Erste, die anruft, weil sie zu Mr. Kent durchgestellt werden will. Tut mir leid.« Er will auflegen.

»Nein, warten Sie!« Und dann sage ich in meiner Panik etwas, ohne erst darüber nachzudenken. »Ich bin seine Freundin!«

»Was?«

»Ich bin Matthew Kents Freundin und muss ihn dringend sprechen.«

Wieder zögert er. »Wenn Sie seine Freundin sind, dann haben Sie ja sicher seine Nummer und brauchen meine Auskunft nicht.«

»Äh, also ...« Ich atme durch. »Ich bin seine Ex-Freundin. So muss man es korrekterweise bezeichnen. Es ist viele Jahre her, dass Matt und ich zusammen waren. Deswegen habe ich seine aktuelle Nummer nicht und weiß nicht, wo er jetzt wohnt. Aber es ist sehr wichtig, dass ich ihn spreche.«

»Sie behaupten also, eine Ex von Mr. Kent zu sein? Nun, das ist neu, das muss ich zugeben. Das hat noch kein weiblicher Fan behauptet, um an seine Nummer zu kommen. Freundin und One-Night-Stand, ja. Aber Ex?

Nein, da sind Sie wirklich die Erste. Doch Sie verstehen sicher, dass mich das genauso stutzig macht. Verstehen Sie doch bitte. Ich muss die Daten meiner Kollegen schützen und kann Ihnen das nicht einfach so glauben. Als seine Ex finden Sie sicher noch einen Weg, ihn zu erreichen. Rufen Sie seine Eltern an. Oder versuchen Sie es über Facebook.«

Was, seine Eltern anrufen? Bitte nicht! Falls die Nummer überhaupt noch funktioniert, die ich bis heute gespeichert habe, blöd, wie ich bin. Und das mit Facebook habe ich schon vorhin im Laden versucht. Als Matthew und ich zusammen waren, gab es noch keine sozialen Netzwerke. Jetzt dagegen gibt es so viele Matthew Kents auf Facebook, dass ich verrückt werden könnte! Der eine Matthew Kent auf Facebook hat ein Profilbild, auf dem man nur ein Cap erkennt. Mein Gefühl sagt mir, dass er es ist. Aber natürlich nimmt er keine Freundschaftsanfragen oder Nachrichten an. Sicher, weil ihn sonst ständig Fans bedrängen würden. Aber ich bin kein Fan! Ich bin ganz sicher kein Fan von Matthew!

»Ich ...« Verzweifelt überlege ich, wie ich diesen Mr. Drew überzeugen kann. »Matthew heißt mit Spitznamen Matt und ist in Brooklyn aufgewachsen. Seine Eltern heißen Mary und Tim. Er hat keine Geschwister, dafür drei Cousins. Er ist auf die *Brooklyn High* zur Schule gegangen und hat in seinem Abschlussjahr ein Stipendium bekommen, um in Texas zu studieren und professioneller Footballspieler zu werden. Und ... Und ...« Was kann ich noch über ihn erzählen?

»Verzeihen Sie, Ms. Harper, aber das steht auch alles bei Wikipedia. Mr. Kent ist eine Öffentlichkeitsperson und die Eckdaten über seine Biografie sind unter Footballfans allgemein bekannt. Das beweist leider gar nichts. Wenn Sie mir sonst nichts mehr zu erzählen haben, muss ich jetzt leider auflegen.«

»Okay ...«, murmle ich. Ich schließe die Augen und atme abermals durch. Was kann ich über den »privaten« Matthew erzählen? »Matt ist ...« Da erinnere ich mich an ein Erlebnis von früher. Aus glücklichen Zeiten. Damals, mit Matthew. »Wissen Sie, einmal, da bin ich umgeknickt und habe mir den Knöchel verstaucht. Es war spätabends und weit und breit war kein Bus oder Taxi in Sicht. Und dann fing es auch noch zu regnen an. Und was machte Matt? Trug mich auf Händen durch die Stadt. Bis nach Hause.« Ich muss lächeln und den Kopf schütteln. »Es war verrückt. Dreieinhalb Meilen hat er mich getragen. Er war schon damals stark, aber das war selbst für jemanden wie ihn eine ordentliche Tortur. Am nächsten Tag hatte er so schlimmen Muskelkater in den Armen, dass er nicht am Footballspiel teilnehmen konnte. Zum ersten Mal in seinem Leben musste er ein Freundschaftsspiel aussetzen. Dabei bedeuten solche Spiele gegen andere Highschools auch immer die Chance, entdeckt zu werden. Während sich sein Muskelkater meldete, war ich gerade beim Arzt. Als ich davon erfahren habe, dass Matt nicht spielen kann, habe ich mir große Vorwürfe gemacht. Aber wissen Sie, was Matt gemacht hat? Er ist zum Arzt gefahren, hat mich abgeholt und den ganzen restlichen Tag mit mir verbracht. Das hätte der Muskelkater ihm ermöglicht, hat er gesagt. Dass er noch mehr Zeit mit mir verbringen kann, weil ...« Mir kommen die Tränen. »Weil er einfach nicht genug von mir bekommt.«

Ach, Mist. Nun kullern die Tränen über meine Wangen. Es ist eine Mischung aus Freude und Trauer, die mich beherrscht. Diese wundervolle Erinnerung an meine Zeit mit Matthew habe ich vollkommen vergessen. In den drei Jahren, in denen wir zusammen waren, hat er oft solche schönen Dinge gesagt und getan. Er war ein echter Romantiker, wenn er an meiner Seite war. Aber es ist kein Wunder, dass ich diese Erinnerung verdrängt habe. Denn sie macht mir auch wieder bewusst, dass sich diese Zeiten geändert haben. Am Ende war Matthew alles andere als romantisch zu mir. Am Ende hat er sich gegen unsere Beziehung entschieden und in einem weit entfernten Bundesstaat Karriere gemacht. Ohne mich zu fragen, ob ich mit ihm kommen will. Hätte ich das gemacht? Das ist nicht von Bedeutung, denn dazu ist es sowieso nicht gekommen. Und so sind es auch Tränen des Kummers, die ich nun seinetwegen vergieße. Zum tausendsten Mal seinetwegen. Und vermutlich ist das noch nicht einmal eine Geschichte, die mich bei Mr. Drew weiterbringt. *Ach, Mann ...*

»Ist alles in Ordnung, Ms. Harper?«

»Bitte entschuldigen Sie«, sage ich schluchzend und wische mir die Augen und Wangen mit der freien Hand trocken.

»Nein, nein, Sie müssen sich dafür doch nicht entschuldigen.«

Stille.

»Nun, Ms. Harper, ob diese Geschichte stimmt, kann ich nicht sagen. Ich habe Mr. Kent noch nicht persönlich getroffen, und selbst wenn, dann würde er mir eine so private Geschichte wohl nicht erzählen. Andernfalls müsste ich mir auch Sorgen um ihn machen.«

Sein Scherz bringt mich kurz zum Lachen. Wenn auch nur für eine Sekunde. Anschließend nimmt mich die Sorge wieder ein. Denn mir wird klar, dass ich so nicht weiterkomme. Mr. Drew wird mir Matthews Nummer nicht geben. Und auch sonst wird er mir nichts über seine Kontaktdaten verraten. Ich bin selbst schuld. Da bleibt mir wohl doch nur der Versuch, Matthews Eltern anzurufen. Dann erwartet mich entweder ein unangenehmes Gespräch oder – was wahrscheinlicher ist – *kein Anschluss unter dieser Nummer.*

»Aber ich glaube Ihnen, Ms. Harper.«

Moment, was?

»Ich vertraue auf mein Gefühl, und das sagt mir, dass sie mir nichts vorlügen und Ihre Tränen echt sind. Es kann also wirklich sein, dass Sie Mr. Kents Ex-Freundin sind.«

Meine Augen leuchten auf. »Dann geben Sie mir seine Nummer?«

»Nein, tut mir leid.«

Oh Gott, ich drehe durch!

»Aber ich mache Ihnen einen Vorschlag, Ms. Harper.«

»Ja?«

»Ich sehe Ihre Handynummer auf meinem Display. Ich gebe Sie Mr. Kent und lasse ihn entscheiden, ob er Sie zurückruft. Einverstanden?«

Ich bin überglücklich! Und das deswegen, weil ich auf einen Rückruf von Matthew hoffe. Ist das nicht ein verrückter Tag? »Ich danke Ihnen, Mr. Drew! Haben Sie vielen Dank!«

»Keine Ursache. Ich hoffe, es klärt sich alles schnell. Machen Sie es gut, Ms. Harper.«

Schon legt er auf. Anscheinend hat er genug von meinem Drama.

Aber – halt! Hätte ich ihn noch bitten sollen, Matthew etwas von mir auszurichten? Dass ich den Deal annehmen will? Einfach irgendetwas! So denkt Matthew doch vielleicht, dass ich bloß angerufen habe, um ihm noch etwas Gemeines an den Kopf zu werfen. Oh Mann, dieses Gefühlschaos macht mich fertig. Was tut Matthew mir da bloß an? Und Mr. Drew erst! Ach, eigentlich ist doch diese Eigentümergesellschaft schuld. Ohne die wäre ich gar nicht gezwungen, auf Matthews dreistes Angebot einzugehen. Ob Mr. Drew es überhaupt ernst gemeint hat, dass er Matthew meine Nummer geben will? Vielleicht macht er es gar nicht. Oder erst später. Aber ich habe ja gesagt, dass ein Notfall vorliegt. Oh Gott, so viele Gedanken jagen mir durch den Kopf! Ich sollte aufstehen und nach Hause gehen. Ab in den Urlaub. Einfach die Geldsorgen für eine Woche vergessen. Aber wie könnte ich?

Da klingelt und vibriert mein Handy, das ich noch immer in der Hand halte. Vor Schreck zucke ich zusammen. Die Nummer, die mir angezeigt wird, kenne ich nicht. Es ist nicht die Servicenummer von eben.

Oh. Mein. Gott.

Es ist Matthew, oder?! Das ging aber schnell! Ich bin erleichtert und verängstigt zugleich. Aber wenn ich jetzt nicht rangehe, nach dieser ganzen Tortur eben, dann bin ich der größte Depp überhaupt.

Meine Hand ist ganz zittrig, als ich das Handy zurück an mein Ohr führe. Auf halber Strecke drück ich auf den großen Knopf, mit dem ich den Anruf annehme. Zaghaft lege ich das Smartphone an mein Ohr. »Hallo?«, sage ich so zart, dass es aus Versehen gehaucht klingt, nahezu sinnlich.

»Hallo, Viv«, ertönt Matthews tiefe, klare Stimme.

6. KAPITEL

VIVIEN

Ich muss schlucken. Er ist es wirklich! »Matt ... hi.« Mehr sage ich in meiner Überforderung zunächst nicht.

»Hi.«

Pause.

Wie viel weiß er?

»Mir ist soeben zu Ohren gekommen, dass du mich sprechen willst«, fährt er fort, als könnte er meine Gedanken lesen.

»Oh, dann hat Mr. Drew sich aber schnell bei dir gemeldet.«

»Ja. Wie bist du bei ihm gelandet?«

»Das ... ist eine langweilige Geschichte, glaub mir.« Und peinlich obendrein.

»Ich würde sie aber gerne hören. Wenn ich darf.«

»Na ja, ich wusste deine Nummer nicht, also habe ich versucht, sie herauszufinden. Das ist alles, was ich dazu sagen kann.« *Andernfalls müsste ich gleich endgültig im Boden versinken!*

Charmant lacht er. »Verstehe. Okay.«

»Hat ja geklappt, wie es scheint«, kommentiere ich und versuche, lässig zu wirken.

»Tja. Mr. Drew meinte, dass meine Ex mich sprechen will und es sich um einen Notfall handelt. Da wusste ich sofort, dass du es bist.«

»Ach … ja?«

»Natürlich. So viele Frauen kommen da nicht infrage, Viv.«

»Sehr witzig, Matt.« *Als wenn ich ihm das glauben würde!*

»Wie konntest du Mr. Drew überhaupt davon überzeugen, sich bei mir zu melden?«

Ups! Das will ich ihm lieber nicht verraten. Dass ich Mr. Drew die Geschichte erzählt habe, in der Matthew mich wortwörtlich auf Händen trägt, ist mir irgendwie peinlich. Und so schweige ich.

Er räuspert sich. »Was ist denn das für ein Notfall, von dem du gesprochen hast?« Kurz, nachdem er mir diese Frage gestellt hat, muss er sich ein weiteres Mal räuspern.

Ist er etwa genauso nervös wie ich?

Ich atme durch. »Na ja, ich habe noch mal darüber nachgedacht, was gestern war, und … ich würde dein Angebot nun doch gerne annehmen, Matt. Wenn es noch steht.«

Zurückhaltend lacht er. »Das ist also der Notfall? Dass du nun doch gerne bei mir sein willst, sofort?«

Demonstrativ laut schnaufe ich. »Findest du das witzig, Matt? Ging es dir doch nur darum?«

»Nein«, entgegnet er sofort und klingt plötzlich besorgt. »Nein, bitte, so war das nicht gemeint. Entschuldige, ich bin nur etwas neben der Spur. Ich habe nicht damit gerechnet, noch mal von dir zu hören, verstehst du?«

Ich verziehe den Mund, weil er mich daran erinnert, wie ich gestern mit ihm umgesprungen bin. »Tut mir leid, wie das gestern gelaufen ist. Du hast mich überfallen und ...« Ich setze ab und suche nach den richtigen Worten, um zu beschreiben, wie ich mich dabei gefühlt habe. Die große Frage dabei ist, was davon ich ihn überhaupt wissen lassen möchte.

»Wenn sich hier einer entschuldigen muss, dann ja wohl ich. Ich wollte dich nicht so überfahren. Aber es war meine einzige Möglichkeit, mit dir zu sprechen, Viv.«

»Tja, nun haben wir uns also gegenseitig überfallen. Dann sind wir ja jetzt quitt. Was *das* angeht.« Aber ganz sicher nicht, was mein gebrochenes Herz betrifft.

»Viv ...«

»Ja, Matt?«

»Meinst du das ernst?«

Was? Dass wir quitt sind?

»Also, dass du mein Angebot annehmen willst.«

Er spricht mit dermaßen zärtlicher Stimme, dass es mir die Sprache verschlägt.

»Viv?«

»Ich ...« Ich muss mich sammeln. »Steht das Angebot denn noch?«

»Selbstverständlich. Ich würde mich sehr freuen.«

»Aber warum? Wieso ausgerechnet ich? Du könntest jede haben, die du willst.«

»Nein, nicht jede«, erwidert er sogleich.

»Aber genügend!«

»Das ist mir egal. Ich will nur dich.«

Was?

»Für diese eine Woche will ich dich, Viv.«

Mist, warum spüre ich dieses Stechen im Herzen, weil er mich nur für diese eine Woche will, und nicht darüber hinaus? Ich will ihn doch gar nicht wiederhaben! Eigentlich wäre mir sogar diese eine Woche zu viel. Es sind die Geldsorgen, die mich zurück zu ihm treiben. Wie er es vorhergesehen hat. Dieser

Mistkerl. Aber er ist meine einzige Hoffnung. Das – oder ich müsste meinen Traumjob aufgeben und Betty im Stich lassen.

Und doch muss ich es wissen! »Aber warum ich? Nach all den Jahren.«

Er zögert. »Bitte, stell keine Fragen. Okay?«

»Nein«, erwidere ich entschlossen. »Ich muss wissen, worauf ich mich da einlasse.« Geldsorgen hin oder her. »Bitte, Matt.«

Er atmet durch. »Ich fange neu an, Viv. Hier in New York, wo wir beide aufgewachsen sind. Ich habe lange nicht mehr hier gelebt und muss mich neu eingewöhnen. Außerdem habe ich meine Karriere als Spieler beendet und bin jetzt Berater. Das sind sehr viele Veränderungen auf einmal. Ich möchte diesen Neuanfang mit dir erleben. Ich will eine vertraute Person von früher an meiner Seite haben. Für eine Woche.«

»Du … Brauchst mich zur Beruhigung?«, frage ich skeptisch.

»Ja, Viv. So ist es. Ich brauche dich an meiner Seite, um mich besser zu fühlen. Reicht dir das als Antwort? Es fällt mir echt schwer, darüber zu sprechen.«

Ich zögere. »Tut mir leid. Aber *mir* fällt es schwer, das zu glauben. Und das macht mir dann doch Angst, den Deal einzugehen und verletzt zu werden.«

»Ich werde nichts tun, was du nicht willst, Viv«, erwidert er mit inständiger Stimme. »Und ich werde nichts sagen oder machen, was dich verletzen könnte. Das verspreche ich dir.«

Neue Tränen steigen in mir auf. »Du solltest nichts versprechen, was du nicht halten kannst, Matt.«

»Das weiß ich. Glaub mir, das weiß ich.«

»Aber … Warum nur, warum? Ich verstehe immer noch nicht, was du von dem Deal hast.«

Er seufzt. »Okay. Schön. Ich will mich einfach mit dir amüsieren. Ich bin zurück nach New York gekommen und habe an damals gedacht. Wie schön es mit dir war. Das will ich für eine Woche wiederhaben, damit ich damit abschließen kann. Ohne den komplizierten Beziehungskram. Und mit deinem Einverständnis. Dafür bin ich bereit, dir das Geld zu zahlen. Bist du jetzt zufrieden?«

»Was heißt zufrieden. Aber das glaube ich dir schon eher.«

»Was auch immer dich davon überzeugt, endlich einzuwilligen, Viv.«

Verdammt, ich bin so durcheinander! Ich bin wütend wegen damals. Aber auch neugierig auf eine gemeinsame Woche mit ihm. Ich merke, wie der bloße Klang seiner Stimme ein Kribbeln zwischen meinen Schenkeln auslöst. Dabei würde körperliche Nähe alles nur noch komplizierter machen. Ich habe Angst vor der Woche, aber irgendwie kann ich sie auch kaum erwarten. Ich habe ein ungutes Gefühl, denn ich könnte verletzt werden. Aber ich will es riskieren. Für den Buchladen! Aber habe ich wirklich alle Konsequenzen bedacht? Ach, die Lage ist so verzwickt, das ist unglaublich! Warum muss das Leben so kompliziert sein?

»Und?«, fragt er, weil ich nichts mehr sage. »Willigst du ein?«

»Ich will einen Vertrag«, höre ich mich auf einmal fordern.

Wieder zögert er. »Wie du möchtest.«

»Und ich will das Doppelte.«

»Was? Viv ...«

»Zweihunderttausend Dollar«, stelle ich klar.

»Für eine Woche?!«

»Für eine Woche, Matt.«

»Dann will ich aber zwei Wochen haben«, verlangt er.

»Nein.«

»Aber, Viv!«

»Ich habe nur kommende Woche frei. Und ich will nicht die Zeit verdoppelt haben, sondern mein Honorar.«

»Echt. Du bist knallhart.«

»So wie du damals«, feuere ich zurück.

Da sagt er nichts mehr. Aber eine solche Bemerkung geschieht ihm nur recht. Immerhin schluckt er sie ohne weiteres Widerwort. Das muss ich ihm lassen.

»Und dafür könnte es sofort losgehen?«, fragt er schließlich.

»Wenn du damit die Woche meinst, dann ja.«

»Dann will ich aber beide Wochenenden haben.«

»Was?«, frage ich.

»Dieses und nächstes Wochenende, Viv. Du packst noch heute deine Sachen und lässt dich von mir abholen. Und du bleibst bei mir bis nächste Woche Sonntag. Keinen Tag weniger.«

Ich schnaufe. Einfach nur, damit er es zu hören bekommt.

»Das ist ein guter Deal, Viv. Das weißt du.«

»Für dich oder für mich?«, will ich wissen.

»Na, ich hoffe doch, für uns beide. Oder hast du vor, mir das Leben in dieser Woche zur Hölle zu machen?«

Neue Wut kommt in mir hoch. »Und was, wenn es so wäre?«

»Verdient hätte ich es natürlich.«

»Soll das eine Aufforderung sein?«

»Verdammt, Viv. Willigst du ein oder nicht?«

»Für zweihunderttausend.«

»Deal.«

Du meine Güte! Was passiert hier? Wir reden uns beide in Rage! Voller Entsetzen stelle ich fest, dass mich das erregt. Das darf nicht sein! Um Himmels willen, in dieser einen Woche darf ich auf keinen Fall mit ihm schlafen. Unser Sex war damals schon leidenschaftlich. Und so aufgewühlt, wie wir beide jetzt offensichtlich sind, dürfte das der heißeste Sex aller Zeiten werden. Aber das darf nicht passieren!

Warte, was? Wir haben uns gerade geeinigt. Die Abmachung steht also. Es passiert wirklich.

»Okay«, meine ich schließlich und versuche, mir die Nervosität genauso wenig anmerken zu lassen wie meine Erregung. »Wir haben einen Deal.«

»Na endlich!«, ruft er laut aus. Und er klingt nicht genervt, sondern erleichtert. Na ja, irgendwie nach beidem.

Okay, bleib cool. Klär die letzten Fakten ab und dann beende das Gespräch.

»Und wann holst du mich ab?«, frage ich.

»Passt es dir in zwei Stunden?«

»Ja. Einverstanden. Du weißt ja, wo ich wohne. Wie ich gestern feststellen durfte.« Wieder erwische ich mich dabei, dass ich schnippisch werde. Und wieder erträgt Matthew es, ohne zu kontern. Im Grunde hat er eben nur dann gekontert, wenn es um die Bedingungen für die Abmachung ging. Ansonsten hat er mir nichts an den Kopf geworfen. Und ich? Ich nutze jede Gelegenheit, um ihn wissen zu lassen, wie sauer ich noch immer wegen damals bin. Wenn ich so darüber nachdenke, habe ich unsere Trennung nie ganz überwunden. Habe ich gerade also einen Riesenfehler gemacht? Kann ich diese Woche mit ihm wirklich durchziehen, um Bettys Laden – und meine Wohnung – zu retten?

»Bis gleich, Viv«, sagt er. »Ich freue mich.«

Diese Behauptung kann ich nicht erwidern. »Bis gleich, Matt.«

Ich lege auf.

Gott! Was mache ich hier? Das ist doch verrückt. Oder? Ganz durchschauen kann ich ihn immer noch nicht. Warum hat er mir diesen Deal überhaupt angeboten? Wie auch immer. Wenn ich in dieser einen Woche auf mein Herz aufpasse – und auf meinen Körper –, dann dürfte ich die ganze Sache doch gut überstehen. Dann verlasse ich sein Haus mit einer Menge Geld auf meinem Konto. Leicht verdientes Geld, wenn ich so darüber nachdenke. Er kann mich zu nichts zwingen. Ich soll nur Zeit mit ihm verbringen. Und dabei nett zu ihm sein – aber nur, wenn ich Lust dazu habe. So schnell komme ich nie wieder an so viel Geld. Ich muss diese Chance nutzen!

***

Ratlos stehe ich vor meinem Koffer. Was packt man bitte für eine Woche bei seinem Ex, die man gegen Geld – viel Geld – mit ihm in seinem Zuhause verbringt, ein? Ich. Habe. Keine. Ahnung. Ich weiß weder, was für Veranstaltungen wir besuchen werden, noch bin ich über sein Zuhause informiert. Hat er eine Villa? Einen Pool? Hätte ich überhaupt Zeit für eine Schwimmrunde? Vielleicht ist auch jede Minute durchgeplant. Vielleicht wird es so schrecklich, dass ich nach einem Tag abbreche. Dann brauche ich nicht allzu viel. Ach, was weiß ich.

Ich packe ein paar Röcke, Shirts und Jäckchen ein. Dazu das rote Kleid, falls ich mit ihm ausgehen muss. Dann natürlich genügend Unterwäsche. Oh, den Pyjama darf ich nicht vergessen. Zahnbürste ... Und der Badeanzug kommt auch einfach mal mit. Einen Bikini habe ich sowieso nicht. Brauche ich ein Handtuch? Nee, Matthew hat alles im Überfluss und ist vorbereitet, oder? Plötzlich fühle ich mich wieder wie sechzehn. Damals, als Matthew und ich gepackt haben, um das Wochenende über außerhalb der Stadt zu zelten. Er und ich, auf dem verlassenen Feld, am knisternden

Lagerfeuer, unterm Sternenhimmel ... Das war magisch. Und vor allem ist es – Vergangenheit. Also Schluss mit solchen Gefühlen und eingebildeten Parallelen! Ich habe *immer* den Eindruck, nicht richtig packen zu können und etwas vergessen zu haben. Das ist noch heute mit dreiunddreißig so, und das wird auch mit vierzig noch so sein. Das hat nichts mit Matthew zu tun. Rein gar nichts.

Es klingelt. Mein Handy klingelt. Es ist meine Cousine Lindsey.

»Hey, Lindsey«, nehme ich den Anruf an. Sogleich klemme ich das Handy zwischen Wange und Schulter, um mit den Händen den einen Rock fertig zusammenzulegen. »Was gibt's?«

»Hey, Vivien. Ich habe von deinen Eltern gehört, dass du morgen doch nicht nach Denville kommst. Stimmt das?«

»Oh, ja, tut mir leid. Ich weiß, ich wollte dann auch bei dir vorbeischauen. Von Denville bis zu dir ist es ja nicht so weit. Aber das müssen wir leider verschieben. Mir ist etwas dazwischengekommen, sorry.«

»Schon gut, dann holen wir unseren Kaffeeklatsch eben nach. Du kommst dann ja hoffentlich trotzdem bald mal wieder in die Gegend.«

»Na klar«, entgegne ich entschlossen und freudig zugleich. »Dann bist du nicht böse, Lindsey?«

»Natürlich nicht, Cousine. Ich wollte nur fragen, ob alles in Ordnung bei dir ist.«

»Ja, es ist alles in Ordnung«, erwidere ich und fühle mich wie ertappt.

Was sie wohl sagen würde, wenn sie wüsste, wo ich stattdessen hinfahre? Als Jugendliche haben wir uns ab und zu gesehen, und so hat Lindsey damals auch meine Beziehung mit Matthew mitbekommen – und wie das Ganze geendet hat.

»Dann bin ich ja beruhigt. Die letzten Male hast du den Urlaub bei deinen Eltern verbracht, da bin ich einfach nur neugierig gewesen.«

»Verstehe«, meine ich im dankbaren Ton. »Lieb von dir. Aber es ist alles okay.«

»Hast du kurzfristig andere Urlaubspläne?«

Oh, sie ist wirklich neugierig.

»Könnte man so sagen, ja.«

»Wo geht es denn hin? Ich war schon lange nicht mehr weg. Die Kinder lassen mich nicht, wie du weißt.«

»Ich komme dich bald besuchen, Lindsey, versprochen.«

»Und?«, fragt sie neugierig.

»Na, wo du hinfährst.« Sie lacht.

»Ach so. Ich … bleibe in New York.«

»Aha? Alleine?«

Ich ziehe eine Augenbraue hoch und muss grinsen. »Worauf willst du hinaus, Lindsey? Sind wir wieder Teenager?«

»Sag du es mir. Sind wir das?«

Ich atme aus, lächle und sehe kopfschüttelnd zu Boden. »Du bist unmöglich.«

»Also doch! Erwischt. Meine Cousine hat endlich mal wieder einen Mann am Haken.«

»Na ja.«

»Oder hat er *dich* am Haken?«

»Ach, Lindsey!«, beschwere ich mich, muss aber lachen. »Du bist unmöglich.«

»Was denn? Hey, ich habe den ganzen Tag die Kinder um mich und Max ist übers Wochenende auf Schulung. Lass mich doch ein bisschen an deiner Romanze teilhaben. Bitte!«

Abermals bringt sie mich mit ihrer süßen Art zum Lachen. »Ich habe doch gar keine Romanze, Lindsey.«

Sie zögert. »Wie jetzt? Ich dachte, du verreist mit jemandem!«

»Ich bleibe mit ihm in New York.« *Ups!* »Äh, ich meine …«

»Leugnen zwecklos! Erzähl mir mehr.«

»Oh Gott, Lindsey …«

Es klingelt. An der Tür. Schon acht Uhr! Das ist Matthew!

»Vivien?«, fragt Lindsey nach.

»Ja? Hör zu, es hat gerade geklingelt.«

»Ist er das?«, will sie wissen.

»Ja. Ich muss jetzt auflegen, okay? Tut mir leid. Bitte, grüß die Kleinen von mir. Und Max, sobald er wieder da ist.«

»Na gut. Ich wünsche euch natürlich eine schöne Woche. Was auch immer ihr vorhabt. Aber wenn du das nächste Mal hier bist, musst du mir alles erzählen, Cousine!«

Wieder klingelt es an der Tür. Matthew steht unten und wartet auf ein Lebenszeichen von mir.

Ich seufze. »Mach ich. Versprochen.« Dann drücke ich auf den Knopf an der Sprechanlage. »Hallo, Matthew? Ich bin sofort unten.«

»Okay, bis gleich«, antwortet er voller Erleichterung. Und schon diese drei Worte aus seinem verführerischen Mund reichen aus, um meinen Puls in die Höhe zu treiben.

»Warte …«, höre ich Lindsey sagen. »*Der* Matthew?!«

7. KAPITEL

VIVIEN

»Ich muss auflegen«, wiederhole ich und lasse meine Drohung wahr werden.

Hastig packe ich die restlichen Sachen, die mir noch einfallen, zusammen. Ich schließe den Rollkoffer und richte ihn auf. Im Flur werfe ich Mantel und Handtasche darüber. Damit bin ich endlich abfahrbereit. Eigentlich. Und ich müsste jetzt auch wirklich los, um Matthew nicht noch länger warten zu lassen. Eigentlich.

Aber aus irgendeinem Grund muss ich unbedingt noch mal vor den Spiegel hüpfen und mein Erscheinungsbild kontrollieren. Als ich mich selbst mit musternden Augen betrachte, atme ich tief durch. Wie sehe ich aus? Gut? Gut genug für ihn? Und warum ist mir das überhaupt wichtig? Ich sehe sowieso aus wie immer. Pferdeschwanz, Hornbrille, Jäckchen – es ist alles beim Alten. So fühle ich mich wohl. Aber wenn Matthew mich so nicht mehr mag, kann er ja auch gar nicht in Versuchung kommen. Umso besser. Ja, das muss mir genügen.

Es wäre in Ordnung, wenn er jetzt wieder klingeln würde. Immerhin lasse ich ihn ganz schön lange zappeln, wenn auch unbeabsichtigt. Aber er tut es nicht. Geduldig wartet er unten ab und erträgt meine Verspätung genauso, wie er meine Vorwürfe und schnippischen Bemerkungen ertragen hat.

Noch einmal atme ich tief durch. Dann schnappe ich mir den Rollkoffer, verlasse die Wohnung und schließe ab. Mit jeder Treppenstufe, die ich heruntergehe, pocht mein Herz schneller. Ich bekomme wacklige Beine und muss mich konzentrieren, um nicht zu stolpern. Ich bin so aufgeregt und frage mich, ob ich wirklich die richtige Entscheidung getroffen habe.

Alles gut!, habe ich meinen Kollegen vorhin direkt geschrieben. *Wir kriegen das Geld. Ich melde mich nach dem Urlaub.*

Daran muss ich in den nächsten Tagen einfach denken. Dafür nehme ich diesen Deal auf mich.

Als ich unten ankomme und die Tür öffne, ist Matthew gleich zur Stelle. Geistesgegenwärtig reagiert er, zieht die Haustür weiter auf und hält sie mir auf.

»Hey«, entfährt es ihm salopp und er reibt sich mit der freien Hand an der Nase. Er wirkt fast schon genauso nervös wie ich.

»Hey«, wiederhole ich in meiner Aufregung und gehe durch die Tür, die Matthew hinter mir zufallen lässt.

Sekundenlang sehen wir uns an. Sein Blick fesselt mich und ich weiß gar nicht, was ich sagen oder machen soll.

»Du siehst bezaubernd aus«, lässt er plötzlich mit sanfter Stimme verlauten.

In meiner Verunsicherung ziehe ich eine Augenbaue hoch. »Ich sehe aus wie immer, Matthew. Wie damals schon.«

»Ja, und das hat mir schon früher so gut an dir gefallen, falls du dich erinnerst.«

So gut kann es dir nun auch nicht gefallen haben, sonst hättest du mich nicht eiskalt abserviert.

Das will ich gerade zurückschmettern – aber ich verbiete es mir in letzter Sekunde und presse die Lippen aufeinander. Ich will ihn nicht schon wieder damit bestrafen, dass ich auf ein Kompliment schnippische Vorwürfe folgen lasse. Das würde die bevorstehenden Tage zur Hölle machen. Für uns beide. Aber nette Worte habe ich für ihn nicht gleich übrig. Das fehlt mir noch, dass ich ihm jetzt sage, wie gut er mir bis heute in seinen farbenfrohen Shirts und mit Cap gefällt. Und so sage ich letztendlich überhaupt nichts.

»Darf ich?«, fragt er, nimmt das Gepäck aber auch schon an sich und trägt es zum Wagen.

Matthew begibt sich zum Kofferraum seines alten Jeeps und öffnet ihn. Ich erwische mich dabei, wie mein Blick auf seine angespannten Arme fällt. Er ist wirklich muskulös – das muss man ihm lassen.

Pfui! Aus! Schluss mit solchen Gedanken. Und das direkt hier, noch bevor wir überhaupt losgefahren sind. Das geht ja gut los. Ich darf ihn nicht so ansehen. Er ist … der Feind. Ja, genau.

Ich zucke zusammen, als er die Tür vom Kofferraum wieder zuknallen lässt.

»Hey, ist das der alte Wagen von deinem Dad?«, frage ich erstaunt.

»Ja«, sagt er und kommt zu mir. »Als er ihn verkaufen wollte, habe ich zugeschlagen.«

Ich grinse. »Sicherlich hast du ihm einen fairen Preis gemacht.«

»Selbstverständlich, Viv.«

Ich widme mich wieder dem Jeep. »Wow. Der müsste doch mittlerweile ein Oldtimer sein.«

»Noch nicht ganz, aber bald.« Matthew sendet mir ein warmes Lächeln zu, das mich innerlich umhaut. »Auf jeden Fall braucht er schon so viel Zuwendung von mir, als wäre er längst ein Oldtimer.«

»Tja, ich habe, ehrlich gesagt, mit irgend so einem Protzauto gerechnet.«

Charmant lacht er. »Protzauto? Und was genau soll das sein?«

»Keine Ahnung«, erwidere ich und zucke mit den Schultern. »Das musst du doch wissen, Matt, du mit deinen Millionen.«

Ohne sein umwerfendes Lächeln abzulegen, dreht er leicht den Kopf. »Du hast eine klare Meinung von der reichen Gesellschaft, was, Viv?«

Schuldbewusst verziehe ich den Mund. »Na ja, ich habe da so meine Erfahrungen. Aber ich bin in der High Society natürlich nicht so ein Experte wie du.«

Er lässt die braunen Augen schmaler werden und intensiviert seinen Blick, der an mir haften bleibt. »Ich bin mir nicht sicher, wie du dir mein Leben vorstellst, Viv. Aber in den nächsten Tagen kann ich es dir hoffentlich zeigen. Schließlich wirst du ab sofort ein Teil meines Lebens sein.«

»Für ein paar Tage«, wiederhole ich, um das klarzustellen.

Ernsten Blickes nickt er. »Natürlich. Der Vertrag wartet in deinem neuen Schlafzimmer auf dem Schreibtisch.«

»Gut.« Mit diesen Worten lasse ich Matthew stehen und gehe zur Beifahrertür. Erst dort angekommen, drehe ich mich zu ihm um. »Kann ich schon rein?«

Wie ein treuer Hund folgt er mir und tritt dicht an mich heran. Tief sieht er mir in die Augen.

Mir verschlägt es den Atem – und die Sprache. Matthew ist mir so nah, dass ich ihn atmen hören und den herb-frischen Duft seines Parfums riechen kann.

»Klar«, antwortet er salopp. Ohne den Blick von mir abzuwenden, kommt er näher.

Mein Herz schlägt so stark, dass ich das Pochen in meinem Hals spüren kann und hoffe, dass er es mir nicht ansieht. Ich bekomme schwitzige Hände und spüre ein Kribbeln in der Magengegend.

»Viv?«

»J-Ja?«

Er lächelt. »Wärst du so freundlich?«

»Hm?« Ich befürchte, ich gucke gerade wie ein Auto.

Dann endlich kapiere ich, was er meint. Das *andere* Auto. Also, das echte. Matthew hat die Hand an den Türgriff gelegt und will mir die Beifahrertür öffnen. Doch bisher stehe ich im Weg.

»Oh, ja«, entfährt es mir beschämt. Gesenkten Hauptes trete ich zur Seite und spüre, dass meine Wangen knallheiß werden.

Das ist doch albern! Sind wir wieder achtzehn? Ich glaube, als wir achtzehn waren, gab es mal eine ähnliche Situation. Als Matthew mich ins Autokino ausgeführt hat. Kurz darauf hat er Schluss gemacht. Und jetzt fühle ich mich ganz ähnlich wie damals – wie ist das möglich? Als wenn mein Herz rein gar nichts dazugelernt hätte.

»Danke«, sagt er mit sanfter, leiser Stimme.

Matthew öffnet mir die Tür.

Nun bin ich diejenige, die »Danke« sagt, und steige ein.

Er schließt die Tür für mich und begibt sich anschließend zur Fahrerseite, um selbst einzusteigen.

»Alles okay, Viv?«, fragt er, nachdem er Platz genommen hat.

Obwohl ich nach vorne sehe, kann ich seinen Blick auf mir spüren. Und wahrscheinlich fragt er mich das deswegen, weil er die Anspannung in meinem Gesicht bemerkt hat.

Ich zwinge mich dazu, ihm in die Augen zu sehen. »Ich bin nur etwas nervös.« Dabei kralle ich mich mit allen zehn Fingern an meinem dunkellila Rock fest.

Sogleich fällt sein Augenmerk auf meine verkrampften Hände. »Willst du lieber wieder aussteigen?«, fragt er mit besorgter Stimme. Dann sieht er mich wieder an. »Viv, ich wünsche mir zwar, dass du mitkommst, aber ich will nicht, dass du dich dabei unwohl fühlst. Davon hätte ich nichts, das würde mir keinen Spaß machen. Also sei bitte ehrlich. Willst du abbrechen?«

Abbrechen. Schon jetzt? Dann würde ich keinen müden Cent kriegen. Oder etwa doch?

»Viv, ich kann dir auch einfach so aushelfen.«

Was? Kann er etwa meine Gedanken lesen?

»Das Geld wollte ich dir sowieso anbieten, um dir zu helfen. Ich sehe es nicht gerne, wenn du dir Sorgen um deine Wohnung machen musst. Aber ich war so egoistisch und habe gehofft, einen Vorteil daraus zu ziehen und dich in mein Haus zu locken.«

Verwundert ziehe ich eine Augenbraue hoch. »Du redest ja, als wenn du mich entführen und zerstückeln wollen würdest.«

Er lacht. »Du weißt ganz genau, dass ich nicht so der Killertyp bin.«

Da muss auch ich lachen. »Ja, ich weiß, Matt. Sonst wäre ich ganz sicher nicht hier in deinem Wagen.«

Schlagartig wird der Ausdruck in seinen braunen Augen wieder ernst. »Aber wenn du das hier nicht machen willst …«

»Doch!«, schießt es sogleich aus mir heraus.

»Wirklich, Viv? Bist du dir sicher?«

Um ihm die Zweifel zu nehmen, sehe ich tief in seine Augen. Obendrein beuge ich mich zu ihm herüber und lege die Hand auf seinen Arm. »Ja. Wirklich. Ziehen wir es durch.«

Das meine ich ernst. Denn gerade sind mir zwei Dinge klar geworden: Ich will mir das Geld verdienen. Jeden einzelnen Cent. Wenn Matthew eine Woche mit mir so viel Kohle wert ist, dann bitte. Und die zweite Sache ist: meine Neugierde. Tief in mir spüre ich, dass ich erfahren will, wie es ist, mit dem heutigen Matthew Kent zusammenzuleben. Und wenn wir es beide nur tun, um danach endgültig mit dem anderen abzuschließen. Anscheinend habe ich das bisher ja nicht hinbekommen. Trotz allem, was war. Und er? Ist das sein wahrer Beweggrund für diesen Deal? Mich hinterher endlich vergessen zu wollen?

»Viv …«

Ich zucke zusammen. Erst jetzt wird mir bewusst, was hier gerade passiert! Meine Hand liegt auf Matthews Arm, ich bin dicht vor ihm und sehe ihn an. An meinen Fingerspitzen fühle ich seinen starken, braungebrannten Arm. Das ist unsere erste Berührung seit so vielen Jahren! Ohne erst darüber nachzudenken, habe ich sie uns beiden aufgezwungen. Nun spüren wir uns also wieder, Haut an Haut, und Matthew wirkt genauso überwältigt wie ich. Sofern ich mir das nicht nur einbilde. Gott, er ist genauso warm, wie ich ihn in Erinnerung habe!

»Oh, Viv …«

Ich versuche, mich zu sammeln. »Ja, Matt? Also … Das Geld ist zum Teil für Bettys Laden.«

Auch Matthew scheint damit zu kämpfen, wieder einen klaren Gedanken zu fassen. »Was?«

»Deswegen wollte ich die Bezahlung verdoppeln. Ich brauche nicht nur Geld für meine Wohnung, sondern auch für den Buchladen.«

Er lässt seine verführerischen Lippen schmaler werden. »Verstehe.«

»Deswegen will ich es auf jeden Fall durchziehen«, füge ich an.

»Schon klar«, entgegnet er – nicht unfreundlich, aber irgendwie enttäuscht.

Ach, ich sehe schon Gespenster!

Ich räuspere mich. »Also. Fahren wir jetzt?«

»Kommt drauf an.«

Erwartungsvoll sehe ich ihn an. »Worauf?«

Sein Blick fällt auf meine Hand, die noch immer auf seinem Arm liegt. Ich erschrecke über mich selbst und ziehe die Hand nun umso schneller weg. »Oh, entschuldige.« Weil ich mich so schäme, starre ich wieder geradeaus.

»Es gibt nichts, wofür du dich entschuldigen musst, Viv.«

Was soll das denn jetzt wieder bedeuten? Mir wird heiß und kalt zugleich. In meiner Verlegenheit halte ich den Blick nach vorne gerichtet. »Können wir jetzt los? Oder soll ich es mir doch noch anders überlegen?«

Zurückhaltend lacht er. Dann antwortet er mir, indem er den Motor startet. Der alte Benziner heult auf und Matthew fährt los.

»Wo geht es eigentlich hin?«, frage ich, als er das zweite Mal in Richtung Manhattan abbiegt. Noch weiß ich gar nicht, wo er überhaupt wohnt. Hier in Queens wird seine Luxusvilla aber sicher nicht liegen.

»Staten Island«, antwortet er matt und konzentriert sich auf die Straße.

»Oh. Einmal quer durch New York.«

Ach, deswegen wollte er mich zwei Stunden nach unserem Telefonat abholen! Er hat allein schon eineinhalb Stunden gebraucht, um herzukommen. Aber an sich wollte er, dass wir uns sofort sehen.

»Ja, leider. Je nach Verkehr fahren wir jetzt eine Weile. Ich hoffe, das ist nicht schlimm.«

»Nein, nein«, beteuere ich sofort. »Ich bin schon lange nicht mehr über die Hängebrücke gefahren, die nach Staten Island führt. So weit in den Südwesten verschlägt es mich nicht oft. Ich bin gespannt auf dein Haus.«

»Es ist eine schöne Gegend«, antwortet er mit freundlicher, warmer Stimme, ohne den Blick von der Straße abzuwenden. »Sie wird dir gefallen.«

Staten Island. Ist das ein typischer Promi-Bezirk? Keine Ahnung. Möglich wäre es.

Doch auf einmal kommt mir etwas anderes in den Sinn: der Jeep, in dem wir sitzen! Das ist doch der Wagen, mit dem Matthew mich damals ins Autokino ausgeführt hat, oder? Ja, das ist er! Damals hatte er seinen Führerschein ganz frisch und seine erste Spritztour sollte ein Date mit mir sein. Das war total süß von ihm. Zu der Zeit war er logischerweise noch nicht reich und hatte auch noch kein eigenes Auto. Also hat er sich den Wagen seines Vaters ausgeliehen. Diesen Jeep. Das hat ihn viel Überzeugungsarbeit und so manchen Handwerkerdienst im Elternhaus abverlangt. Aber Matthew hat vollen Einsatz gezeigt, um uns diesen Ausflug zu ermöglichen. Da ich selbst zu dem Zeitpunkt noch keinen Führerschein hatte, war es besonders aufregend für mich. Die erste Fahrt, in der mein Freund mich durch Brooklyn kutschierte. Das war schön. Und auch im Autokino hat Matthew alles gegeben, damit unsere Verabredung perfekt wurde. Von seinem letzten Taschengeld hat er die Tickets und Sprit bezahlt. Dafür habe ich mein restliches Kleingeld damals für eine große Portion Popcorn geopfert, die wir uns geteilt haben. Matthew war so tapfer und hat sich einen Liebesfilm mit mir angesehen. Eine klassische Schnulze mit Meg Ryan, hach! Es war richtig romantisch im Autokino. Man war weg von zu Hause und unter Leuten. Aber so im Auto war man auch für sich, das fand ich natürlich gut, und Matthew sicher erst recht. Als der Abend voranschritt und es kühler wurde, zauberte er von der Rückbank eine Decke hervor und legte sie uns über den Schoß. Tief sahen wir uns in die Augen. Spätestens in dem Moment wurde mir klar, dass ich vom restlichen Film nicht mehr viel mitbekommen würde.

»Du kennst den Film schon, oder?«, fragte er mich genau in dem Augenblick. Er selbst sah nur noch mich.

Wortlos nickte ich und musste schlucken.

Zufrieden lächelte er. Diese simple Geste von ihm reichte schon damals aus, um mir den Atem zu rauben.

»Gut«, flüsterte er. Dann lehnte er sich weiter zu mir herüber und führte seinen verführerischen Mund zu meinem.

»Und du?«, fragte ich kichernd.

Für einen kurzen Moment hielt er inne. Mit einem Lächeln sah er abwechselnd in meine Augen und auf meine Lippen. »Ich sehe alles, was ich sehen muss, Viv.«

Verlegen grinste ich und senkte den Kopf. Da legte Matthew den Finger unter mein Kinn und drückte es leicht nach oben. Auf diese zärtliche Weise zwang er mich, den Kopf wieder anzuheben und ihn anzusehen. Seine Augen fixierten meine Lippen und er kam näher. Ich wusste, was jetzt passieren würde. Und jede Faser meines Körpers sehnte sich danach. *Tu es, Matt,* dachte ich mir mit meinen zarten achtzehn Jahren. *Bitte, tu es endlich. Ich selbst traue mich gerade einfach nicht, dich zu küssen. Aber du, du traust dich immer wieder, uns beiden dieses unglaubliche Gefühl zu schenken. Lass mich nicht noch länger warten.*

Und auf Matthew war Verlass. Er konnte die Sehnsucht in meinen Augen sehen und entschied, mich zu erlösen. Er schloss die Augen und ich tat es ihm gleich. Im nächsten Moment fühlte ich seine warmen Lippen auf meinen. Gleich beim ersten Mal küsste er mich voller Leidenschaft. Immer wieder landeten seine Lippen auf meinem Mund. Immer wieder küsste er mich und löste ein neues Kribbeln in mir aus. Mit jedem

Mal küsste er mich wilder und übte mehr Druck aus. Wie benebelt bewegte ich meinen Mund passend zu seinem und ließ es geschehen. Es dauerte nicht lange, bis ich nicht mehr wusste, wo oben und wo unten war. Für mich gab es nur noch Matthew und diesen einen Moment.

»Ich wünschte, die Zeit würde stehen bleiben«, flüsterte er zwischen zwei zärtlichen Küssen.

Sanft nickte ich und küsste ihn weiter. »Dann würde es für immer so sein wie jetzt.«

»Mmh«, machte er nur noch, um mir zuzustimmen. Schon klebte er wieder an mir und warf mir zwischen all den Liebkosungen auch seinen warmen Atem entgegen.

Da konnte ich nicht mehr anders und entließ ein Stöhnen in die Welt.

»Oh, Viv …«

»Matt, ich …«

»Ja, Viv?«

»Ich will es tun.«

»Bist du dir sicher?«

Da musste ich lachen. »Du etwa nicht?«

»Doch, aber ich will es nur, wenn du es auch wirklich willst.«

Daraufhin schenkte ich ihm einen warmen Blick und fuhr durch seine dunkelblonden, strubbeligen Haare. »Matt, wir sind schon eine Weile zusammen und du hast mich doch längst entjungfert.«

Verlegen presste er seine vollen Lippen aufeinander. »Wir haben uns gegenseitig entjungfert.«

Wieder musste ich vor Glück lachen, weil ich das noch immer romantisch fand, dass wir unser erstes Mal zusammen erlebt hatten.

Der Ausdruck in seinen Augen wurde ernster. »Aber das ist zwei Jahre her und heute sind wir zum ersten

Mal im Autokino. Ich weiß nicht, wie gut ich mich da beherrschen kann, Viv.«

Ich hielt seinem Blick stand. »Dann beherrsch dich nicht, Matt. Du sollst doch gar nicht so vorsichtig sein wie bei unserem ersten Mal. Ich will nicht, dass du dich zurückhältst.«

Er drückte sich an mich und knabberte an meinem Hals.

Lusterfüllt stöhnte ich auf.

»Pass auf, was du sagst«, flüsterte er. »Und welche Geräusche du jetzt von dir gibst. Sonst kann ich für nichts mehr garantieren.«

Als ich das hörte, verwandelte sich mein Lächeln in ein Grinsen und ich brachte ihm ein noch lauteres Stöhnen entgegen.

»Viv …« Leidend drückte er den Kopf gegen meinen Hals. »Du quälst mich …«

»Warum?«, flüsterte ich zurück. »Hör bitte auf, dich zurückzuhalten.«

»Aber …«

»Matt. Bitte«, flehte ich voller Ungeduld. »Ich brauche das jetzt. Ich brauche es unbedingt, okay?«

»Hey, Viv …«, ertönt Matthews klare Stimme.

»Ja?«, hauche ich und lächle.

Da muss auch Matthew lächeln. »Wo bist du in Gedanken?«

Hm?!

Ich zucke zusammen. Erst da wird mir wieder bewusst, dass ich ja keine achtzehn mehr bin, sondern dreiunddreißig! Und dass ich nicht mit ihm im Autokino sitze und herummache. Auch wenn wir uns gerade in exakt demselben Wagen befinden.

»Was?«, kommt zunächst nur aus mir heraus.

Da wird sein Lächeln breiter. »Du hast gerade so einen Blick aufgesetzt, da habe ich mich gefragt, woran du gerade denkst.«

»Was für einen Blick?«, frage ich und kann nur hoffen, dass ich nicht rot anlaufe.

»Na ja, irgendwie … verliebt.«

Nein, nein, nein, nein, nein! Ganz. Sicher. Nicht.

»Oder glücklich«, fügt er an, als ich nichts mehr sage.

»Genau, glücklich! Ich habe nur gerade an ein altes Buch gedacht. Daran, wie es sich anfühlt und wie es riecht.« *Und nicht daran, wie Matthew sich angefühlt und wie er gerochen hat …* »Und so etwas macht mich einfach glücklich.« So. Das klang doch plausibel. Jetzt bloß nichts anmerken lassen.

»Verstehe«, meint er und klingt gelassen. »An deiner Liebe zu Büchern hat sich also nichts geändert. Dann hattest du sicher deretwegen gerade diesen verliebten Ausdruck in deinen braunen Augen.« Er lacht.

Ich kneife die Augen zusammen. »Machst du dich über mich lustig?«

Er lacht herzlicher. »Das würde ich niemals wagen.« Ohne den Blick von der Straße abzuwenden, schüttelt er unter Lachen den Kopf.

Ich dagegen spiele die Beleidigte. »Pass auf, sonst pike ich dich.«

»Hey! Nicht, wenn ich fahre!«

Da muss auch ich lachen.

Warte, was passiert hier? Seit wann ist es zwischen uns wieder so vertraut? Und warum fühle ich mich noch immer in meine Jugendzeit zurückversetzt und habe Herzklopfen, obwohl ich ihn doch hassen will? Vielleicht ist das normal, wenn man seiner großen Jugendliebe begegnet. Vielleicht bin ich diesem Gefühl ausgeliefert und kann nichts dagegen tun. Dann bleibt mir nichts anderes übrig, als auf der Hut zu bleiben, bis die Woche vorüber ist …

»Wir fahren noch eine Weile«, sagt er schließlich. »Was dagegen, wenn ich Musik anmache?«

»Nein, natürlich nicht. Das ist doch dein Auto und du fährst.«

In dem Augenblick halten wir an einer roten Ampel. Das kommt Matthew gelegen, um mir eindringlich in die Augen zu sehen. »Viv. Bitte. Für die nächsten Tage ist das *unser* Auto.«

»Unser Auto?«

Er seufzt. »Es geht nicht um den Wagen. In den nächsten Tagen gehört *alles* uns beiden. Wir verbringen die Zeit, die uns bleibt, gemeinsam. Und wir nutzen alles gemeinsam. Du bist nicht meine Sklavin, sondern meine Begleitung. Verstanden?«

Im ersten Moment bin ich sprachlos. Was hat er da gerade gesagt? Ein Stück weit erinnert er mich an den hoffnungslosen Romantiker von früher. Sogar ein großes Stück weit. Ich frage mich, wie viel vom alten Matthew noch immer in ihm steckt. Hat er sich vielleicht gar nicht verändert?

Um meine Gefühle zu überspielen, gehe ich ins Scherzen über. »Je nachdem, was angenehmer ist, Matt. Deine Sklavin zu sein – oder deine Begleitung.« Ich sende ihm ein Grinsen zu.

In der Sekunde springt die Ampel wieder auf Grün. Doch noch immer sieht Matthew mich an. Nach einer Weile fängt der Fahrer hinter uns zu hupen an.

»Ach, du bist unmöglich«, meint Matthew und knirscht mit den Zähnen. Seufzend gibt er Gas und fährt weiter. »Echt, ich könnte dich …« Doch mehr sagt er nicht. Er schüttelt nur den Kopf und achtet auf den Verkehr.

»Du könntest mich *was*?«, muss ich da einfach fragen. Einerseits würde ich es wirklich gerne wissen. Andererseits versuche ich noch immer, die Coole zu spielen. »Mich auspeitschen, so als deine Sklavin?«

Matthew schnauft. Doch er lächelt dabei. Wieder bringe ich ihn dazu, den Kopf zu schütteln. »Das war es nicht, was ich sagen wollte.«

»Ach, und was wolltest du sagen?«, will ich wissen und verschränke die Arme.

Hör. Auf. Damit.

»Na? Du könntest mich *was*?«

Hör auf, wieder achtzehn zu sein.

»Sag schon, Matt. Oder traust du dich nicht?«

Aber ich will nicht damit aufhören.

Er lacht. »Sei vorsichtig, Viv. Provozier mich nicht.«

Mein Grinsen wird breiter. »Und was, wenn doch? Was passiert dann?«

Auch er kommt aus dem Grinsen nicht mehr heraus, hält den Blick aber eisern auf die Straße gerichtet. »Viv, ich warne dich. Lass es.«

»Wieso? Was machst du sonst?«

»Gar nichts.«

»Nichts?«, frage ich mit ungläubiger Stimme. »Überhaupt nichts?«

Und wieder. Ein Kopfschütteln unter Lachen.

»Kämpfst du gerade mit der Bestie in dir, Matt?«

Er zieht eine Augenbraue hoch. »Wie bitte?«

»Na, du weißt schon. Das Footballteam in Dallas hat doch immer mit diesem Spruch geworben. Dass ihr unaufhaltsame Bestien seid.«

Da zaubert sich das nächste Grinsen in sein perfektes Gesicht. »Heißt das, du hast meine Karriere verfolgt?«

Ups! Erwischt!

»Äh ...«

»Na?«, fragt er nun.

»Jetzt lenk nicht von meiner Frage ab. Was passiert, wenn man dich provoziert?«

Wieder höre ich sein charmantes Lachen. »Mich provoziert ja nicht irgendwer, sondern du, Viv. Das ist ein Unterschied. Und wer hier gerade ablenkt, das bist *du*!«

»Okay, dann gebe ich es zu. Ja, natürlich habe ich von deiner Karriere etwas mitbekommen. Wie hätte ich das auch vermeiden können, bei all der Presse?«

Dafür könnte ich ihm jetzt wieder Vorwürfe machen. Dem wäre er jetzt schutzlos ausgeliefert. Aber irgendwie … verspüre ich keinerlei Verlangen danach.

»Da ist wohl etwas dran«, murmelt er und klingt tatsächlich ein bisschen schuldbewusst.

»So«, meine ich entschlossen, weil mir ein anderes Thema als seine Schuld gerade viel wichtiger ist. »Jetzt habe ich gestanden. Nun bist du dran.«

»Was? Was soll ich denn bitte gestehen?«

»Alles, Matt«, necke ich ihn und kann nicht aufhören, zu grinsen. »Einfach alles.«

Er seufzt. Mehr kommt nicht aus seinem verführerischen Mund heraus.

»Woran hast du eben gedacht? Was wolltest du mit mir machen? Und was passiert, wenn *ich* dich provoziere?«

»Ich mach jetzt Musik an.«

»Nein!«

Er spielt den Entsetzten. »Wie *nein*?«

»Die Hälfte des Wagens gehört mir und ich sage: Das Radio bleibt aus.«

»Aber ich wollte alte Songs anmachen.«

»Von damals, als wir zusammen waren? Fändest du das nicht etwas unpassend, Matt?«

»Nein. Damit will ich dich verführen.«

»Wenn das jetzt ein Scherz sein soll, finde ich das nicht witzig.«

Für einen Moment sieht er zu mir. »Und wenn es kein Scherz ist?«

»Dann fände ich das noch viel schlimmer, Matt.«

»Oh. Dann war es natürlich nur ein Scherz.«

»Schlimm genug!«

»Aber du darfst doch auch die ganze Zeit Sprüche reißen, Viv!«, beschwert er sich wie ein kleiner Junge.

»Tja, so ist das Leben, Matt. Ich bin nicht deine Sklavin und du bist obendrein mein Ex. Das handelt mir gewisse Privilegien ein.«

Pause. »Du bist ziemlich hart zu mir, weißt du das?«, wirft er mir dann vor.

Ich presse die Lippen zusammen. Ohne mein Grinsen abzulegen.

»Und hartnäckig noch dazu«, fügt er an und klingt nahezu beeindruckt.

»Eine wichtige Eigenschaft, um in der Buchbranche zu überleben«, kontere ich selbstbewusst. »So wie beim Football, oder?«

»Auf jeden Fall.«

Wieder fällt mein Blick auf seine durchtrainierten Arme.

»Gefällt dir, was du siehst?«, höre ich ihn auf einmal fragen.

»Hm?«

Kurz sieht er mich an. »Die Gegend. Wir sind gleich bei der Verrazano Bridge und überqueren die Meerenge.«

»Oh, schon?« Erst da sehe ich mich um. Bis eben habe ich die Umgebung ausgeblendet und hatte nur Augen und Ohren für Matthew. Schon verrückt, wie sehr er mich durcheinanderbringt. Dabei hat unsere Woche noch nicht einmal richtig angefangen. Das ist wirklich verrückt. Und vor allem beängstigend. Ich versuche, mich auf die Landschaft zu konzentrieren. Im Moment fahren wir direkt am Ufer der Gravesend Bay entlang und nähern uns dem südwestlichsten Punkt von … »Wir sind ja längst in Brooklyn! Dann sind wir eben quasi an unserer alten Schule vorbeigefahren?«

Amüsiert grinst er. »Hast du das gar nicht mitbekommen?«

»Na ja …«

»Ich könnte dich jetzt auch darüber ausfragen, woran du dann bitte gedacht hast.«

Bitte nicht!

»Aber ich will mal nicht so sein.«

Auch wenn er es wohl nicht sehen kann, schenke ich ihm einen Blick der Dankbarkeit.

»Mann, Viv …«, flüstert er und schüttelt ein weiteres Mal über mich den Kopf. »Ich dachte, dass die Fahrt zu mir nach Hause harmlos wird. Unschuldig, verstehst du? Ich weiß auch nicht. Ich will nichts Falsches sagen oder tun. Das ist mir sehr wichtig.«

Als ich den ernsten Ausdruck in seinen Augen sehe, erschaudere ich. Ich muss schlucken. »Wollen wir doch Musik anmachen?«, frage ich und spreche dabei selbst leise. »Einfach irgendeinen Radiosender.«

Nun ist er derjenige, dem die Dankbarkeit ins Gesicht geschrieben steht. Für einen Moment sieht er mich an. Dann schaltet er das Radio ein.

Und so verbringen wir die restliche Fahrt schweigend. Die Stille, die uns von da an umgibt, ist alles andere als unangenehm. Sie ist eher – unschuldig. Außerdem bietet sich mir eine atemberaubende Kulisse, als wir bei Nacht über die zweistöckige Hängebrücke fahren. Die Verrazano Bridge verbindet Brooklyn mit Staten Island und muss über eine Meile lang sein. Auf gut zweihundert Metern Höhe überqueren wir das Wasser und lassen den Bezirk, in dem auch unsere alte Highschool steht, hinter uns. Vor uns sieht man schon die Laternen von Staten Island, wo Matthew sein neues Zuhause hat. Und auch die Brücke wird von unzähligen Lichtern geziert, die nun um die Wette leuchten. Am Horizont verschwinden die letzten Sonnenstrahlen und ziehen ein warmes Orange-Lila nach sich. Rings um mich herum ist der Anblick atemberaubend. Um nicht zu sagen: romantisch.

Matthew lenkt den Wagen sicher über die Brücke. Er fährt zügig, aber nicht zu schnell. Gekonnt ordnet er sich dem Verkehr ein und gibt mir ein Gefühl von Geborgenheit. Wenn ich heimlich zu ihm sehe, erkenne ich seine ruhige, regelmäßige Atmung. Sachte heben und senken sich seine starken Schultern. Ihn mit all meinen Sinnen wahrzunehmen, fühlt sich gut an. Ich merke, dass ich immer mehr entspanne. Wenn ich nicht aufpasse, schlafe ich noch ein.

Auf Staten Island angekommen, führt es uns einmal quer durch den ganzen Bezirk. Wie Matthew es angekündigt hat. Je weiter wir uns von Brooklyn entfernen und je mehr wir uns dem Stadtrand nähern, umso ruhiger und grüner wird es um uns herum. Das erinnert mich daran, wie vielseitig New York City ist. Gerade lerne ich eine vergessene Seite der Metropole neu kennen.

»Du wohnst ja ziemlich weit am Rand«, bemerke ich und sehe verträumt aus dem Fenster.

Sogleich macht Matthew das Radio leiser. »Ja. Hier ist es ruhiger. Und die Grundstücke größer.«

Dann wird mich gleich tatsächlich eine riesige Villa erwarten.

»Aber der Arbeitsweg zu den Tigers ist in Ordnung und ich muss nicht jeden Tag vor Ort sein.«

»Ach so? Und wie wird es nächste Woche eigentlich sein?«

»Ich habe frei.«

»Echt? So richtig Urlaub?«

Er lacht. »Na ja, es kann sein, dass ich den einen oder anderen Anruf bekomme. Aber ansonsten gehöre ich ganz dir.« Kurz sieht er mich an und zwinkert.

Mit großen Augen sehe ich ihn an. »Matt ...«

»Ja, Viv?«

»Hast du meinetwegen extra freigenommen?«

Sein entschlossener Blick bleibt auf die Straße gerichtet. »Denkst du etwa, dass ich die wenige Zeit, die ich mit dir habe, mit Arbeiten verschwende?»

Dazu weiß ich zunächst nicht, was ich sagen soll. »Ich dachte, du liebst deinen Job.«

»Das tue ich auch. Dafür bin ich damals extra nach Texas gezogen.«

Und hast mich zurückgelassen.

»Aber Arbeit ist nicht alles im Leben«, fährt er fort. »Das ist mir inzwischen klar geworden. So wie gewisse andere Dinge.«

Wieder sieht er mich an. Und ich erwidere seinen Blick.

»Als ich erfahren habe, dass du auf mein Angebot eingehst, habe ich sofort Bescheid gesagt, dass ich in den kommenden Tagen nicht zu erreichen sein werde.«

Ich ziehe beide Augenbrauen hoch. »Hast du nicht gerade erst angefangen?«

»Ja.«

»Und da kannst du einfach so freinehmen?«

»Ich bin jetzt Berater, Viv. Kein Spieler. Damit werden sie schon klarkommen. Sie müssen es.«

Mit zusammengepressten Lippen sehe ich wieder nach draußen. »Stimmt ja. Bei deinem Vermögen müsstest du überhaupt nicht mehr arbeiten.«

»Können wir das Geld nicht mal vergessen?«, fragt er mit freundlicher, hoffender Stimme. »Bitte.«

»Warum? Deswegen bin ich doch überhaupt hier.«

Stille. Er sagt nichts mehr.

Oh, war das jetzt fies? So war das gar nicht gemeint!

Neugierig, wie ich bin, sehe ich wieder zu ihm. Doch ich kann seinen Blick nicht deuten. Wenn er nicht fahren müsste, wäre es vielleicht einfacher, seinen Gesichtsausdruck zu interpretieren. Matthew wirkt ernst und angespannt. Aber das muss nicht zwingend an meiner Bemerkung liegen.

Er biegt in die nächste Straße ein. Und sagt noch immer nichts.

»Tut mir leid«, höre ich mich sagen. »Ich will das Geld gar nicht so in den Vordergrund stellen. Es ist nur alles noch so ungewohnt für mich.«

Daraufhin schenkt er mir einen warmen Blick. »Ich werde in den kommenden Tagen nichts tun, was du nicht willst, Viv. Das habe ich dir versprochen.«

»Und das glaube ich dir auch. Aber das meine ich gar nicht. Ich meine nur ... dein ganzer Reichtum, verstehst du? Ich meine, ich arbeite in einem kleinen Buchladen und verbringe meine Abende am liebsten auf der Couch. Ich bin es einfach nicht gewohnt, jemanden um mich zu haben, der so reich ist.«

»Ich bin immer noch der Alte, Viv. Und das würde ich dir gerne beweisen.«

»Du musst mir nichts beweisen, Mat.«

»Ich möchte es aber.«

»Und wozu?«

Abermals werden seine Lippen schmaler. »Ich freue mich auf eine schöne Woche mit dir, Viv. Ich möchte es genießen. Und ich hoffe, du möchtest das auch.«

»Das würde ich mir natürlich sehr wünschen. Dass es eine schöne Woche wird.«

Wieder biegt er ab. »Na ja, das haben wir doch in der Hand, oder?«

»Ich weiß nicht«, erwidere ich und zucke verunsicherten Blickes mit den Schultern. »Ich bin mir nicht sicher, was für Aktivitäten mich erwarten.«

Zurückhaltend lacht er. »Aktivitäten? Was stellst du dir denn bitte vor, was ich mit dir anstellen will?«

»Keine Ahnung! Womit vertreibt ihr Reichen euch denn so die Zeit?«

Und so bringe ich ihn wieder dazu, den Kopf zu schütteln und dabei zu lächeln. »Du bist unmöglich. Aber das sagte ich bereits.«

»Was denn?«, frage ich, mir keiner Schuld bewusst. »Ich kenne sonst niemanden aus der High Society. Das war mein Ernst.«

Er zögert. »Und der Typ, mit dem du gestern ausgegangen bist?«

»Was?« Ich brauche einen Moment, um zu schalten. »Ach ja – Peter.«

Sein Blick verfinstert sich. »Also hatte ich recht. Du warst auf einem Date, bevor wir uns vor deiner Wohnung begegnet sind.«

»*Begegnet* nennst du das, Mat?«

»Was ist mit diesem Peter?«, will er mit angespannter Stimme wissen.

»Was soll mit ihm sein?«

»Ist er arm?«

»Das geht dich nichts an.«

»Viv ...«

»Nein.«

»Euer wievieltes Date war das denn?«, fragt er.

»Matt, bitte«, flehe ich.

»Okay, tut mir leid.«

Mir entfährt ein Seufzer. »Soll ich das ... Radio ...« Ich gerate ins Stocken, weil wir gerade in eine Auffahrt einbiegen, die es in sich hat. »Wieder ... anmachen ...?«

»Nicht nötig«, entgegnet er. Irgendwie klingt er beleidigt und hoffnungsvoll zugleich – geht das? Er fährt die riesige Auffahrt entlang und hält vor einem großen Haus. »Wir sind da.«

8. KAPITEL

VIVIEN

»Warte, ich mache dir auf«, meint Matthew und öffnet die Wagentür, um auszusteigen.

»Danke, aber ich kann mir auch selbst aufmachen.«

»Nein«, befiehlt er und sieht mich eindringlich an. »Bitte, bleib sitzen.« Schon steigt er aus und lässt seine Tür wieder zufallen. Er umrundet den dunkelgrünen Jeep und eilt zur Beifahrertür.

»Danke«, bleibt mir nur zu sagen, als er sie für mich öffnet.

Matthew reicht mir die Hand, damit ich mich beim Aussteigen daran festhalten kann. Ohne darüber nachzudenken, nehme ich sein Angebot an und lege meine Hand in seine. Sogleich umschließt seine kräftige Hand die meine und ich bekomme seine Wärme zu spüren. Matthew fühlt sich noch muskulöser an als damals schon – und sicherlich könnte er mich problemlos zwanzig Meilen auf Händen durch New York tragen. Dadurch, dass er mich versehentlich zu kräftig zu sich zieht, lande ich fast in seinen Armen.

»Oh, entschuldige«, sage ich und muss verlegen lächeln.

Da wirft er mir einen fragenden Blick an den Kopf. »Wofür? Ist ja leider nichts passiert.« Er zwinkert.

Mir wird heiß und ich muss erneut lächeln. »Lass solche Sprüche«, fordere ich und stupse ihm gegen den Arm, was er wohl kaum spürt.

»Okay, tut mir leid. Vermutlich willst du dann auch, dass ich deine Hand loslasse, nehme ich mal an.«

Damit bringt er mich zum Lachen. »Ja, bitte.«

»Na gut«, murmelt er und gibt mich frei. In der nächsten Sekunde schlägt er die Beifahrertür zu.

Ich richte den Blick aufs Haus. »Wow. Hier wohnst du?«

»Gefällt es dir?«

»Es ist nicht unbedingt das, was ich erwartet habe. Von daher: Ja!«

Diesmal muss er lachen. »Du bist …«

»Unmöglich?«, komme ich ihm zuvor und grinse.

Tief sieht er mir in die Augen und widmet mir sein bezauberndstes Lächeln. »Ja. Ganz genau.« Er räuspert sich. »Was hast du dir denn vorgestellt?«

»Na ja, irgend so eine protzige Villa halt. Mit Skulpturen, Brunnen, riesigem Stahltor, hohen Zäunen, was weiß ich. Jedenfalls nicht so ein gemütliches, altes, wenn auch renoviertes und großes Landhaus mit Veranda und Schaukelstühlen.«

Zurückhaltend schüttelt er den Kopf. Dabei nimmt er zum ersten Mal sein Cap ab und fährt sich durch die dunkelblonden Haare. »Ich sag ja: Du scheinst ein festgefahrenes Bild von der High Society zu haben.«

»Festgefahren?«, frage ich und gebe mich empört. »Was bleibt mir denn anderes übrig, als von dem auszugehen, was man im Fernsehen so sieht?«

Er lacht. »Und das, was du da gesehen hast, hat dir nicht gefallen, oder?«

»Im Großen und Ganzen nicht, nein. Eingebildete Schnösel, die mit ihrem Reichtum angeben, sind nicht mein Fall.«

»So siehst du mich also?«, will er wissen und klingt besorgt.

»Äh, nein.« Ich muss überlegen. »Ich meine, keine Ahnung.«

»Und was ist mit Peter?«

»Hm«, kann ich dazu nur sagen.

Matthew grinst. Aber mehr sagt er zu dem Thema nicht. Stattdessen begibt er sich zum Kofferraum und holt mein Gepäck aus dem Wagen. »Komm, lass uns reingehen. Ich möchte dir gerne alles zeigen.«

Gesagt, getan.

Matthew geht vor, führt mich über die Veranda mit den weißen Schaukelstühlen und steuert die Tür an.

»Wohnst du hier alleine?«, frage ich ihn, als er aufschließt.

Da hält er inne und dreht sich zu mir um. »Wer soll denn noch hier wohnen? Es gibt niemanden, Viv.«

Ich muss schlucken, weil er mich noch immer ansieht. »Nicht mal ein ... Dienstmädchen?«

»Nein«, sagt er nüchtern. Ohne den Blick von mir abzuwenden, öffnet er die Tür. Dann betritt er das Haus und stellt meinen Koffer im Flur ab.

Ich folge ihm und ziehe die Tür hinter mir zu. Dann sehe ich mich um. Die Räume scheinen zahlreich und groß zu sein – da hat Matthew sich zweifellos ein teures Schmuckstück geleistet. Doch hier drinnen ist es genauso gemütlich, wie es das Landhaus von außen schon vermuten ließ. Dass hier ein Mann wohnt – und sonst niemand –, das ist auf den ersten Blick zu erkennen. Hier finden sich keine Deckchen, Blumen oder sonstige feminine Dekoration. Und doch wird man vom Haus herzlich in Empfang genommen. Alte Holzmöbel zieren den Flur und sind auch bei einem

Blick in die angrenzenden Räume zu entdecken. Einige Gegenstände sind im Vintage-Stil gehalten oder sehen sogar selbstgemacht aus. Schreinert Matthew etwa? Bei seinen starken Armen würde mich das jedenfalls nicht wundern.

»Magst du mit in die Küche kommen?«, fragt er. »Du möchtest doch bestimmt auch etwas trinken. Ich bin jedenfalls am Verdursten.«

Ich nicke. »Gerne. Die Fahrt war recht lang.«

Und er hat sogar die doppelte Strecke zurückgelegt.

Matthew geht vor und führt mich in die Küche. Dabei erhasche ich einen Blick ins Wohnzimmer. Die Umzugskartons, die dort noch herumstehen, tun der Gemütlichkeit keinen Abbruch. Das Meiste scheint er bereits ausgepackt zu haben – und bei meinem flüchtigen Blick in die Stube habe ich einen Kamin entdeckt.

»Darf ich vorstellen?«, scherzt er und macht das Licht an. »Die Küche.«

Matthew betritt den Raum und geht zur Seite, damit ich an ihm vorbeigehen und mich umsehen kann.

»Nett«, kommentiere ich lächelnd. »Vor allem der riesige Kühlschrank mit dem Eiswürfelspender.«

»Schon zu protzig?«, will er wissen. »Ein Wort von dir, und ich schmeiße ihn raus.«

Damit bringt er mich zum Lachen. »Das würdest du für mich tun?«

»Wenn du dich dann wohler fühlst?« Er zwinkert.

Mein Lachen wird lauter. »Um Himmels willen, Matt! Mir gefällt der Kühlschrank. Ist sicher nett, wenn man sich so etwas leisten kann. Und ich kann dich beruhigen: Auch von innen ist dein Haus keineswegs protzig. Du hast mich positiv überrascht.«

Als er das hört, ist da so ein Funkeln in seinen braunen Augen. Aber das kann auch Einbildung sein. »Puh«, macht er und spielt den Erleichterten, indem er sich imaginären Schweiß von der Stirn wischt. Sofern die Erleichterung wirklich nur gespielt ist.

Jedenfalls hat er mich neugierig gemacht. »Darf ich die anderen Räume sehen?«

»Klar. Aber möchtest du vielleicht erst mal etwas essen?«

Verunsichert zucke ich mit den Schultern. »Ich habe schon gegessen, bevor du mich abgeholt hast. Und es ist ja schon recht spät.«

Matthew lächelt. »Das beantwortet meine Frage nicht, Viv. Hast du Hunger – oder einfach Appetit?«

Für eine Sekunde sehe ich ihn perplex an. Dann muss ich grinsen. »Ehrlich gesagt: Ja.«

Matthew … hat mir …

Appetit gemacht.

»Okay, sehr gut«, entgegnet er entschlossen und macht sich ans Werk. »Ich nämlich auch.«

Innerhalb kurzer Zeit zaubert er uns etwas zu essen. Kein extravagantes Dinner, mit dem er mich beeindrucken will, sondern ein paar Sandwiches. Genau das Richtige.

»Nehmen wir die mit ins Wohnzimmer?«, schlage ich vor. Denn so sehr mir die Küche auch gefällt – sitzen kann man hier nicht. Im Gegensatz zu modernen Luxusvillen, ist das hier ein altes, renoviertes Landhaus. Die Küche ist daher, trotz der modernen Einrichtung, eher klein gehalten.

»Gerne«, antwortet er und öffnet den Kühlschrank. »Dazu einen Rosé?«

Entsetzt gucke ich ihn an. »Willst du mich etwa direkt am ersten Abend abfüllen?«

»Entschuldige, ich …«

Ich erlöse ihn, indem ich ihm ein Lächeln widme. »Schon gut, Matt. War nur Spaß. Ich weiß, ich bin unmöglich. Im Ernst: Ein Glas nehme ich gerne. Aber nur eins.«

Grinsend schüttelt er den Kopf über mich. Dann schenkt er uns zwei Gläser mit Roséwein ein. Er gibt mir das eine Glas und nutzt die freie Hand, um den Teller mit Sandwiches mitzunehmen. Dann geht er vor und führt mich ins Wohnzimmer, an dem wir eben schon vorbeigegangen sind.

Das Wohnzimmer ist groß, aber gemütlich eingerichtet. Wir begeben uns zur Couch und stellen die Sachen ab. Matthew bleibt ganz der Gentleman und deutet mit einer Handbewegung an, dass ich mich zuerst setzen darf. Ich nehme sein Angebot an und lasse mich auf dem riesigen, weichen Textilsofa nieder. Als ich sitze, tut er es mir gleich und setzt sich – mit gewissem Sicherheitsabstand – neben mich.

»Cheers«, sagt er und will anstoßen. Allerdings nicht mit dem Glas, sondern mit einem Sandwich.

Das gefällt mir und so nehme ich ebenfalls ein belegtes Brot in die Hand, um damit anzustoßen. Leicht lassen wir unsere Sandwiches gegeneinanderstoßen, als wären es Weingläser.

»Und?«, frage ich ihn, als ich satt bin und wir auch noch mit den Gläsern angestoßen haben. »Wie lange bist du schon wieder in New York?«

Matthew nimmt noch einen kleinen Schluck vom Rosé und stellt das Glas auf dem Couchtisch vor uns ab. »Erst ein paar Tage.«

»Wow, dafür ist der Umzug aber weit vorangeschritten.«

»Die allermeisten Möbel hatte ich vorher schon.«

»Ja?«

Er nickt. »In Dallas hatte ich ein ähnliches Haus wie dieses.«

In Dallas. Wo er sich über die Jahre seine Traumkarriere als Footballer aufgebaut hat. Wofür er mich verlassen hat. Bis heute weiß ich nicht, warum genau. Und was ihm damals durch den Kopf gegangen ist. Will ich das denn wissen? Nach so langer Zeit … macht es da überhaupt noch einen Unterschied? Und inwiefern will ich überhaupt an der Vergangenheit festhalten? Was genau ist da zwischen Matthew und mir – und zwar heute, hier und jetzt? So viele Gedanken gehen mir durch den Kopf. Da könnte einem glatt schwindelig werden. Ich glaube, im Moment will ich nicht mit ihm darüber sprechen.

»Viv?«, reißt er mich aus den Gedanken. »Ist alles in Ordnung?«

Ist es das? Keine Ahnung.

Ich atme durch. »Ehrlich gesagt, würde ich jetzt gerne auf mein Zimmer gehen.«

»Oh«, entfährt es ihm und er klingt besorgt.

»Es sei denn, ich soll heute Abend noch irgendwelche Dienste im Rahmen unserer Abmachung verrichten.«

Mit einem Hauch von Trauer in den Augen sieht er mich an. »Ich muss zugeben, dass es mir nicht gerade gefällt, wenn du so darüber sprichst. Aber ich schätze, das geschieht mir nur recht.«

Ich senke den Kopf und presse die Lippen zusammen.

Da steht er auf. »Ich zeige dir dein Zimmer.«

»Danke.«

Wieder geht Matthew vor. Im Flur hebt er meinen Mantel und die Handtasche behutsam vom Koffer auf und legt beides auf seiner Holzkommode ab. Dann nimmt er den Rollkoffer und geht die Treppe hoch. Wortlos folge ich ihm. Dabei höre ich nur auf das Knarren der Holzbretter unter meinen Füßen. Ich will über nichts nachdenken. Nicht darüber, was mich in den nächsten Tagen erwartet. Und auch nicht darüber, was sein wird, wenn diese Tage vorüber sind. Der Gedanke an beides macht mich irgendwie traurig.

»Du hast dein eigenes Badezimmer«, sagt er und deutet auf die erste Tür im Obergeschoss, als wir daran vorbeigehen.

»Okay.«

Vor der nächsten Tür bleibt er stehen und wendet sich mir zu. »Da wären wir.«

Ich sehe auf die verschlossene, weiße Holztür im Landhausstil. Dann blicke ich ihn wieder an.

»Mein Schlafzimmer ist ganz hinten«, meint er, als könnte er meine Gedanken lesen, und deutet auf die hinterste Tür, die vom Flur hier oben abgeht.

Gegenüber davon ist noch eine andere Tür und ich vermute mal, dass er sein eigenes Badezimmer hat, das sonst niemand benutzen soll. Aber ich bin irgendwie erleichtert, dass ich mein eigenes Bad habe, in dem ich mich ausbreiten und für mich sein kann.

»Okay«, sage ich bloß wieder mit kleinlauter Stimme.

Auch Matthew wirkt angespannt und besorgt. Ich glaube, dass er damit auf meine Stimmung reagiert. Warum bin ich plötzlich so? Der heutige Tag hat mich mit all seinen Überraschungen überwältigt. Vielleicht habe ich wirklich Angst vor dem, was noch kommt. Ich bin so durcheinander. Vielleicht bin ich aber auch einfach nur müde.

Er öffnet die Tür, geht vor und stellt den Koffer neben dem Bett ab. »Tut mir leid – das Gästezimmer macht noch nicht viel her. Bisher gibt es hier nur ein Bett, den Schreibtisch und eine Kommode, wie man sieht. Aber ich hoffe, du kommst zurecht. Sag es mir bitte, wenn du etwas brauchst.«

»Ach, ist doch gemütlich«, erwidere ich und meine es so. »Ich mag alte Holzmöbel und wenn der Raum nicht so vollgestellt ist. Außerdem bin ich ja eh nur eine Woche hier.«

Laut atmet Matthew aus, was mich mehr erregt, als ich mir gestatten würde.

»Gute Nacht, Viv. Träum was Schönes. Und melde dich einfach, wenn etwas ist. Jederzeit, okay?«

Ich zwinge mich zu einem Lächeln. »Ja, danke. Gute Nacht, Matt.«

Da wird der Ausdruck in seinen braunen Augen sogar noch trauriger. Er wirkt, als würde ihn etwas bedrücken. Oder als würde er sich von irgendetwas mit aller Kraft abhalten. Etwas, das er nur zu gerne tun würde. Kann das sein?

»Gute Nacht«, sagt er noch einmal. Dann lässt er mich allein und schließt hinter sich die Tür.

Ich kann hören, dass er sich zu seinem Schlafzimmer begibt. Dann wird es still. Mehrere Sekunden lang starre ich auf die Stelle, an der er eben noch gestanden hat. Einerseits fühlt es sich an, als hätte er eine Lücke hinterlassen. Die Leere, die mich umgibt, ist nahezu unheimlich. Andererseits bin ich wirklich erschöpft von diesem verrückten Tag und bin froh, nun für mich zu sein. Man sieht mir die Müdigkeit bestimmt an und es ist besser, wenn ich morgen ausgeschlafen bin. Für – was auch immer Matthew mit mir vorhat. Wer weiß, wohin ich ihn begleiten soll. Ach, das habe ich ihn gar nicht mehr gefragt, dabei wollte ich das noch machen. Ich bin echt durch den Wind. Ich kann mich jederzeit bei ihm melden, hat er eben gesagt. Und es klang, als würde er es todernst meinen. Soll ich dann noch mal zu ihm rübergehen? Ich muss. Ja, das wäre wohl besser. Scheinbar erwartet Matthew gewisse Dienstleistungen von mir, im Gegenzug für so viel Geld. Da muss ich wissen, wann ich aufstehen muss und wie ich mich kleiden soll – nicht, dass ich da eine sonderlich große Auswahl hätte.

Und so öffne ich die Tür und tapse den Flur entlang. Mit leisen Schritten nähere ich mich dem hinteren

Korridorende. Die linke Tür, so habe ich es verstanden, führt zu seinem Schlafzimmer. Und da sie offen ist und Licht brennt, muss sich Matthew tatsächlich in diesem Raum aufhalten, statt in seinem privaten Badezimmer zu sein.

Ich biege nach links ab, um durch den Türrahmen zu gehen, »Matt, ich … oh!«

Ups! Keine drei Meter vor mir entdecke ich Matthew, der gerade dabei ist, sich das Shirt auszuziehen. Ehe ich schalten kann, bleibe ich stehen und starre ihn an. Schon steht er mit entblößtem Oberkörper vor mir und erwidert meinen Blick.

»Entschuldige!«, sage ich laut.

»Vivien …«, sagt er leise und zugleich überrascht.

»Sorry, ich …« Ich muss schlucken. »Ich wusste nicht, dass du dich schon umziehst und …« Hilfe, was rede ich denn da? Und wieso stehe ich immer noch hier und blicke ihn mit großen Augen an? Gott, diese stählernen Bauchmuskeln! Und auch seine Brust strotzt nur so vor Kraft. Von dem texanischen Klima ist seine Haut noch braungebrannt. Wie kann er es wagen, so auszusehen?!

»Äh, schon gut«, entgegnet er und sendet mir einen verwunderten Blick zu.

Anscheinend irritiert es ihn, dass ich ihn noch immer ansehe. Wer könnte es ihm verübeln? Ich verstehe mich ja selbst nicht! Es ist mir wirklich peinlich, aber ich kann mich einfach nicht von der Stelle bewegen. Vielleicht ist es nur der Schock, der mich lähmt.

Matthew erlöst mich, indem er sich das rote Shirt wieder überzieht. Anscheinend hat er nun selbst gemerkt, dass ich vorher nicht in der Lage sein würde, noch einen Ton aus mir herauszubringen. »Kann ich etwas für dich tun?«, fragt er.

»Was?«

Er lacht. Allmählich scheint ihn die Situation zu amüsieren. »Oder bist du nur hergekommen, um mich zu begutachten?«

»Nein!«, schießt es aus mir heraus und ich spüre die Röte in meine Wangen schießen. »Natürlich nicht.« Ich muss mich räuspern. »Äh ...« Warum bin ich noch mal hier?

Matthew grinst. »Ich höre?«

»Ach so, wegen morgen. Ich wollte nur fragen, wie du mich haben willst.« *Noch mal: Ups.* »Äh, ich meine, wann! Wann du mich haben ... also, wann ich wo sein soll und ...«

Oh. Mein. Gott. Bitte, lass mich im Boden versinken und für immer dortbleiben.

Doch statt sich über mich lustig zu machen, schenkt er mir sein bezauberndes Lächeln. »Ich weiß nicht. Was schwebt dir denn vor?«

Das verstehe ich nicht. »Wie?«

»Morgen ist Sonntag«, entgegnet er und zuckt lässig mit den breiten Schultern. »Was würdest du gerne machen?«

»Hast du denn nichts Bestimmtes geplant?«

Er kommt näher. »Möchtest du, dass ich etwas plane?«

Nun bin ich diejenige, die mit den Schultern zuckt – wohl aber nicht so lässig wie er. »Ich dachte nur, es steht vielleicht eine Veranstaltung an. Irgendetwas Promimäßiges. Wohin ich dich begleiten soll.«

»Morgen nicht, nein. Unter der Woche vielleicht. Wenn wir Lust haben.«

»Oh, okay«, meine ich überrascht. Wieder erstarre ich und kann nicht anders, als auf seine Brust zu sehen. Obwohl er nun wieder das Shirt anhat, habe ich nicht vergessen, welcher Anblick sich darunter verbirgt. Mein Herzschlag wird schneller.

»Also? Irgendwelche Wünsche?«

»Äh, nein. Ich will dich nur glücklich machen.«

Pause. Matthew sieht mich an und sagt nichts.

Auch ich rege mich nicht mehr. Was habe ich gerade gesagt? Wieso kommt nur noch so ein zweideutiger Stuss aus mir heraus? Ich wollte doch damit aufhören, mich wie achtzehn zu benehmen! Na ja, im Moment verhalte ich mich auch eher wie vierzehn, oder so.

Ich seufze und versuche, mich zu sammeln. »Hör zu, ich weiß, dass ich nicht deine Sklavin bin. Aber ich mochte, dass wir das machen, was du gerne machen willst, Matt.«

Er wird hellhörig. »Was ich machen will?«

»Ja«, sage ich und nicke. »Ich meine, immerhin zahlst du mir am Ende viel Geld. Da will ich einen guten Job machen. Damit ich das Geld auch wirklich verdiene. Verstehst du?«

»Ich denke schon, ja.« Auffordernd nickt er mir zu. »Hast du den Vertrag schon gesehen? Er liegt auf dem Schreibtisch in deinem Zimmer.«

Oh. Der Vertrag. Der ist bei mir irgendwie in den Hintergrund geraten. Bin ich nicht deswegen überhaupt hier? »Nein, so weit bin ich noch nicht gekommen. Aber das hole ich nach.«

»Okay.« Er atmet durch. »Schlaf morgen aus. Wie gesagt, es ist Sonntag, der heilige Tag des Herrn. Wir beginnen mit einem gemütlichen Frühstück und dann sehen wir weiter. Ich überleg mir etwas.«

Dankbar lächle ich. »Klingt gut. Danke.«

Da intensiviert er seinen Blick. »Nein, ich danke dir, Viv. Danke, dass du hier bist.«

Ein Kribbeln jagt durch meinen Körper, als ich ihn das sagen höre.

»Gute Nacht«, wiederholt er mit sanfter Stimme. »Träum süß.«

»Gute Nacht, Matt. Bis dann.«

Und so tapse ich in »mein« Badezimmer und mache mich bettfertig. Anschließend hüpfe ich nach nebenan ins Gästezimmer und schließe hinter mir die Tür. Ich beginne, mich auszuziehen, doch dann halte ich inne. Vorsichtshalber schleiche ich zur Tür und schließe sie von innen ab. Nur zur Sicherheit, falls Mat auch noch etwas von mir will. Nicht, dass wir die gleiche Situation noch mal erleben, nur umgekehrt. Das wäre mir dann doch zu peinlich. Ob es ihn dagegen gestört hat, dass ich ihn mit nacktem Oberkörper gesehen habe? Ich bin mir nicht sicher, aber erschrocken hat er nicht gerade ausgesehen.

Wie auch immer.

Ich ziehe mich aus und schlüpfe in den Pyjama, den ich mir eingepackt habe. Ein sexy Nachthemd oder sinnliche Dessous kann man bei mir nun mal nicht erwarten. In einem gestreiften, weit geschnittenen Baumwollpyjama fühle ich mich am wohlsten. Aber das tut ja eh nichts zur Sache, denn wer soll mich so schon sehen. Daran wird sich auch in der bevorstehenden Woche nichts ändern.

Um da ganz sicherzugehen, habe ich sogar abgeschlossen.

Und noch immer klopft kein Matthew gegen die Tür. Oder ist auf dem Flur zu hören.

Da, er kommt aus dem Schlafzimmer!

Aber er verschwindet nur kurz in sein Bad.

Ach, das interessiert mich doch sowieso nicht. Und so schalte ich das Licht aus und krieche unter die kuschelige Decke. Steif liege ich da und habe die Augen geöffnet. Bis Matthew aus dem Bad kommt. Sogleich verschwindet er wieder ins Schlafzimmer und macht die Tür hinter sich zu.

Aus irgendeinem Grund fühle ich mich miserabel. Enttäuscht. Warum? Etwa, weil er nicht mehr zu mir gekommen ist? Das ist doch albern.

Verdammt, aber es ist so. Ich bin eben ein hoffnungsloser Fall. Diese Woche soll mir also dabei helfen, mit ihm abzuschließen? Na, da mache ich ja wirklich Fortschritte. Nicht. *Ich Idiot.*

Hör auf, an ihn zu denken.

Lass. Das.

Denk an den Deal. Das Geld. Den Vertrag, den du immer noch nicht unterschrieben hast. Denk daran, dass in einer Woche alles wieder beim Alten sein wird. Nur mit einem Haufen Geld auf dem Konto. Und das ist gut so. Lass ihn nicht noch einmal in dein Herz. Dann kann dir nichts passieren und du profitierst noch viel mehr von diesem Deal als er. Ja, genau.

Hm.

Träum süß, hat er gesagt.

Aber doch nicht von *ihm!*

Ich schließe die Augen und befehle mir selbst, einzuschlafen. Ich stelle mir eine Wiese vor, auf der Schafe über einen Zaun hüpfen. *Schafe! Niedliche, kleine Schafe mit Kulleraugen! Keinen nackten Matthew! Schafe, verstanden?!* Eisern zähle ich die Schafe. Bei Nummer 256 fallen mir endlich die Augen zu.

9. KAPITEL

MATTHEW

Dallas gegen New England, vor sieben Jahren beim Super Bowl. Das war ein spannendes Spiel. Zu spannend für meinen Geschmack, denn natürlich wollten wir die Liga gewinnen und uns die Vince-Lombardi-Trophy holen. Doch zum Ende des dritten Viertels lagen wir fünf Punkte zurück und es wurde brenzlig.

»Hol Anderson aufs Feld«, sagte ich zum Trainer, als wir zum letzten Mal in diesem Spiel in die Mannschaftskabine gingen. »Das könnte unsere letzte Chance sein.«

Konzentrierten Blickes sah unser Trainer abwechselnd Anderson und mich an. »Ich weiß, darüber denke ich schon seit der letzten Pause nach. Aber ob das wirklich das Richtige ist? Du bist immer noch angeschlagen, richtig, Anderson?«

»Ja, schon, Trainer. Aber nicht so extrem, wie die Medien es darstellen.«

»Das sollten wir uns zunutze machen«, warf ich ein. »Niemand wird damit rechnen, dass wir ihm den Ball zuspielen.«

»Das war der Plan«, antwortete der Trainer und sah ein weiteres Mal zu Anderson. »Aber er birgt das Risiko in sich, dass wir den Ball an den Gegner verlieren.«

»Glaubt mir«, beteuerte Anderson. »Ich schaff das.«

Ich nickte. »Ich werde ihn decken. Als wenn mein Leben davon abhinge. Keiner kommt zu ihm durch.«

»Anderson ist schnell, Kent«, ermahnte der Trainer mich. »Und wir sind hier im Endspiel. Mach dich auf den Sprint deines Lebens gefasst.«

Selbstbewusst nickte ich. »Anderson ist der schnellste Läufer auf dem Planeten, das hast du selbst gesagt, Trainer. Wenn er angeschlagen ist, habe ich vielleicht eine Chance, mitzuhalten. Stimmt's, Anderson?«

Anderson lachte.

»Aber der Gegner auch«, warf der Trainer ein.

Da setzte Anderson einen entschlossenen Blick auf. »Ich werde das schaffen. Ihr könnt euch auf mich verlassen.«

Kurz überlegte der Trainer. »Also schön. Du kriegst deine Chance, Anderson. Enttäusch mich nicht, hörst du?«

Und das tat er nicht. Im letzten Viertel erzielten wir drei Touchdowns, davon zwei mit Andersons Hilfe. Da New England nur einen weiteren Touchdown schaffte, entschieden wir das Spiel für uns. Obwohl es zunächst nicht danach ausgesehen hatte, drehten wir das Spiel noch und trugen die Trophäe nach Dallas.

Erfolg ist also planbar. Zumindest kann man die Wahrscheinlichkeit, Erfolg zu haben, erhöhen. Mit der richtigen Strategie. Und die erfordert es manchmal, ein Risiko einzugehen. Wer bereit ist, für sein Ziel zu kämpfen, kann Unglaubliches erreichen. Mehr als einmal hat mir das meine Laufbahn als aktiver Spieler bewiesen.

Aber gilt das auch in der Liebe? Kann ich meine Chancen in Sachen Liebe erhöhen, wenn ich mir eine Taktik zurechtlege und bereit bin, dafür meinen Stolz über Bord zu werfen?

Ich weiß nicht, ob das ausreicht. Ich weiß nur, dass ich es, verdammt noch mal, versuchen muss. Ich will um Vivien kämpfen. Alles andere ist nicht mehr von Bedeutung für mich. Das ist mir in der Vergangenheit klar geworden. Keine Frau konnte mich über sie hinwegtrösten. Keine ist wie sie. In all den Jahren ist es mir nicht gelungen, sie zu vergessen. Dabei habe ich es versucht. Scheiße, was habe ich es versucht.

Es wäre besser so, hat mein Manager zu mir gesagt. *Vergiss diese Vivien. Niemand bleibt mit seiner Highschool-Liebe zusammen. Nutze das Stipendium und konzentrier dich auf deine Sportkarriere. Später kannst du dich immer noch binden, aber dann besser nicht mit so einem Mauerblümchen.*

Fuck, was bin ich dumm gewesen. Einfach nur dumm. Wie konnte ich nur auf ihn hören? Auf ihn und auf meine – angeblichen – Freunde auf der Highschool, die von Anfang an versucht haben, Vivien und mich auseinander zu bringen, weil sie ihnen nicht aufreizend genug war. Der Zickenkrieg unter den Cheerleadern unserer Schule hat mich nie interessiert. Von Anfang an wollte ich sie, nur sie. Meine Viv. Und in den ersten drei Jahren konnte ich den dämlichen Kommentaren meiner Clique gut standhalten. Doch dann bekam ich dieses Stipendium in Texas und musste einfach zuschlagen. Ich war blind, nicht vor Liebe, sondern vor Erfolgsdruck, den ich mir selbst machte. Und so trennte ich mich kurzerhand von ihr – kurz und schmerzlos, weil ich alles andere nicht ertragen hätte und garantiert eingeknickt wäre. Ich dachte, dass ich sie vergessen könnte. Und bei Gott, ich habe es versucht. Immerhin habe ich jahrelang am anderen Ende des Kontinents gelebt. Und in dieser Zeit hat sich so manches Model in meine Arme verirrt.

Aber, was soll ich sagen? Keine ist wie sie. Das ist nach so vielen Jahren mal sicher. Mein Herz schlägt nur für diese eine Frau. Vivien Harper, eine Leseratte mit Herz, aus Brooklyn. Ihr Lächeln ist das schönste, was ich je gesehen habe. Ihre runden, braunen Augen verzaubern mich. Wenn sie bei mir ist, will ich sie in die Arme nehmen und nie wieder loslassen. Ich will der Grund für ihr Lachen sein. Ich würde ihr so gerne wieder zuhören dürfen, wenn sie mir aus einem Buch vorliest. Sie hat sich wirklich kaum verändert, und das gefällt mir. Und, verdammt, an meinen tiefen Gefühlen für sie hat sich auch nichts geändert. Noch immer ist es genau wie früher. Wenn sie vor mir steht, könnte ich Purzelbäume schlagen. Ich weiß nicht, wie viel sie mir davon ansehen kann. Aber wenn sie mir in die Augen blickt, macht mein Herz Luftsprünge vor lauter Glücksgefühlen. Und diese Lippen, diese vollen, weichen Lippen ... wie gerne würde ich sie wieder schmecken!

Aber es war mir vollkommen klar, dass sie ein bloßes Lebenszeichen von mir nicht gerade in Begeisterung versetzen würde. Ich könnte nicht einfach zu ihr gehen und sie um Verzeihung bitten. Dann hätte sie genauso reagiert wie an dem Abend, als ich sie vor ihrer Wohnung überfallen habe. Doch danach hätte ich nie wieder etwas von ihr gehört. Stattdessen habe ich mir eine Taktik überlegt und mir ihre Geldsorgen zunutze gemacht, damit sie mich anhören würde. Ich habe alles auf eine Karte gesetzt, um das Spiel meines Lebens zu spielen. Dafür habe ich meinen Manager gefeuert und das Angebot, meinen Vertrag bei Dallas zu verlängern, abgelehnt. Mit dreiunddreißig könnte man zwar noch gut ein paar Jahre weiter aktiv in der NFL spielen. Aber stattdessen habe ich alles dafür gegeben, zurück nach New York zu kommen. Glücklicherweise hat der Trainer der Tigers mich mit offenen Armen empfangen. Er wollte mich sogar als Spieler haben, doch als Berater bin ich flexibler und habe mehr Freizeit, die ich mit Vivien verbringen könnte. Ja, ich habe wirklich alles auf eine Karte gesetzt.

Doch wie würde das ankommen, wenn ich ihr das einfach so auf die Nase binden würde? Das kann ich nicht bringen. Nein, ich muss anders vorgehen. In der kommenden Woche will ich ihr beweisen, wie viel sie mir bedeutet und wie sehr ich unsere Trennung bis heute bereue. Nicht mit Worten, sondern mit Taten. Das braucht etwas Zeit. Und wie sich nun herausgestellt hat, muss ich ihr außerdem beweisen, dass ich kein *Schnösel* geworden bin, wie sie es nennt. Ich bin immer noch derselbe Typ, nur reifer – und reicher, ja. Aber ganz sicher kein Snob.

Ich hoffe, dass ich in ihren Augen noch immer der Typ bin, in den sie sich damals verliebt hat. Und dass sie mir doch noch verzeihen kann, wenn ich sie darum bitte – in einem passenden Moment, am Ende der Woche. Dann werde ich sehen, ob ich das Spiel um ihr Herz als Gewinner oder Verlierer verlasse. Es wird allein ihre Entscheidung sein. Doch mit allem, was ich bis dahin mache oder sage, nehme ich Einfluss darauf, wie sie mich wahrnimmt. Scheiße, das kann einem schon Angst einjagen. Der Super Bowl ist nichts dagegen. Noch nie war ich so nervös wie jetzt.

Deswegen muss ich mich zusammenreißen, Mann. Heute ist nicht alles so gelaufen, wie ich mir das überlegt habe. Ich glaube, ich habe das eine oder andere gesagt, was nicht ganz angemessen war. Zwischendurch war es so vertraut wie früher zwischen uns. Dabei darf ich sie nicht bedrängen oder so. Ich muss echt besser aufpassen. Nur: Wie soll ich das bitte anstellen, wenn mich die Gefühle das nächste Mal übermannen?

Das wird die Herausforderung meines Lebens.

***

Fuck. Mittlerweile ist es der nächste Morgen und ich habe in der Nacht kaum ein Auge zugemacht. Zu wissen, dass ich diese Chance nicht vermasseln darf, macht mich fertig. Und dann befindet sich meine Traumfrau auch noch wenige Meter von mir entfernt und schläft in meinem Gästezimmer. Ist das zu fassen? Dass es überhaupt dazu gekommen ist – ich bin ein echter Glückspilz. Aber das hat noch gar nichts zu heißen und schon bald könnte alles für immer vorbei sein. Fuck, ich fühle mich wie gerädert. Als hätte ich mit meinen Teamkollegen die Nacht durchgefeiert. Egal. Bald wird Vivien aufstehen und dann muss ich alles geben. Um jeden Preis muss ich sie davon überzeugen, ihr Mr. Right zu sein. Ausgeschlafen oder nicht – dafür werde ich kämpfen.

***

Als ich höre, dass sie die Tür öffnet und ins Bad geht, warte ich noch ein paar weitere Sekunden ab. Dann begebe auch ich mich in mein Badezimmer und springe unter die Dusche.

Ach, Mann.

Ich befürchte, es ist besser, wenn wir uns erst auf dem Flur begegnen, wenn sie fertig angezogen ist. Sonst könnte sich eine ähnliche Situation wie gestern Abend ergeben, als sie einfach so in mein Schlafzimmer gekommen ist und ich gerade dabei war, mir das Shirt auszuziehen. Das hat mich natürlich alles andere als gestört. Von mir aus hätte sie ruhig noch länger bleiben können. Nur ein Wort von ihr hätte genügt und ich hätte mich meiner restlichen Klamotten entledigt. Ich hätte sie von ihrem Rock und den anderen Sachen befreit, sie ihre Arme um meinen Hals schlingen lassen und sie auf mein Bett gelegt.

Aber natürlich geht das nicht so einfach. Ich muss mir immer wieder sagen, dass ich sie nicht drängen darf. Ich will sie wissen lassen, wie viel sie mir bedeutet. Wenn das Enthaltsamkeit voraussetzt, dann muss ich da durch. Nach allem, was ich ihr angetan habe, ist das auch das Mindeste.

Seufzend steige ich aus der Boxershorts und springe unter die Dusche. Lauwarmes Wasser tropft auf mich herab und wäscht den Schweiß der Nacht davon.

Verdammt. Nur einen Steinwurf entfernt gönnt sich Vivien eine Dusche. In meinem Haus. Aber nicht hier bei mir.

Schon der bloße Gedanke daran macht mich verrückt. Wie gerne würde ich die Tür aufreißen, ins andere Bad stürmen und zu ihr unter die Dusche springen. Jede Faser meines Körpers schreit danach, sie endlich in den Arm zu nehmen und nie wieder gehen zu lassen. Tausendmal will ich ihr sagen, wie leid mir alles tut. Tausendmal würde ich sie wissen lassen, dass es der größte Fehler meines Lebens war. Tausendmal möchte ich ihr sagen, dass ich sie liebe.

Aber. Es. Geht. Nicht.

Ich seife meine Haare ein.

Hm.

Ob sie immer noch gerne warm duscht, so wie früher? So wie damals, wenn wir zusammen unter der Dusche bei ihren oder meinen Eltern standen und uns gegenseitig abgeschrubbt haben.

Fuck.

Ich stelle das Wasser auf kalt und lasse die eisigen Tropfen auf mich niederprasseln. Das wird nach einigen Sekunden unangenehm, aber das wird mich hoffentlich zur Vernunft bringen. *Reiß dich zusammen, Mann.* Ich kann mir doch jetzt keinen runterholen – was ist, wenn sie mich hört? Irgendwo wäre das zwar auch heiß, wenn sie mir zuhört, aber ... Nein. Das könnte sie für unangebracht halten. Und das darf ich auf keinen Fall riskieren.

Aber ... Ihre lieblich riechende, samtweiche Haut ... Und die süßen Geräusche, die sie machen kann, wenn man weiß, wie man sie in Ekstase versetzt.

Nein!

Nicht jetzt, Mann!

Kurzerhand nehme ich den Duschkopf aus dem Halter und richte ihn direkt auf eine ganz bestimmte Stelle meines Körpers. Mit der freien Hand drehe ich das Wasser weiter auf. Mit ordentlich Druck sprüht das eisige Wasser gegen mich. Das schmerzt und lässt mich schwerer atmen, aber es hilft. Ohne weiteren Zwischenfall dusche ich zu Ende. Dann steige ich aus der Dusche und trockne mich mit einem frischen, weißen Handtuch ab. Anschließend ziehe ich mir eine frische Boxershorts über und widme mich der morgendlichen Pflege.

Ich bin gerade fertig, da höre ich, dass sich ihre Badezimmertür öffnet. Vivien huscht in ihr Zimmer und schließt hinter sich sogleich die Tür. Wahrscheinlich ist sie noch nicht ganz fertig. Aber nun kann auch ich zurück ins Schlafzimmer gehen, mich fertig anziehen und auf sie warten. Und so verlasse ich das Bad und gehe ins Schlafzimmer, ohne die Tür hinter mir zu schließen. Ab sofort kann sie gerne zu mir kommen, wenn sie möchte. Aber ich sollte mir schleunigst mehr anziehen. Ich begebe mich zum Kleiderschrank, der in seiner Breite und Höhe die ganze Wand einnimmt, vor der er steht. Dann schiebe ich ihn auf und hole die Klamotten hervor, die ich heute tragen will. Ich entscheide mich für eine verwaschene Jeans, weiße Sneakers und ein gelbes Shirt.

Als ich beides angezogen habe, halte ich inne und horche auf. Nichts. Aus Viviens Zimmer ist nichts zu hören. In meiner Verunsicherung greife ich zum Handy und checke meinen Posteingang. Zwei Dinge werden mir klar: Erstens habe ich einen Haufen neuer Nachrichten. Und zweitens interessieren sie mich gerade einen Dreck. Ich lasse das Handy sowie auch meinen Geldbeutel in der Hosentasche verschwinden und beschließe, mich vorzutasten. Also gehe ich in den Flur und begebe mich zu Viviens Tür. Als Vorwarnung räuspere ich mich extra einmal. Dann klopfe ich leise an.

»Viv?«

»Ja, komm rein.«

Erleichtert mache ich die Tür auf.

Und da steht sie, mitten im Raum, reizvoll verpackt in einem karierten Rock und einem eng anliegenden Shirt. Die Brille hat sie schon auf und gerade bindet sie sich die braunen Haare, in denen vereinzelt blonde Strähnen durchschimmern, zum üblichen Pferdeschwanz.

Als sie mich sieht, zaubert sich ein Lächeln auf ihre Lippen. »Guten Morgen«, meint sie und strahlt mich an.

»Wow«, entfährt es mir, ehe ich darüber nachdenken kann. »Da kann der Morgen ja nur gut werden.«

Daraufhin wirft sie mir einen vorwurfsvollen Blick an den Kopf, von dem ich nicht sofort deuten kann, ob er nur gespielt ist.

»Was denn?«, meine ich und hebe defensiv die Hände. »Soll ich mich etwa für die Wahrheit entschuldigen?«

Zurückhaltend lacht sie und perfektioniert ihren Pferdeschwanz, ohne dass sie einen Spiegel dafür braucht. »Du musst mir nicht schmeicheln, Matt. Vor allem dann nicht, wenn ich wie immer aussehe.«

»Ich sagte es dir doch bereits, Viv: So hast du mir schon damals gefallen.«

Ja, gleich in der Bibliothek, als wir uns das erste Mal näher unterhalten haben, ist sie mir in ihrer Aufmachung aufgefallen. Vivien ist anders als andere Frauen. Ein ganz besonderes Mädchen. Sie lässt sich von niemandem etwas vorschreiben. Sie trägt das, worin sie sich wohlfühlt. Dabei ist ihr anscheinend bis heute nicht klar, wie gut ihr das steht. Sie hält sich mit Rock, Brille und Pferdeschwanz vielleicht für unschuldig. Mich dagegen erinnert sie damit an eine Frau mit einem reinen Herzen, die allerdings im Bett zur Wildkatze werden kann. Ja, Vivien spielt einem nichts vor, aber wenn sie will, kann sie unartig werden. In den drei Jahren, in denen wir zusammen waren, durfte ich erfahren, dass ich mit diesen beiden Vermutungen richtig gelegen habe.

»Matt?«

Leicht zucke ich zusammen. »Ja, Viv?«

Verunsichert lächelt sie mich an. »Ich habe dich gerade gefragt, ob es okay ist, wenn wir nicht über damals sprechen.«

»Oh«, sage ich und kann meine Enttäuschung wohl kaum verbergen. »Klar, wenn dir das lieber ist?«

Nein.

Bitte sag Nein.

»Ja, ich glaube schon.«

Ich knirsche mit den Zähnen. »Okay.«

Vielleicht merkt sie, wie schwer mir das fällt. Jedenfalls sendet sie mir einen dankbaren Blick zu.

»Hast du Hunger?«, frage ich.

Sie lächelt – und allein dafür könnte ich sie an mich drücken. »Was hast du denn im Kühlschrank?«

Da kann ich nicht anders, als ihr süßes Lächeln zu erwidern. »Um die Ecke gibt es einen Bäcker mit ein paar Sitzplätzen. Wollen wir da unser Glück versuchen?«

»Gerne. Das klingt gut.« Dann deutet sie auf ihre Stiefel. »Soll ich die unten anziehen?«

»Nein, nur zu.« Dabei sehe ich zu meinen Sneakers. »Ich hab doch auch schon Schuhe an.«

»Okay«, erwidert sie und wirkt ein bisschen verlegen – sofern ich gerade nicht meinem Wunschdenken unterliege.

Mit einer Handbewegung zeige ich an, dass ich ihr den Vortritt lassen möchte. Allmählich kennt sie sich in meinem Haus ja aus – und der Gedanke gefällt mir sehr. Vivien nimmt das Angebot an und geht voraus. Zumindest die Treppe herunter, bis in den Flur.

Als auch ich unten ankomme, ziehe ich eine Augenbraue hoch. »Was machst du da?«

Sie hält inne. »Äh, meine Handtasche nehmen?«

»Und wozu?«

»Na ja, Matt, Handtaschen können für euch Männer ja wahre Mysterien sein, aber unter anderem bewahren wir Frauen darin unser Portemonnaie auf.«

»Und weiter?«, will ich wissen und nicke ihr auffordernd zu. »Auch, wenn ich damit riskiere, erneut als Schnösel abgestempelt zu werden: Du wirst in unserer gemeinsamen Woche keinen einzigen Cent zahlen. Ist das bei dir angekommen?«

Plötzlich sagt sie nichts mehr und sieht mich nur noch an.

Fuck, ist sie sauer? Ich wollte nicht angeben – nur die Bedingungen klarstellen. Hat sie den Vertrag, den sie so unbedingt haben wollte, inzwischen gelesen? Ich vermute nicht. Aber – nein, wütend sieht sie nicht aus. Vielmehr ... ich weiß nicht genau. Ihre Augen werden größer und wirken nahezu schmachtend. Gefällt es ihr etwa, wenn ich ihr eine Ansage mache? *Sag schon, Viv, wie willst du mich haben? Ein Wort von dir, und ich kann der Mann sein, den du dir heutzutage wünschst.* Was würde ich dafür geben, hier und jetzt ihre Gedanken lesen zu können.

»Aber in dem Portemonnaie ist auch mein Ausweis und so drin«, erwidert sie schließlich – noch immer, ohne sauer zu klingen.

»Ja und?«, entgegne ich unter Lachen. »Wenn irgendetwas ist, reicht es, wenn du dich als mein Anhang identifizierst.«

Da muss auch sie lachen. Und den Kopf über mich schütteln. »Wer ist hier unmöglich, Matt?«

Ich bleibe ihr eine Antwort schuldig. Ohne mein Grinsen abzulegen, öffne ich die Haustür und halte sie ihr auf. Noch einmal schüttelt Vivien lächelnd den Kopf, als sie an mir vorbeigeht und ins Freie gelangt. Ich folge ihr und schließe hinter uns ab.

***

Wir verlassen die Bäckerei und begeben uns zu Fuß zurück zum Haus.

»Danke«, sagt sie mit ihrer reinen Stimme und lässt mich ein weiteres Mal ihr bezauberndes Lächeln sehen. »Das war schön.«

Da merke ich, wie sie mich zum Strahlen bringt. »Das Frühstück oder die Gesellschaft?«, will ich wissen.

»Das bleibt mein Geheimnis«, erwidert sie selbstbewusst und amüsiert zugleich.

Ich sehe ihr tief in die Augen, die so braun sind wie meine. »Jetzt will ich es erst recht wissen, Viv.«

»Hey«, ermahnt sie mich, wenn auch lachend. »Treib es nicht zu weit.«

Grinsend zucke ich mit den Schultern. »Warum nicht? Vielleicht kann ich auf die Art ja erfahren, was du über mich denkst.«

Vivien seufzt. Sie sieht dabei – noch – nicht wütend aus, doch ich sollte aufpassen, was ich sage. Das ist nur so verdammt schwer. Gewisse Bemerkungen und Gesten kann ich mir in ihrer Gegenwart einfach nicht verkneifen. Noch immer fühle ich mich wie ein verknallter Teenager, wenn sie bei mir ist. Und so nah, wie wir nun nebeneinander die Straße entlangschlendern, könnte ich Bäume ausreißen.

»Und was steht als Nächstes an?«, fragt sie. »Was möchtest du gerne machen?«

Oh, Viv. Was ich gerne mit dir machen würde, sollte ich besser nicht aussprechen. Ich meine, wir sind nur einen Steinwurf von meinem Schlafzimmer entfernt und … Nein, ich muss mich zusammenreißen. Du bist keine schnelle Nummer für mich. Alles, nur das nicht. Da darf ich keine falschen Signale senden – so schwer es mir auch fällt, mich zurückzuhalten. Ich glaube, ich mache ihr schon mehr Komplimente und Andeutungen, als ihr lieb sind. Das Spiel, das ich hier spiele, ist das wichtigste und zugleich das härteste meines Lebens. Ich darf es nicht vermasseln. Also muss ich das Verlangen, das ich für sie empfinde, im Moment unterdrücken. Koste es, was es wolle.

»Mat?« Verunsichert sieht sie mich an. »Was willst du machen?«

10. KAPITEL

MATTHEW

»Was?« *Fuck, diese Frau bringt mich völlig aus dem Konzept.*

Zurückhaltend lacht sie. »Du wolltest dir doch überlegen, wie wir diesen schönen Sonntag verbringen.«

»Das habe ich doch. Und es hat dir beim Bäcker gefallen, oder?«

Nun lacht sie herzlicher. »Ach so, das war alles? Mehr hast du nicht geplant?«

»Tut mir leid, wenn du jetzt enttäuscht bist, aber ich habe unsere Woche nicht akribisch durchgeplant.«

Das scheint sie zu amüsieren. »Ach nein?«

»Nein, Viv. Ich will nicht von Termin zu Termin hetzen. Ich will die Zeit mit dir genießen.«

»Aber ... sollte ich dich nicht begleiten?«

»Ja. Durchs Leben.« *Und zwar für immer, Viv. Kannst du nicht einfach für die Ewigkeit mir gehören?*

Sie schluckt. »Mat, was hast du nur mit mir vor?«

Ich bleibe stehen und intensiviere meinen Blick. Sofort reagiert sie und tut es mir gleich.

»Was möchtest du denn gerne machen?«, will ich von ihr wissen.

Kurz überlegt sie. »Etwas von Staten Island sehen?«

Ich muss schmunzeln, weil sie ihre Antwort als vorsichtige Frage betont. Ich weiß genau, dass sie das nur aus Höflichkeit macht. Im Grunde wusste Vivien schon immer, was sie will. Und das liebe ich so an ihr.

»Okay«, sage ich. »Dann habe ich eine Idee.«

***

Erneut bringt sie mich zum Schmunzeln. »Warum strahlst du so, Viv?«

Sie lacht und sieht dabei verdammt süß aus. »Ich hätte nie damit gerechnet, jetzt mit dir auf der Staten Island Ferry zu sein und die Skyline von New York zu betrachten, während wir gemütlich über das Wasser fahren.«

»Nein?«, frage ich und merke, dass mich ihre Bemerkung nervös macht. Der bloße Gedanke daran, dass ich mir einen Fehlgriff geleistet habe, jagt mir eine Höllenangst ein.

Doch ihr Lachen wird noch wärmer. »Matt, ich bin New Yorkerin durch und durch. Sogar in den Jahren, die du in Texas verbracht hast, habe ich hier gewohnt. Ich kenne die Fähre, die Staten Island mit Manhattan verbindet. So wie jeder andere New Yorker – und wohl jeder dritte Tourist auf der Welt.«

»Mag sein«, entgegne ich und setze alles daran, mir meine Panik nicht anmerken zu lassen. »Aber das macht die Bootsfahrt nicht weniger schön, oder?«

Zu meiner Erleichterung ringt sie sich ein anmutiges Nicken ab. »Ja, das stimmt. Es ist wirklich schön hier. Ich habe nur nicht damit gerechnet – das ist alles. Aber du bist anscheinend immer für eine Überraschung gut, Matt.«

Ein eiskalter Schauer läuft mir über den Rücken. Meint sie das im positiven oder negativen Sinn? Sie ist entweder begeistert oder gelangweilt. Ich weiß nur, dass ich es liebe, ihr zuzusehen, wenn sie an der Reling steht und mit ihren verträumten Augen aufs Wasser blickt. Tief atmet sie durch, um so viel frische Luft wie möglich einzusaugen. Ihre zusammengebundenen Haare wehen wild im Wind, als sie ihre zarten Lippen zu einem angedeuteten Lächeln formt. Gerade fahren wir an der Freiheitsstatue vorbei. Und selbst wenn ich dieses Wahrzeichen zum ersten Mal aus dieser Nähe sehen würde – ich hätte in diesem Moment trotzdem nur Augen für Vivien. Ich könnte ihr stundenlang dabei zusehen, wie sie ... einfach sie ist. Für mich gibt es nichts Schöneres.

Das ist schon damals so gewesen. Schon damals habe ich zwei Dinge geliebt – Football und diese eine Frau, Vivien Harper. Aber ich Idiot habe eine Weile gebraucht, um eins zu kapieren: Wenn es wirklich darauf angekommen wäre, hätte ich mich für sie entschieden. Nicht für die Karriere. Leider war ich damals zu blöd, um das zu sehen. Keine Ahnung, was aus meiner Laufbahn als Footballer geworden wäre, wenn ich in New York geblieben wäre. Wer weiß schon, ob sich eine weitere Chance ergeben hätte, um Profisportler zu werden. Aber vielleicht wären Vivien und ich dann noch immer zusammen und jetzt verheiratet. *Mann, ich Vollidiot.* Wird sie mir die Trennung je verzeihen, wenn ich es doch selbst kaum kann? Kann ich jemals wieder ihr sogenannter *Lieblingsidiot* sein?

Ich presse die Lippen zusammen und schaue nun selbst aufs Meer.

Verdammt. Ich will die Zeit mit ihr genießen. Und vor allem will ich die Woche nutzen, um sie zurückzugewinnen. Doch die Angst, sie für immer zu verlieren, lässt mich fast den Verstand verlieren. Das ist Folter – und doch ist es meine einzige Chance.

Heimlich sehe ich wieder zu ihr. Auf ihren Hals, an den sich ihre wehenden Strähnen schmiegen. Wie gerne würde ich sie jetzt von hinten in den Arm nehmen und an ihrem Nacken knabbern. Ich würde ihre weiche Haut schmecken und sie mit ein paar Liebkosungen zum Lächeln bringen. Das wäre fantastisch. Aber es geht nicht. Dezent lecke ich mir über die Unterlippe, um mein Verlangen zu unterdrücken.

Ihre Augen werden schmaler. Aber sie scheint meinen Blick auf ihr nicht zu bemerken und genießt weiter die Aussicht. Vielleicht habe ich mit diesem Ausflug also ins Schwarze bei ihr getroffen. Aber ob das ausreicht, um ihr Herz zurückzuerobern? Wohl kaum. Da sollte ich mir nichts vormachen.

Ich kann mich nicht davon abhalten, ihr auf die verführerischen Lippen zu sehen. Die würde ich zu gern schmecken. Jetzt, in diesem Moment. Jede Faser meines Körpers schreit danach, sie zu überfallen. Ich will ihr über die weichen Lippen lecken, immer wieder, bis sie ihren süßen Mund öffnet und meiner Zunge Einlass gewährt. Hemmungslos würden unsere Zungen aneinanderschlagen. Und das wäre nur der Anfang. Ich will sie überall berühren, überall schmecken. Ich will alles sehen, alles fühlen. Alles mit ihr machen. Hier, in der Öffentlichkeit. Von mir aus auf dem WC, um nicht ganz so sittenwidrig zu sein. Aber ich liebe den Kick und ich weiß, dass Vivien es genauso liebt. Wie damals, als wir noch Teenager waren und uns nachts aufs Schulgelände geschlichen haben. *Verdammt, ist das lange her …*

»Hey«, reißt sie mich mit ihrer lieblichen Stimme aus meinen Gedanken, die sich allesamt um sie drehen. Sie streicht sich eine Strähne hinters Ohr, die der Wind aus ihrem Zopf gelöst hat. »Woran denkst du gerade?«

Unruhig verlagere ich das Gewicht, als mir klar wird, dass sie meinen Blick nun doch bemerkt hat. »Ich …« Doch mehr kommt nicht aus mir heraus.

»Ja?«

»Viv, ich …«

Fuck. Ich wünsche mir, dass sie mich anhimmelt, so wie früher. Ich könnte jetzt etwas Lässiges oder Witziges sagen. Aber ich will nicht den Coolen spielen, wenn ich innerlich doch alles andere als cool bin. Keine Lügen. Sondern behutsam die Wahrheit. Stück für Stück.

»Ich musste nur gerade daran denken, wie schön du bist, Viv.«

Mit großen Augen sieht sie mich an. »Ach, Matt …«

Mehr sagt sie nicht. Doch das reicht schon aus, um meinen Puls in die Höhe schießen zu lassen.

Ich komme näher und habe nur Augen für sie. »Viv …«, flüstere ich.

»Ja?«, haucht sie mir entgegen.

»Verzeih mir, aber ich muss dich das einfach fragen. Was läuft da zwischen dir und diesem Peter?«

Sie zögert. »Bilde ich mir das nur ein, oder hast du etwas gegen ihn?«

»Nein, das stimmt schon«, erwidere ich sofort. »Ich kann ihn nicht leiden. Ganz und gar nicht.«

»Aber du kennst ihn doch gar nicht.«

Meine Hand macht sich selbstständig und nähert sich ihrer Wange. »Na und?«, sage ich leise und sehe ihr auf den Mund. »Er hat sich mit dir verabredet. Das ist alles, was ich wissen muss, um ihn zu hassen.«

»Findest du nicht, dass du etwas übertreibst?«, flüstert sie zurück und sieht mir ebenfalls auf den Mund.

Ich schüttle den Kopf. »Nein, Viv. Sicher nicht. Immerhin gehörst du diese Woche mir.«

Da werden ihre Augen noch größer und ich meine, darin ein Funkeln zu erkennen. Noch immer sieht sie mir dabei auf die Lippen. »Ich hätte nicht gedacht, dass dich das so beschäftigt.«

»Tut es aber.«

Sie muss hörbar schlucken. »Das muss es nicht. Mein Date mit ihm ist wirklich nicht gut gelaufen.«

»Umso besser«, sage ich erleichtert und komme noch näher.

»Lass uns nicht über irgendwelche Dates reden, solange wir zusammen sind, okay?«, schlägt sie mit erwartungsvollem Blick vor. »Ich will die Tage doch auch genießen.«

Jetzt kann ich nicht mehr anders und lege meine Hand an ihre Wange. Zärtlich streichle ich über ihre Haut und sehe ihr tief in die Augen. Vivien hält meinem Blick stand und denkt nicht daran, zurückzuweichen. Da übe ich mehr Druck aus, als meine Finger über ihre weiche Haut streichen.

»Soll ich aufhören?«, frage ich leise. Ohne zu wissen, ob ich es überhaupt könnte.

Mit zaghaften Bewegungen schüttelt sie den Kopf.

Von da an gibt es für mich kein Halten mehr. Ich sehe auf ihre Lippen und überwinde die letzten Zentimeter, die zwischen uns liegen. Im nächsten Moment schließe ich die Augen und fühle, dass mein Mund auf ihrem landet. Mit langsamen Bewegungen küsse ich sie – und ich genieße jede einzelne Sekunde davon. Vivien zu küssen, ist genauso, wie ich es in Erinnerung habe. Ihre weichen, warmen Lippen schmecken verdammt gut. Es fühlt sich klasse an, sie an mir zu spüren. Mehrere Sekunden lang halte ich meine Lippen gegen ihre gedrückt und wünschte mir, wir würden nie wieder etwas anderes tun, als uns zu küssen. Als ich dann auch noch merke, dass sie den Druck erwidert, bin ich wie elektrisiert. Das heftigste Kribbeln jagt durch meinen Körper und weckt das Verlangen nach mehr. Vorsichtig löse ich mich von ihr, aber nur, um sie im nächsten Augenblick wieder zu küssen. Mehrere Male wiederhole ich das Spiel. Bei jedem Mal küsse ich sie schneller und werde leidenschaftlicher.

»Mmh«, entfährt es Vivien zwischen zwei Küssen. Es ist ein süßer Seufzer der Lust.

Das lässt mich noch heißer werden. »Viv ...«, flüstere ich und küsse sie immer wilder.

Kann ich es tun? Darf ich die Zunge ins Spiel bringen und von ihr einfordern, das Gleiche zu tun?

»Matt ...«, haucht sie zurück.

»Ja?«

»Nicht so stürmisch.«

Doch ich küsse sie weiter. Stürmischer als stürmisch. Ich kann nicht anders. Unser letzter Kuss ist viel zu lange her. Das ist meine Schuld und dafür könnte ich mich selbst ohrfeigen. Aber das ändert nichts daran, dass ich einiges nachzuholen habe. Ungefähr zehntausend Küsse. Plusminus.

»Matt«, sagt sie wieder mit sanfter Stimme. Nur noch mit leichtem Druck erwidert sie meine unzähligen Küsse. »Matt ...«

»Noch nicht«, bitte ich sie. Ich halte die Augen geschlossen und will mich darauf konzentrieren, wie gut sie schmeckt. Es fällt mir schon schwer genug, es bei unschuldigen Küssen auf den Mund zu belassen. Da kann sie von mir nicht auch noch verlangen, ganz aufzuhören. Ich raube ihr einen Kuss nach dem anderen und denke nicht daran, mich deswegen schlecht zu fühlen.

Vivien gibt süße Geräusche von sich. »Mmh ...«

»Du machst mich verrückt, Viv.«

Still küsst sie mich weiter.

Doch ich bin kaum noch zu bremsen. Immer schneller landet mein Mund auf ihrem.

»Matt …«

»Nein«, erwidere ich entschlossen und fühle mich wie in Trance vor Verlangen.

Verdammt, ich wollte mich doch zurückhalten und nicht riskieren, sie zu bedrängen. Doch mein Verlangen nach ihr ist zu groß.

Glücklicherweise scheint es ihr zu gefallen, dass ich mehr und mehr Küsse einfordere. Auch sie übt nun wieder mehr Druck aus. Sie bringt mir ein sinnliches Stöhnen entgegen, das mir den Kopf verdreht. Im nächsten Moment schlingt sie ihre Arme um meinen Hals und presst sich an mich. Ohne zu zögern, fasse ich um ihre Taille, um sie festzuhalten. Die andere Hand führe ich zu ihrem Hinterkopf und drücke sie an mich. Längst geben wir uns mehr leidenschaftlichen Küssen hin, als ich in meiner benebelten Verfassung zählen kann – und doch habe ich noch lange nicht genug. Leicht öffne ich den Mund und stoße mit der Zunge gegen ihre Lippen. Da öffnet auch sie ihren Mund und lässt mich für ein feuchtes Spiel vordringen. Wieder und wieder schlägt meine Zunge gegen ihre. Vivien schmeckt so gut, dass ich an nichts anderes mehr denken kann. Genauso liebe ich ihren Geruch und wie es klingt, wenn sie meinetwegen stöhnt. Es ist unbeschreiblich. Ich bin euphorischer als nach einem Touchdown. Etwas Schöneres, als Vivien zu lieben, gibt es nicht.

Allmählich werden wir langsamer und sanfter, wenn unsere Zungen aufeinandertreffen. Vollkommen im Einklang miteinander, lassen wir die stürmischen Küsse abklingen. Ein letztes Mal landen meine Lippen auf ihren. Dann gebe ich sie frei. Wir lösen die Umarmung auf, vergrößern den Abstand zwischen uns und sehen uns an.

»Wow«, sage ich.

Daraufhin schenkt sie mir ihr schönstes Lächeln.

Was für ein unglaublicher Moment das eben war! Am liebsten würde ich sie jetzt fragen, ob sie ähnlich für mich empfindet wie ich für sie. Nein, ich würde ihr *befehlen*, mich zu lieben. Ich würde für uns beide beschließen, dass wir wieder zusammen sind. Ich hätte auch kein Problem damit, Nägel mit Köpfen zu machen und vor ihr auf die Knie zu gehen. Hier und jetzt. Aber bestimmt würde sie mich dann für verrückt erklären. Und so muss ich mich damit zufriedengeben, dass sie mich nach meinem ersten Kuss nicht zurückgewiesen hat.

Außerdem ... hat die Fähre angelegt und um uns herum lichten sich die Reihen.

»Gehen wir in Manhattan spazieren und nehmen später die Fähre wieder zurück?«, fragt sie. Dabei wirkt sie, als wäre es völlig normal, dass wir uns gerade leidenschaftlich geküsst haben. Oder als wenn sie jetzt nicht darüber reden möchte.

Und so fasse ich ein weiteres Mal den Entschluss, zu warten, bis sie so weit ist, eine Entscheidung zu treffen. So schwer mir das auch fällt. »Ja«, antworte ich und sehe ihr tief in die Augen. »Klingt gut.«

***

Der restliche Sonntag verläuft – unschuldig. Vivien und ich spazieren durch den südwestlichen Teil von Manhattan. Zwischendurch legen wir einen Zwischenstopp in einem italienischen Café ein und setzen uns bei dem guten Wetter nach draußen. Wir teilen uns einen bunten Eisbecher und unterhalten uns darüber, wie New York sich in den letzten Jahren verändert hat. Einige Entwicklungen gefallen uns nicht so gut, die meisten anderen dagegen sehr. Wieder einmal merke ich, dass wir in vielen Punkten dieselben Ansichten teilen.

Anschließend schlendern wir zum Hafen zurück und nehmen die nächste Fähre zurück nach Staten Island. Diesmal setzen wir uns rein und bestellen beim Bordcafé zwei Espressi. Auch diesmal gehen uns nicht die Gesprächsthemen aus. Angeregt reden wir über unsere Schulzeit – mit welchen Lehrern wir klarkamen und welche Mitschüler wir beide kannten, obwohl wir keine gemeinsamen Kurse hatten. Vertieft schwelgen wir in Erinnerungen und bringen uns gegenseitig zum Lachen.

Über unsere Beziehung sprechen wir aber mit keiner Silbe. Und auch sonst achte ich darauf, nur unverfängliche Themen anzusprechen. Mein Verlangen, sie mit weiteren Küssen zu überhäufen, unterdrücke ich gänzlich. Zu groß ist das Risiko, dass sie sich doch noch bedrängt fühlt. Und wenn ich sie hier und jetzt zu ihren Gefühlen befragen würde, könnte es sein, dass mir die Antwort nicht gefällt.

»Möchtest du heute Abend ausgehen?«, frage ich sie schließlich, als wir die Fähre verlassen und uns zum Parkplatz begeben.

Kurz überlegt sie. »Ich glaube, für heute war ich genug unter Menschen.«

Da muss ich schmunzeln. »Wie könnte ich das vergessen – am liebsten verbringst du deine Abende zu Hause auf der Couch.«

Sie nickt. »Wenn du nichts dagegen hast?«

Tja. Was soll ich dazu sagen?

Ich habe absolut nichts dagegen, mit ihr ungestört in meinen vier Wänden zu sein. Allerdings wird es dann verdammt schwer, nicht über sie herzufallen. Ich muss mir einfach immer wieder sagen, dass es hier um meine große Liebe geht, mit der ich mein ganzes restliches Leben verbringen will.

Mir entfährt ein Räuspern. »Bestellen wir uns eine Pizza und sehen uns dabei eine Romanverfilmung an?«

Mit diesem Vorschlag bringe ich sie zum Strahlen. »Wie wäre es mit *Der Pate*? Ich habe die Romanvorlage erst letztens wieder gelesen.«

»Ich hatte gar nicht mehr auf dem Schirm, dass es den *Paten* auch als Roman gibt«, muss ich zugeben. »In solchen Dingen warst du schon immer belesener als ich.«

»Dafür kann ich keinen Touchdown machen, oder wie das heißt«, erwidert sie so beschämt, dass ich sie am liebsten in den Arm nehmen würde.

»Natürlich würdest du einen Touchdown hinkriegen, Viv«, sage ich mit sanfter Stimme. »Du müsstest dich nur ein bisschen von mir trainieren lassen.«

Oh ja, eine private Unterrichtsstunde in einem leeren Stadion könnte mir gefallen. Und das ließe sich sogar organisieren.

Sie lacht. »Danke für das Angebot, aber ich glaube, ich bevorzuge dann doch die drei Kultfilme über die Corleones.«

»Du willst alle drei Teile sehen?«, frage ich erstaunt. »Da brauchen wir aber eine Familienpizza.«

Was passend wäre – weil du meine Familie bist, Viv.

Sie grinst. »Herausforderung angenommen.«

11. KAPITEL

VIVIEN

Auf einmal spüre ich etwas. Einen sanften Kuss auf meiner Stirn. Ich rege mich, öffne die Augen und komme zu mir.

»Hey«, höre ich jemanden leise sagen.

Als mir klar wird, dass es sich um Matthews klare Stimme handelt, sehe ich ihn auch schon neben mir hocken. Er schenkt mir ein so umwerfendes Lächeln, dass ich schlagartig wach werde. Ich reibe mir die Augen und sehe mich um.

»Oh«, entfährt es mir, als ich begreife, dass ich auf der Couch eingeschlafen bin. Unter meinem Kopf liegt ein Kissen und ich bin zugedeckt. Dann verrät mir ein Blick nach draußen, dass es längst Mittag sein muss. »Wie lange habe ich geschlafen?« Ich richte den Oberkörper auf und unterdrücke ein Gähnen.

»Gesunde acht Stunden, würde ich sagen.« Mit diesen Worten steht Matthew wieder auf und beginnt, den Couchtisch abzuräumen. Noch immer stehen die große Pizzaschachtel und unsere Rotweingläser auf dem Tisch. Als ich eingeschlafen bin, hat er mich anscheinend leise zugedeckt und ist dann nach oben gegangen.

»Ich glaube, das Ende habe ich noch gesehen«, überlege ich laut.

»Ja«, erwidert er und sammelt die Servietten ein, mit denen wir uns letzte Nacht eine epische Schlacht geliefert haben, als wären wir wieder rebellische Teenager. »Du meintest noch, dass der dritte Teil nicht so gut ist wie die anderen beiden. Dann habe ich mich dem Fernseher zugewendet und ihn ausgemacht. Als ich wieder zu dir gesehen habe, hast du auch schon geschlafen. Das geht immer schnell bei dir.«

Da erwidere ich sein Lächeln. »Wenn ich mich wohlfühle, schon.«

Mit den Servietten in der Hand bleibt er stehen und sieht mich an. »Es war ein schöner Abend, Viv. Wirklich schön.«

»Ein schöner *Tag*«, korrigiere ich ihn und stehe auf. »Kann ich dir etwas helfen?«

»Nein, geh ruhig unter die Dusche. Ich war schon.«

Daraufhin widme ich ihm einen dankbaren Blick und tapse nach oben.

Unter der Dusche versuche ich, einen klaren Kopf zu bekommen. Was genau hat Matthew davon, mich für eine Woche zu buchen, wenn er mich die ganze Zeit verwöhnt? Ich dachte, Millionäre buchen deswegen eine Begleitung, weil sie von ihr verwöhnt werden wollen – und nicht umgekehrt. Er will eine schöne Zeit mit mir haben, hat er gesagt. Aber warum er dabei so zuvorkommend ist, bleibt mir ein Rätsel. Er müsste das nicht tun, damit ich hierbleibe und mich an meinen Teil der Abmachung halte. Er könnte mich zu Veranstaltungen mitschleppen und mir Anweisungen geben – ich würde es hinnehmen. Aber er tut es nicht. Er genießt einfach nur unsere Zweisamkeit.

Und genau damit hat er meine Schutzmauer schneller eingerissen, als ich es für möglich gehalten hätte. So sehr es mich überrascht – ich kann es nicht leugnen: Der gestrige Tag war durch und durch perfekt. Die Schifffahrt, der Spaziergang, die Gespräche, der Filmabend ... Einfach wundervoll. Aber vor allem, als Matthew mich auf der Fähre vor romantischer Kulisse geküsst hat, bin ich wie benebelt gewesen. Seine warmen Lippen haben sich unverschämt gut angefühlt! Da hatte ich keine Chance, vernünftig zu sein und ihn zurückzuweisen. Schon als er mich so sanft an der Wange berührt hat, war es um mich geschehen. In dem Moment wollte ich von ihm geküsst und berührt werden. Nichts anderes war für mich noch von Bedeutung. Und Matthew hat mir diesen sehnlichen Wunsch sogleich erfüllt. Statt mich zappeln zu lassen, hat er den Schritt gewagt und mich geküsst. Dafür war ich ihm unendlich dankbar, denn es hat sich wie eine Erlösung angefühlt. Es war so schön, von ihm geküsst zu werden und ihn zurück zu küssen. Matthew hat mich all die Leidenschaft und Dominanz spüren lassen, die in ihm steckt. Und wie er mich festgehalten hat! Das war der Wahnsinn. So schön wie früher, aber irgendwie anders. Aus dem Jungen ist ein Mann geworden. Das merkt man auch an seinen Küssen und das bringt mich um den Verstand. Ich muss bloß daran denken, wie verführerisch er gerochen hat, und schon fühle ich ein Kribbeln zwischen meinen Schenkeln.

Aber was empfindet er für mich? Ist das alles für ihn nur ein Spiel? Immerhin hat er gesagt, dass er sich mit mir amüsieren will. Wohl, um endgültig mit mir abzuschließen. Im Moment habe ich zu große Angst, um ihn darauf anzusprechen.

Seufzend stelle ich das Wasser ab und steige aus der Dusche. Mit langsamen Bewegungen trockne ich mich ab. Das mit dem klaren Kopf hat irgendwie nicht funktioniert.

Auf einmal klopft es an der Tür. Nur einmal leise. Doch das reicht schon aus, damit ich erschrocken zusammenzucke. Denn es kommt ja nur eine Person infrage, die da an die Badezimmertür klopft.

»Ich bin nackt!«, rufe ich reflexartig.

Er zögert. »Was?«

»Nicht reinkommen!«, werfe ich panisch hinterher.

»Keine Sorge«, entgegnet er mit sanfter Stimme. »Das mache ich nicht. Ich wollte nur schon mal fragen, was du zum Frühstück haben möchtest. Ich hätte zum Beispiel alles für Pancakes da.«

Ich muss mich sammeln. »Äh ...« Hastig streife ich mir den Slip über – nur für den Fall der Fälle. »Wir haben immer noch Pizza übrig, oder?«

»Ja, wieso?«

Als Nächstes ziehe ich mir den BH an und versuche, mir meine Panik nicht anmerken zu lassen. »Wollen wir uns die Pizza warm machen?«

Kurz überlegt er. »Zum Frühstück?« Dann lacht er charmant durch die Tür. »Okay, mach ich.«

»Danke! Ich bin gleich unten.«

»Dann bis gleich.«

Als ich höre, dass er die Treppe heruntergeht, normalisiert sich mein Puls allmählich wieder. Erleichtert atme ich durch. Dass Matthew mich nackt gesehen hat, ist Ewigkeiten her. Und so erregt, wie ich gerade war, wäre mir das mehr als peinlich gewesen. Wer weiß – vielleicht hätte er mir die Erregung angesehen. Na ja, es ist ja alles gut gegangen. Zum Glück ist Matthew nicht einfach so hereingeplatzt. Das hätte mir eigentlich sofort klar sein müssen. Wenn ich so darüber nachdenke, ist er der perfekte Gentleman.

***

Matthew wischt sich den Mund mit der Serviette ab. Ich kann es mir nicht verkneifen, ihn dabei zu beobachten. Seit wir uns geküsst haben, erwische ich mich immer wieder dabei, wie ich ihm auf die verführerischen Lippen sehe. Diese warmen, weichen Lippen haben mich gestern verwöhnt und verrückt gemacht. Ob sich das wiederholen wird? Danach sehne ich mich insgeheim, und zwar seit sich sein Mund von meinem gelöst hat.

Er legt die Serviette beiseite und sieht mich an. »Und, schmeckt die Pizza immer noch?«, möchte er von mir wissen.

Ich nicke und kann mir ein Grinsen nicht verkneifen. »Sogar besser als gestern Abend.«

Damit bringe ich ihn zum Schmunzeln. »Das würde ich nicht gerade behaupten, aber sie ist in Ordnung.«

»Ist eben keine Sterneküche«, entgegne ich und zucke mit den Schultern.

Neugierig neigt er den Kopf. »Möchten Sie jetzt wieder gegen reiche Leute wettern, Ms. Harper?« Frech grinst er mich an.

Nun wische ich mir ebenfalls den Mund ab und lege einen gespielt-höflichen Ton auf. »Nicht doch, Mr. Kent. Das würde ich niemals wagen.«

Er lacht. »Sie haben also nichts gegen die Sterneküche, Madame?«

»Oh, nein, Sir, mitnichten.« Ich selbst komme aus dem Lachen nicht mehr heraus. »Na ja, ich meine: Ich kenne sie ja nicht einmal.«

Matthew wird stutzig. »Was?« Seine braunen Augen werden größer. »Du kennst keine Sterneküche?«

»Ist das so verwunderlich?«

»Natürlich nicht. Aber ich habe mich bereits gefragt, wie viel du überhaupt mit der High Society zu tun hattest.«

»Weil ich da nicht reinpassen würde?«

»Nein«, erwidert er voller Entschlossenheit in der Stimme – und Wärme in seinen Augen. »Weil du nicht gut auf sie zu sprechen bist.« Er räuspert sich. »Auf uns.«

Schuldbewusst verziehe ich den Mund. »Kann sein, dass da gewisse Vorurteile aus mir sprechen … Tut mir leid.«

»Hey, so meinte ich das nicht«, beteuert er. »Ich meine, es gibt nichts, für das du dich entschuldigen musst. Es laufen sicher genügend Idioten innerhalb der gehobenen Gesellschaft herum.«

So wie ein bestimmtes Vatersöhnchen namens Peter Wright, denke ich mir.

»Aber Idioten gibt es leider überall, Viv«, fährt er mit eindringlicher Stimme fort. »Im Umkehrschluss heißt das: Nicht alle Mitglieder der High Society sind solche Snobs, wie du es anscheinend erwartest.«

»Ja, mag sein. Im Grunde ist mir das auch klar.« Ich seufze. »Vielleicht habe ich mich in der Vergangenheit nur über reiche Menschen geärgert, weil ich selbst kaum über die Runden komme. Vom Buchladen ganz zu schweigen. Und auch jetzt fällt es mir schwer, offen darüber zu sprechen, wenn ich ehrlich bin.«

Noch immer sieht er mich mit diesem warmen Ausdruck in seinen Augen an. »Es bedeutet mir viel, dass du mir das erzählst, Viv. Aber ich kann dich beruhigen: Es gibt nichts, was dir unangenehm sein muss. Von Anfang an hast du gewusst, was du werden willst, und dein Ding durchgezogen. Ohne dich zu verstellen oder auf etwas zu verzichten. Und deine Kollegen sind bestimmt auch Kämpfer. Ihr könnt stolz auf den Buchladen sein.«

Hörbar halte ich den Atem an. Seine Worte rühren mich und ich habe große Mühe, die Tränen zurückzuhalten. Ich will jetzt nicht heulen. Stattdessen will ich ihm lieber einen Blick der Dankbarkeit zusenden. »Du bist hier der Kämpfer, Matt. Du hast doch auch schon immer gewusst, dass du Football spielen willst. Dafür hast du alles gegeben. Und was ist daraus geworden? Also wirklich, darauf kannst du stolz sein. Das meine ich ernst.«

Doch nun prägen Reue und Sorge sein perfekt gezeichnetes Gesicht. »Vielleicht habe ich zu viel gegeben, Viv. Ich denke, in gewisser Hinsicht habe ich mich also durchaus verstellt.«

»Wie meinst du das?«

Ernst sieht er mich an. Bis er sich zu einem Lächeln zwingt und durchatmet. Matthew streckt den Rücken durch und verschränkt die Hände hinter dem Kopf, wobei seine Armmuskeln – wenn auch unbeabsichtigt – gut zur Geltung kommen. »Lass uns über etwas Fröhlicheres reden, okay?«

Ich muss mich sammeln. »Äh, ja, natürlich. Du bist der Boss.«

Leidend verzieht er den Mund. »Ich habe dir doch jetzt oft genug gesagt, dass du nicht meine Sklavin bist, oder, Viv?«

»Ja, tut mir leid. Ich mache so etwas eben nicht jede Woche und bin mir immer noch nicht ganz sicher, was du von mir erwartest, Matt.«

So etwas. Damit meine ich unseren Deal.

Oh Gott, der Vertrag! Den habe ich ja immer noch nicht unterzeichnet. Irgendwie hat er für mich an Bedeutung verloren.

»Genieß einfach die Zeit mit mir, okay?«, bittet er mich mit inständigem Blick. »Lass uns im Hier und Jetzt leben. Bitte.«

Hach.

Wie kann ich Nein sagen, wenn er mich so ansieht? Zumal er etwas vorschlägt, bei dem ich Purzelbäume schlagen könnte! Einfach die Zweisamkeit genießen und alles andere vergessen. Und dafür auch noch bezahlt werden. Das klingt überaus verlockend. Warum also Trübsal blasen? Ich will ihm gegenüber nicht mehr so misstrauisch sein und mir damit die restliche Woche vermiesen.

Und so schenke ich ihm ein Lächeln und nicke.

Ich will mich fallen lassen.

Das werde ich hoffentlich nicht bereuen.

***

Die nächsten Tage sind traumhaft schön. Matthew und ich gehen essen, spazieren, ins Kino …

Einmal nimmt er mich sogar mit ins Trainingscamp der Tigers und stellt mich seinen Kollegen vor. Ich darf berühmten Footballspielern die Hand schütteln und sogar den Trainer kennenlernen, Bob. Aber vor allem, als ich Matthew in Aktion erlebe, schlägt mein Herz höher. Obwohl er nur vom Spielfeldrand aus am Training teilnimmt, ist er aktiv daran beteiligt. Immer wieder ruft er Bob oder einem Spieler hilfreiche Tipps zu. Dabei strahlt er eine solche Präsenz aus, dass es mir den Atem verschlägt. Die perfekte Körperhaltung, die angespannten Muskeln, die klare Stimme, der selbstbewusste Ausdruck in seinen braunen Augen – Matthew ist ganz in seinem Element und es ist ein unglaubliches Gefühl, ihm dabei zuzusehen. Zwischendurch sieht er zu mir, schenkt mir sein umwerfendes Lächeln und eine liebevolle Bemerkung. Doch im nächsten Moment wendet er sich wieder den Männern zu und seine Stimme wird lauter und strenger. Dass er zu mir ganz sanft sein kann und gleichzeitig auch diese dominante Seite an sich hat, fesselt mich. Noch immer scheint in ihm ein Romantiker zu stecken, kann das sein? Doch er ist auch gut darin, pragmatische Anweisungen zu geben – und das ohne jegliche Arroganz. Es ist schön, dass Matthew seine

Berufung gefunden hat und so viele andere Menschen davon profitieren. Das war wohl schon in Dallas so, als er noch aktiv gespielt hat. Als Berater ist er genauso gut wie als Spieler. Und am Ende des Trainings bietet ihm Bob sogar an, fester Co-Trainer für die Tigers zu werden. Als Matthew das Angebot kurzerhand annimmt, überwältigen mich die Gefühle vollkommen. Denn irgendwie macht mich der Gedanke daran, dass er in New York so richtig Wurzeln schlagen will, glücklich.

Ist das nicht verrückt?

Diese Frage stelle ich mir momentan ständig.

Matthew und ich – wir können zusammen lachen und uns stundenlang unterhalten, als wären wir nie ohne einander gewesen. Wenn er zwischendurch mal einen geschäftlichen Anruf entgegennehmen muss und in sein Arbeitszimmer verschwindet, merke ich gleich, wie sehr er mir fehlt. Sobald er dann wieder vor mir steht, fange ich zu strahlen an. Als wäre ich es nicht gewohnt, ohne ihn zu sein. Oder als wäre ich … frisch verliebt. Ist das nicht verrückt? Es ist schon fast erschreckend, wie viel er mir bedeutet. Das hätte ich vorher nicht für möglich gehalten.

Was genau empfinde ich heutzutage für ihn? Und wie denkt er darüber?

Lass uns einfach die gemeinsame Zeit genießen, hat er gesagt. Tja. Vielleicht hat er genauso Angst vor einem klärenden Gespräch wie ich. Denn dabei könnte herauskommen, dass wir nach dieser Woche für immer getrennte Wege gehen. Wenn ich nämlich zu der Erkenntnis komme, dass ich ihm einfach nicht verzeihen kann und immer misstrauisch wäre. Oder wenn er mir offenbaren sollte, dass das Ganze tatsächlich bloß ein netter Zeitvertreib um der alten Zeiten willen für ihn war.

Ja, manchmal ist es angenehmer, ein klärendes Gespräch zu vermeiden. Manchmal ist es schöner, im Hier und Jetzt zu leben. Einfach den Moment zu genießen. Nicht an die Zukunft zu denken. Sich nicht seinen Gefühlen zu stellen. Und auch nicht sein Gegenüber nach dessen Empfindungen zu fragen.

Aber wie lange kann das gut gehen? Denn Gefühle sind definitiv im Spiel. Jedenfalls von meiner Seite aus. Ich bin mir nur nicht sicher, ob es Liebe ist. Eine Liebe, die alles Vergangene verzeihen kann. Und was Matthew empfindet, weiß ich erst recht nicht.

Er und ich haben aber ein Ablaufdatum, wenn nichts dagegen unternommen wird. Und zwar schon übermorgen. Denn nachdem die Tage nur so verflogen sind, ist heute bereits Freitag.

Macht das Schweigen alles nur noch schlimmer? Werden uns die unausgesprochenen Dinge zum Verhängnis?

Oder ist diese Woche das einzige Happy End, das uns gegönnt ist? Sollen wir es genießen, solange es währt?

Ach, was für eine Zwickmühle!

»Du bist ja so still«, höre ich Matthew auf einmal sagen.

Leicht zucke ich zusammen. »Hm?« Erst da besinne ich mich und finde in die Realität zurück.

Es ist Mittag und wir sitzen gerade in einem Café. Eben bekam Matthew einen Anruf von Bob. Der Trainer wollte, dass Matthew ins Trainingscamp kommt. Doch Matthew antwortete ihm höflich, dass er heute nicht arbeiten könnte, weil er den Tag mit mir verbringen wollte. Dabei sah er mich an. Ich fühlte mich, als wenn lauter kleine Schmetterlinge in meinem Bauch herumschwirren würden.

Aber gerade *das* stimmt mich jetzt nachdenklich und lässt mich schweigen. Ich empfinde noch immer etwas für Matthew. Nur: Wie soll es mit uns weitergehen? Das macht mich fertig! Und so besorgt, wie er mich jetzt ansieht, weiß er längst, dass mich etwas beschäftigt.

»Ist alles okay?«, fügt er an seine Bemerkung an, weil ich immer noch nichts sage.

»Ja«, antworte ich und setze ein Lächeln auf, das ihn beruhigen soll. »Ich war nur in Gedanken versunken. Hier draußen zu sitzen, mit diesem Blick auf den kleinen Park, das ist wirklich schön. Da kann man schnell ins Träumen geraten. Also, zumindest ich.«

Charmant lacht er. »Das hast du schon früher gerne gemacht, das könnte ich nie vergessen. Dieser verträumt-süße Ausdruck in deinen Augen ... Dafür hat es nicht mehr gebraucht als eine schöne Landschaft oder ein gutes Buch.«

Ich lächle. »Apropos gutes Buch. Du solltest irgendwann deine Memoiren festhalten und sie veröffentlichen.«

»Memoiren?«, fragt er und muss schmunzeln. »Für wie alt hältst du mich auf einmal? Wir sind derselbe Jahrgang, das weißt du ganz genau.«

Da lache ich. »Ach, Matt. Du weißt doch genau, wie ich das meine. In den letzten fünfzehn Jahren hast du so viel erlebt. Und deine Vorgeschichte auf der Highschool ist sicher auch interessant. Ich bin mir sicher, dass du viel zu erzählen hast. Machen das heutzutage nicht viele Promis, dass sie schon mit Mitte dreißig ihre Autobiografie veröffentlichen? Die erste von vielen! Hey, damit könntest du richtig Geld machen.«

»Hm. Mag sein. Keine Ahnung. Wenn ich so darüber nachdenke ... Unter Footballspielern ist das nicht so verbreitet wie in anderen Berufsgruppen, glaube ich.«

Entschlossen strecke ich den Rücken durch. »Dann sollte sich das ändern. Das könnte eine Marktlücke schließen.«

Oh ja, ich sehe es schon genau vor mir – das Buchcover, auf dem ein verschwitzter Matthew Kent lasziv in die Kamera ... okay, vielleicht bringe ich gerade Berufliches und Privates durcheinander.

»Ja, vielleicht«, erwidert er, ohne dass er etwas von meinem unmoralischen Kopfkino ahnt. »Mal sehen. Im Moment habe ich andere Dinge im Kopf.« Als er das sagt, gilt sein ernster Blick mir.

Ich bin mir nicht sicher, was er mir damit sagen will. Aber ich zwinge mich zu einem weiteren Lächeln. »Ich würde dein Buch jedenfalls lesen.«

»Und ich würde dir gerne dabei zusehen, Viv. Egal, welches Buch du lesen würdest. Ich werde nie vergessen, wie du deine Lippen mitbewegst, wenn du Zeilen liest, die dir gefallen. Dann bist du ganz vertieft und strahlst vor Glück. Es war besser als Kino, dir dabei zuzusehen.«

Was? Selbst das weiß er noch?

Stille.

Matthew und ich sehen uns an, als würde nichts anderes um uns herum noch existieren. Er hat recht mit dem, was er da über mich sagt – und genau das fesselt mich. Zu wissen, dass er mich noch immer besser kennt als alle anderen Menschen auf dieser Welt. Das ist beängstigend und wunderschön zugleich. Auf einmal jagt ein so heftiges Kribbeln durch meinen Körper, dass ich beinahe vom Stuhl aufgesprungen wäre. Es ist unglaublich! Auch in seinen Augen glaube ich, ein Funkeln zu erkennen. Matthew und ich, wir erleben gerade einen magischen Moment. So wie früher. Und doch ist es anders. Die Gefühle überwältigen mich.

Noch immer sieht er mir tief in die Augen. »Viv, ich ...« Er schluckt. »Ich weiß, unsere Woche ist noch nicht ganz rum, aber ...« Wieder setzt er ab.

Worauf will er jetzt hinaus?

Nun starrt er auf den Tisch, der uns trennt. Dann atmet er durch und sieht mich wieder an. »Ich möchte dir gerne etwas sagen.«

»Ja?«, frage ich mit zittriger Stimme.

Was geht hier vor? Zuerst ist er so verunsichert, aber jetzt, wo er sich scheinbar gefangen hat, wirkt er umso entschlossener. Was will er mir sagen? Noch nie war ich so angespannt und neugierig wie in diesem Augenblick.

Wärme mischt sich in seinen entschlossenen Blick. »Viv, ich …«

Auf einmal vibriert sein Handy ein weiteres Mal. Während ich erneut zusammenzucke, seufzt er genervt und kramt das Smartphone wieder hervor.

»Mann, ich habe das verdammte Ding doch in den Ruhemodus verbannt«, flucht er und sieht nach. Schlagartig macht er ein verwundertes Gesicht. »Oh, das ist eine nicht eingespeicherte Nummer. Da greift der Ruhemodus nicht, den habe ich nur für meine geschäftlichen Kontakte eingestellt. Bitte entschuldige.«

»Nein, nein«, entgegne ich und winke ab. »Geh ruhig ran.«

Matthew schüttelt den Kopf und will das Handy wieder in die Jeanstasche stecken.

»Und was, wenn es dringend ist?«, frage ich.

Da schenkt er mir ein Lächeln. »Auch an deiner Fürsorge hat sich nichts geändert, Viv.«

»Ich meine es ernst. Nimm den Anruf ruhig entgegen. Wenn es dabei bleibt, dass du heute nicht arbeitest, werden wir ja noch genug Zeit haben.« *Damit du mir endlich erzählen kannst, was du mir eben sagen wolltest.*

Er zögert. »Sicher?«

Ich nicke und lächle. Denn auch, wenn ich neugierig bin: So lange werde ich schon noch abwarten können. Meine Neugierde soll kein Grund sein, meinen Anstand zu verlieren. Auch wenn ich mir insgeheim denke: *Blöder unbekannter Anrufer!*

»Okay«, sagt er zu mir, ehe er auf den Knopf auf seinem Handydisplay drückt. »Hallo? Kent hier. ... Guten Tag, Mrs. Adams. Ich freue mich auch, von Ihnen zu hören. ... Ja, danke, mir geht es gut. Und Ihnen? Wie geht es der Familie? ... Das freut mich natürlich. Was verschafft mir denn die Ehre? ... Aha, verstehe.«

Daraufhin gibt er mir mit der freien Hand ein Signal, das ich sofort verstehe: Kein. Notfall.

»Aha ... Aha ...«

Matthew macht große Augen, die mir anzeigen, dass er gerade von dieser Mrs. Adams zugetextet wird. Als ich seinen Gesichtsausdruck sehe, muss ich mir ein Lachen verkneifen.

»Haben Sie vielen Dank, Mrs. Adams, aber leider bin ich morgen verhindert.«

Morgen? Was ist morgen? Das klingt, als wenn er gerade zu einem Event eingeladen wurde.

»Ja, es tut mir sehr leid«, fährt Matthew mit dem Telefonat fort. »Das wünsche ich Ihnen auch, Mrs. Adams. Machen Sie es gut.« Dann legt er auf.

Erwartungsvoll blicke ich ihn an. Verrät er mir, was die Frau von ihm wollte?

»Das war Angela Adams«, beginnt er, als könnte er mir meine Neugierde ansehen.

»Angela Adams?«, überlege ich laut. »Das klingt so poetisch, als wäre es ein Künstlername.«

Damit bringe ich ihn zum Lachen. »Vielleicht stimmt das sogar. Damit habe ich mich nie beschäftigt. Ich weiß nur, dass sie mich hin und wieder anruft, um mich zu irgendwelchen Veranstaltungen einzuladen. Sie ist eine berühmte Eventmanagerin.«

Kurz überlege ich. »Hm, ich habe noch nie von ihr gehört«, gebe ich zu. »Plant sie vielleicht nur High-Society-Events?«

Matthew antwortet mir, indem er mit den Zähnen knirscht.

»Oh!«, mache ich und muss lachen. »Das erklärt alles. Und die hat dich also zu einer Veranstaltung eingeladen, die morgen stattfindet?«

Er nickt. »Aber ich habe ihr abgesagt«, beteuert er mit inständiger Stimme. »Du hast nichts zu befürchten.«

Nun bin ich diejenige, die große Augen macht.

»Hey, sieh mich nicht so an«, bittet er mich, kann sich aber ein Lächeln nicht verkneifen. »Ich muss da nicht hin. Echt nicht. Okay? Mrs. Adams hat mich doch nur gefragt, weil ... na ja.«

»Was?«, frage ich und verschränke die Arme. »Weil du die Promiquote auf der Veranstaltung verbessern sollst?«

»Eher die Sportlerquote«, meint er verlegen, was ich richtig süß finde. »Promis werden wohl die meisten sein, die hinkommen. Das ist einfach nur eine protzige Gartenparty für reiche Leute, verstehst du? Für Snobs, um es mit deinen Worten zu sagen.« Er grinst. »Da geht es nicht einmal um den guten Zweck. Bloß ums Sehen-und-gesehen-werden. Veranstalter ist ein Hersteller für Luxuswagen, der damit gut verdienende Leute ködern will. Ich werde schon nicht sterben, wenn ich das verpasse.«

»Hm«, mache ich wieder.

Da zieht Matthew eine Augenbraue hoch.

»Du warst schon oft auf solchen Events und kennst dich damit aus, oder?«, will ich wissen.

»Das eine oder andere Mal habe ich so etwas wohl mitgemacht.«

Über diese diplomatische Auskunft muss ich schmunzeln. Dann finde ich zu einem nachdenklichen Gesichtsausdruck zurück. »Und würdest du sagen, dass die Leute es auf so einer Gartenparty krachen lassen?«

Kurz überlegt er. »Na ja, wenn du damit meinst, dass es Champagner, Kaviar und bekannte Musikacts gibt, dann ja. Mit einem Grill und ein paar Bratwürsten ist es da nicht getan.«

»Und das ist also morgen?«

Zurückhaltend lacht er. »Ja, aber wieso fragst du mich all das, Viv? Willst du etwa hingehen?«

Grinsend zucke ich mit den Schultern. »Du hast gesagt, dass ich unsere gemeinsame Woche genießen soll. Und wo könnte ich das besser als auf einer Party?«

Ungläubig sieht er mich an. Gepaart mit einem bezaubernden Lächeln. Leicht schüttelt er den Kopf. »Du hasst Menschenansammlungen, Viv. Und du kannst nicht viel mit der High Society anfangen. Was meinst du, warum ich abgesagt habe? Ich will den morgigen Tag lieber so verbringen, dass du dich wohlfühlst. Das ist mir viel wichtiger.«

»Und wenn ich da aber hinwill?«, frage ich kleinlaut.

Er zögert. »Ist das dein Ernst?«

»Ich habe nachgedacht, Matt. Über das, was du gesagt hast. Du meintest, dass nicht alle Mitglieder dieser Gesellschaftsschicht gleich sind. Ich würde mich gerne selbst davon überzeugen. Diese Gesellschaftsschicht ist ein Teil deines Lebens geworden. Ich würde sie sehr gerne kennenlernen. Vielleicht sind ja noch mehr Exemplare eurer Spezies so charmant wie du und ich kann endgültig mit meinen Vorurteilen brechen.«

Beeindruckt sieht er mich an. »Wow. Viv, ich … Ich muss zugeben: Damit habe ich nicht gerechnet. Ich wollte dir neulich wirklich kein schlechtes Gewissen einreden oder so.«

»Was soll das heißen?« Herausfordernd nicke ich ihm zu. Mein Grinsen wird noch breiter, als ich merke, welchen Einfluss er auf mich hat. Es ist wie früher. Schon damals hat er mich dazu bewegt, mal über meinen Schatten zu springen und neue Dinge auszuprobieren. Obwohl er mich nie dazu gezwungen hat und das auch jetzt nicht tut. »Traust du dich etwa nicht, mich als deine Begleitung zu so etwas mitzunehmen?«

Er hält meinem Blick stand. »Pass auf, was du sagst, Viv. Fordere mich nicht heraus. Sonst findest du dich schneller auf dieser Gartenparty wieder, als es dir lieb ist.«

Ich lehne mich über dem Tisch vor. »Soll das eine Drohung sein, Mr. Kent? Oder nur leere Worte?«

»Ein Anruf, Viv. Mehr kostet es mich nicht, um uns auf die Gästeliste zu setzen. Überleg dir also gut, was du als Nächstes zu mir sagst.« Er intensiviert seinen Blick. »Was möchtest du wirklich?«

Da weicht mein freches Grinsen einem warmen Blick, den man schon fast als verliebt bezeichnen könnte. Ich drohe, mich in dem Anblick seiner braunen Augen zu verlieren – und das fühlt sich unbeschreiblich gut an. »Ich ...«

»Ja, Viv? Was willst du?«

»Ich will ...« *Dich, Matt. Ich will dich.* »Ich will mal wieder ein schönes Kleid tragen.«

Die Überraschung steht ihm in sein perfektes Gesicht geschrieben. »Was?«

»Ich möchte mal wieder chic ausgehen. In einem schönen Kleid. So wie auf unserem Abschlussball. Nur nicht mit solchen Puffärmeln wie damals, wenn es geht. Aber wäre das nicht eine schöne Unternehmung für den morgigen Tag?«

Mehrere Sekunden lang sieht er mir in die Augen, ohne dass ich seinen Gesichtsausdruck deuten kann.

Dann drückt er aufs Display und hält sein Handy ans Ohr. »Ja, Mrs. Adams?«, beginnt er das Telefonat, ohne den Blick von mir abzuwenden. »Gerade hat es sich ergeben, dass ich doch zur Gartenparty kommen kann. ... Ja, genau. ... Schreiben Sie bitte zwei Personen auf die Liste. Meine Begleitung trägt den bezaubernden

Namen Vivien Harper. ... Nein, bemühen Sie sich nicht. ... Nun, das ist eine andere Geschichte. ... Ja. ... Okay, Mrs. Adams. Bis morgen.« Er legt auf und schenkt mir ein Lächeln, das mich umhaut. »Erledigt. Dein Wunsch ist mir Befehl.«

Ich bin überwältigt. »Du hast es wirklich getan?«

»Klar.«

»Und das ist auch kein Bluff?«

Er zuckt mit den breiten Schultern. »Warum sollte ich so etwas machen?«

»Dann gehen wir also wirklich auf diese Party und ich sehe lauter Promis?«

»Lauter Snobs, ja«, korrigiert er mich und grinst frech.

Meine Augen werden größer. »Und was wollte Mrs. Adams noch von dir wissen? Als du geantwortet hast, dass sie sich nicht bemühen soll.«

»Sie wollte natürlich sofort wissen, ob du ein Promi bist. Da habe ich Sie wissen lassen, dass Sie gefälligst keine Nachforschungen über dich anstellen soll, sonst kriegt sie es mit mir zu tun.«

Ich bin baff, als ich das höre. »Was?! Sie wollte mich direkt stalken?«

»Mach dir keine Sorgen, Viv. Ich habe das klargestellt. Die Formulierung wird sie schon kapiert haben. Und ich denke nicht, dass sie es sich mit mir verscherzen will. Sonst hätte sie ja für solche Partys in Zukunft einen Footballer weniger.«

»Okay«, erwidere ich. »Ich hoffe, du hast recht. Denn auf so eine Party zu gehen, ist eine Sache. Aber selbst zur Zielscheibe für die Klatschpresse zu werden, wäre etwas völlig anderes.«

Da presst er seine verführerischen Lippen aufeinander. »Ja, ich weiß, Viv. Ich weiß.«

Oh, er sieht richtig besorgt aus. Fragt er sich gerade das Gleiche wie ich?

Denn: Wie gut passen Matthew und ich wirklich zusammen?

Diese Frage wird sich vielleicht schon bald klären. Endgültig. Morgen werde ich nämlich in die High Society eintauchen. Ist dies das fehlende Puzzleteil? Immerhin kenne ich diesen Teil von Matthews Leben noch nicht. Meine Eindrücke könnten mir helfen, eine Entscheidung zu treffen. Und auch Matthew könnte nach der Gartenparty wissen, welche Zukunft er sich wünscht. Ob ich darin vorkommen soll oder nicht. Vielleicht wird er mir dann endlich das erzählen, was er mir eben sagen wollte, bevor wir von Mrs. Adams gestört wurden. Vielleicht wird er sich aber auch dagegen entscheiden, es überhaupt noch mal anzusprechen. Insofern war der Anruf vielleicht das Beste, was uns passieren konnte. Die morgige Party kann uns Klarheit verschaffen. Ja, inzwischen bin ich mir sicher: Morgen Abend werden die Würfel fallen. Ob mir das Ergebnis gefällt oder nicht.

12. KAPITEL

MATTHEW

Ich bin unruhiger als vor meinem ersten Ligaspiel. Mein Debüt als NFL-Spieler war ein Witz gegen die Prüfung, die mir jetzt bevorsteht. Vivien hat mir klargemacht, dass sie wirklich gerne mit mir auf diese Gartenparty gehen will. Da konnte ich nicht anders, als zuzusagen. Ich kann ihr einfach keinen Wunsch abschlagen. Außerdem muss sie diesen Teil meines Lebens doch sowieso irgendwann kennenlernen, wenn ich sie zu meiner Frau machen will. Warum also noch länger damit warten? Immerhin ist unsere gemeinsame Woche fast vorbei. Doch mir ist voll und ganz klar, dass ich damit auch ein Risiko eingehe. So umgeben von der High Society, auf die Vivien offensichtlich keine großen Stücke hält, könnte alles Mögliche passieren. Irgendetwas, das sie davon überzeugt, sich gegen mich zu entscheiden, sobald ich ihr meine wahren Gefühle offenbare. Kann ich das Spiel um ihr Herz damit wirklich gewinnen? Das wird sich erst noch herausstellen. Konkret für heute Nachmittag habe ich keine Taktik parat. Ich muss die Party auf mich zukommen lassen. Nicht, dass mir ein solches Event je Kopfzerbrechen bereitet hätte. Aber wie wird Vivien es wirklich finden, wenn wir dort sind? Was könnte vielleicht passieren, womit ich noch nicht rechne? Ich *kann* den Ausgang dieses Spiels nun mal nicht planen. Das macht mich, verdammt noch mal, nervös.

»Da wären wir«, meint Vivien plötzlich zu mir.

»Ja«, erwidere ich in lässigem Ton.

Ich versuche, mir meine Unruhe nicht anmerken zu lassen. Sonst könnte diese noch auf Vivien übergehen. Das darf auf keinen Fall passieren. Ich könnte es mir selbst nicht verzeihen, wenn ich ihr die Vorfreude nehmen würde, die sie gerade offensichtlich verspürt. Mit leuchtenden Augen sitzt sie neben mir im Wagen. Ich fahre mit ihr zum Hafen, wo wir eine Freundin von ihr abholen. Wie ich erfahren habe, handelt es sich um eine Kollegin aus dem Buchladen, mit der sie sich gut versteht. Tanya heißt sie. Vivien hat mich gefragt, ob es in Ordnung wäre, wenn Tanya sie begleitet, um ihr Kleid für die Gartenparty auszusuchen. Auch diesen Wunsch konnte ich ihr unmöglich verwehren. Zwar geht dieser sogenannte Shoppingtrip von unserer gemeinsamen Zeit ab, da ich mich gleich von ihr verabschieden und Tanya das Feld überlassen muss. Aber dafür kann ich Vivien damit eine Freude machen. Und ich muss zugeben: Mich überraschen zu lassen und erst kurz vor der Party zu sehen, was für ein Kleid sie trägt, hat einen gewissen Reiz.

Ich parke das Auto.

»Ah, da hinten sehe ich sie schon!«, meint sie freudig und öffnet ihre Beifahrertür.

»Soll ich hier warten?«, frage ich.

Daraufhin schenkt sie mir ihr süßes Lächeln, bei dem mir jedes Mal warm ums Herz wird. »Nein, Matt, komm gerne mit.«

Da kann ich nicht anders, als das Lächeln zu erwidern. »Okay.«

Wir steigen aus und gehen einer jungen, blonden Frau entgegen. Diese winkt Vivien zu – und sie erwidert den Gruß. Das muss also Tanya sein. Macht einen freundlichen Eindruck. Das merke ich spätestens dann, als die beiden sich in die Arme fallen und überschwänglich begrüßen, als hätten sie sich monatelang nicht gesehen.

»Hey, Tanya! Schön, dass du hier bist.«

»Oh mein Gott, Vivien! Was genau machen wir hier überhaupt? Ich habe das noch nicht so ganz verstanden, ehrlich gesagt. Aber ich freue mich, wenn es mich mal wieder nach Staten Island verschlägt.«

Vivien lacht. »Ja, in dieser Gegend war ich auch lange nicht mehr.«

»Und wer hat daran etwas geändert?«, will Tanya wissen und wendet sich mir zu. Schon reicht sie mir die Hand. »Hi. Ich bin Tanya.«

»Hallo, Tanya«, erwidere ich ihren Gruß und gebe ihr die Hand. »Ich bin Matthew. Freut mich sehr.«

Ohne meine Hand loszulassen, sieht sie mit staunendem Gesichtsausdruck zu Vivien. »Matthew? Steht das für Matt?«

Vivien zieht nur eine dunkelbraune Augenbraue hoch und nickt.

»Der Matt?«, will Tanya es genauer wissen. »Von früher?«

Ich knirsche mit den Zähnen.

»Ja«, meint Vivien.

Leicht öffnet Tanya den Mund.

Das bringt Vivien dazu, verlegen zu lächeln und an ihrem Pferdeschwanz herumzuspielen.

Dabei würde ich das nur zu gerne für sie übernehmen. An ihren Haaren spielen. Ich liebe das Gefühl, wenn ihre seidigen Strähnen zwischen meinen

Fingern hindurchgleiten. Ihr Haar fühlt sich so weich an und schimmert je nach Lichteinfall hellbraun bis blond – das habe ich nicht vergessen. Man kann es wunderbar streicheln und damit sagen: *Ich liebe dich.* Man kann aber auch leicht daran ziehen und ihr auf diese Weise unmissverständlich klarmachen: *Du gehörst mir.*

Früher einmal. Da durfte ich so etwas mit ihr machen. Und sie hat es sichtlich genossen.

Früher.

Nun sieht Tanya mich wieder an. »Hi«, sagt sie noch einmal.

Verunsichert lache ich und gebe mich weiter unserem Händeschütteln hin. »Hi.«

Dann endlich lässt sie meine Hand los. In der nächsten Sekunde tauschen sie und Vivien weitere Blicke aus. Tanya macht weiterhin einen erstaunten Eindruck, während Vivien verlegen wirkt. Das geht zweifellos auf meine Rechnung.

»Also, Mädels«, sage ich und will erneut meine Anspannung überspielen. »Wohin darf ich euch bringen?«

»Oh, kennst du *Maymond*?«, fragt Vivien und sieht mich mit großen Augen an.

»*Maymond*«, wiederhole ich. »Netter Laden. Ja, ich weiß, wo das ist.«

»Super!«

Wir gehen zurück zum Jeep und steigen ein. Vivien geht mit Tanya nach hinten. Die beiden tuscheln wie Teenager – und ich sitze vorne wie ihr Chauffeur. Aber auch mich bringt die Situation zum Schmunzeln.

»Ist das ein gutes Geschäft?«, fragt Tanya.

»Ich habe vorhin gelesen, dass es da schöne Kleider gibt«, antwortet Vivien.

»Und der Anlass ist eine Gartenparty?«

»Keine gewöhnliche«, entgegnet Vivien und ich kann ihren Blick auf mir spüren.

»Verstehe«, meint Tanya. »Es geht auf eine Prollparty.«

»Hey, sag das nicht so«, meint Vivien und spielt die Entsetzte.

Ich muss lachen. »Warum nicht, Viv? Deine Freundin hat recht, wenn sie es so bezeichnet.«

»Siehst du?«, erwidert Tanya. »Hör auf deinen reichen Freund, Viv. Er weiß, wovon er redet.«

»Er ist nicht ...«, widerspricht Vivien, mag ihren Einwand aber nicht zu Ende aussprechen.

»Was ist er nicht?«, will Tanya wissen. »Reich?«

»Genau«, sage ich, »das würde ich jetzt auch gerne wissen, was du meinst.«

Erneut tut Vivien entsetzt – und es ist einfach nur süß, wenn sie das macht. »Hey, wann habt ihr zwei euch eigentlich gegen mich verschworen?«

Alle drei müssen wir lachen.

»So. Da wären wir.« Diesmal bin ich derjenige, der das sagt.

Direkt vor der gehobenen Boutique halte ich an und stelle den Motor ab. Hier ist Parkverbot, aber es wird schon niemand etwas sagen, wenn ich die beiden Damen kurz aussteigen lasse.

»Super, vielen Dank, Matt«, meint Vivien und widmet mir über den Rückspiegel einen warmen Blick.

Ich presse die Lippen aufeinander und nicke. Das Leuchten in ihren Augen macht mich verrückt. Am liebsten würde ich sie aus dem Wagen zerren und fest an mich drücken. Aber das geht nun mal nicht.

»Wann treffen wir uns wieder?«, fragt sie.

»Na ja, wann soll ich euch abholen? Ihr könnt auch einfach anrufen, wenn ihr fertig seid.«

»Das klingt gut«, findet Tanya. »Und wie sieht es mit der Kohle aus? Wie viel haben wir?«

»Tanya!«, meckert Vivien.

Ich zucke mit den Schultern. »Nein, sie hat recht. Ich habe dir noch gar nichts gegeben, womit du das Kleid bezahlen kannst.« Ich ziehe mein Portemonnaie aus der Jeanstasche und drehe mich nach hinten zu Vivien. »Hier, nimm die Kreditkarte mit. Das ist einfacher. Die funktioniert ohne Unterschrift. Die PIN ist zwei-sieben-null-neun.«

Mit großen Augen sieht sie zuerst die Karte an – dann mich.

Und ich weiß, warum.

Meine PIN ist ihr Geburtstag. Unverändert, seit ich achtzehn bin und meine erste Kreditkarte hatte. Bis heute diese Nummer zu benutzen, mag total bescheuert sein – und das gleich in zweierlei Hinsicht. Einmal aus Sicherheitsgründen und einmal, weil *ich* damals derjenige war, der die Trennung wollte. Aber so ist es eben. Vielleicht habe ich schon damals gewusst, dass *dies* das eigentlich Bescheuerte war. Die Trennung. Wer weiß.

»Herzlichen Dank«, bricht Tanya mit der aufgekommenen Stille und nimmt die Karte an sich. »Cool, das ist ja wie bei *Pretty Woman*, Viv. Nur mit dem Unterschied, dass du noch eine Beraterin an deiner Seite hast, wenn du dich dank der Kreditkarte deines Lovers verwöhnen lässt.« Schon steigt sie aus und lässt die Tür hinter sich wieder zufallen.

Nun sind nur noch Vivien und ich im Auto. Tanya – und meine Kreditkarte – sind plötzlich verschwunden.

Tief sehen Vivien und ich uns in die Augen. Es ist so still, dass ich sie atmen hören kann. Ich wünschte, ich könnte diesen Atem an mir spüren, wenn sie mir doch bloß näher wäre.

Sie formt ihre vollen Lippen zu einem beschämten Lächeln. »Danke, Matt. Du hast dir den Samstagmittag sicher anders vorgestellt. Ich kann nur sagen, dass ich mich inzwischen sehr auf die Gartenparty freue und es guttut, Tanya hierzuhaben.«

»Das sehe ich genauso«, entgegne ich mit ruhiger, sanfter Stimme. »Für mich ist es das schönste Geschenk, dich so strahlen zu sehen. Ich freue mich auch auf das Event, mit dir an meiner Seite, Viv. Und natürlich brauchst du dafür ein Kleid, in dem du dich wohlfühlst. Und wenn es obendrein ein Kleid ist, das mich umhaut, habe ich auch nichts dagegen.« Ich zwinkere.

Vivien senkt den Kopf und lächelt. Dann sieht sie mich wieder an. »Danke«, sagt sie noch einmal zu mir. »Bis später.«

Ich schenke ihr ein Lächeln. Das ist alles, was ich im Moment tun darf. »Bis später, Viv. Ruf mich an, wenn ich dich abholen soll, okay? Oder wenn irgendetwas mit der Karte sein sollte.«

»Das mache ich.«

Anschließend verschwindet auch sie aus dem Auto und lässt mich allein zurück. Allein in diesem Wagen, der mir ohne sie plötzlich stiller und leerer vorkommt, als ich ertragen kann. Ich warte noch ab, bis Vivien mit ihrer Freundin in die Boutique geht. Dann gebe ich Vollgas und fahre nach Hause. Ein wenig Homeoffice wird mich hoffentlich von meinem Verlangen ablenken.

***

»Ich bin sofort da«, habe ich ins Handy gesagt.

Als Vivien mich anrief, um sich wieder von mir abholen zu lassen, bin ich sofort zum Wagen gesprintet. Ich habe es einfach nicht länger ausgehalten und wollte sie so schnell wie möglich wieder an meiner Seite haben. Das ist schon verrückt, bedenkt man, wie viele Jahre wir getrennt voneinander verbracht haben. Aber es bestätigt mir einmal mehr, dass ich hier das richtige tue. Ich kämpfe um das Herz meiner Traumfrau. Hoffentlich, ohne sie zu erdrücken.

Genau danach – nach Erdrücken – sieht es aber wohl aus, als ich so schnell wie möglich durch die Straßen brettere, um wieder bei ihr zu sein. Ich fühle mich wie ein verknallter Jugendlicher, der seine erste feste Freundin zum Autokino abholt. *Oh, Autokino. Da werden heiße Erinnerungen wach ...*

Wie gerne würde ich jetzt daran zurückdenken, was Vivien und ich damals in diesem Jeep hier angestellt haben. Aber dazu komme ich jetzt nicht mehr. Vor der Boutique stehen Vivien und Tanya bereits und unterhalten sich angeregt.

Oh Mann.

Ich gehe jede Wette ein, dass sie sich in den letzten zwei Stunden auch das eine oder andere Mal über mich unterhalten haben. Ich bin ja nicht blöd. Zwar bin ich nicht unbedingt scharf darauf, für Gesprächsstoff zu sorgen. Aber das bleibt in dem Fall wohl kaum aus. Frauen erzählen sich viel, wenn sie einander vertrauen. Und zwischen Vivien und ihrer etwas jüngeren Kollegin scheint durchaus ein gewisses Band zu bestehen. Wie ich vorhin heraushören konnte, weiß Tanya von Viviens damaliger Beziehung mit mir. Dann weiß sie sicher auch, dass *ich* der Idiot war, der Schluss gemacht hat. Und dass ich so blöd war, es für die Karriere zu tun. Nicht, um mir ein Model zu angeln, wie es gerne mal behauptet wird. Sondern, um nach Dallas zu ziehen und den Kopf frei zu haben für den Sport. Tja, und vielleicht haben sie sich auch darüber unterhalten, dass Vivien und ich uns jetzt wieder treffen. Und dass ich Vivien – notgedrungen über ihre Freundin – problemlos meine Kreditkarte überlasse. Wie viel weiß Tanya von dem Vertrag? Von dem Deal, den Vivien dem Buchladen zuliebe eingegangen ist? Weiß Tanya vielleicht schon mehr als ich, was Viviens Gefühle und Gedanken betrifft? Das wäre hart für mich. Aber irgendwo auch verständlich, leider.

Wie auch immer.

Ich halte vor *Maymond* und lasse die beiden Damen einsteigen. Voll beladen mit mehreren weißen Tüten steigen sie hinten ein.

»Hi«, begrüßt mich Tanya zuerst.

»Hey, Matt«, ertönt dann auch Viviens liebliche Stimme und zaubert mir ein Lächeln auf die Lippen. »Danke fürs Abholen.«

Ich nicke. Nachdem sich beide angeschnallt haben, fahre ich los in Richtung Hafen. »Wart ihr erfolgreich?«

»Und wie!«, platzt es sogleich aus Tanya heraus. »Man sieht es dem Laden von außen gar nicht an, aber er hat eine Riesenauswahl.«

»Die Verkäuferinnen stellen nur ein kleines Sortiment aus, damit das Geschäft noch edler wirkt«, erwidert Vivien. »Der Rest liegt im Lager und wird bei Bedarf hervorgeholt, sobald das Personal seine Kunden berät.«

»Verstehe«, merke ich an und sehe auf die Straße.

Tanya seufzt. »Vielleicht sollten wir das in unserem Laden auch mal versuchen, damit es endlich besser läuft.«

Sofort tauschen Vivien und ich Blicke aus. Da wird mir klar: Sie hat Tanya noch immer nichts von unserem Deal erzählt. Für Tanya bin ich vielleicht Viviens neu entdeckter Liebhaber – in dem Glauben mag sie ihre Kollegin gelassen haben. Aber von der vertraglich geregelten Woche hat sie ihr nichts erzählt. Ich glaube, Tanya weiß mittlerweile, dass ich derjenige bin, der dem Buchladen aushelfen will. Aber vermutlich hat Vivien ihr erzählt, dass ich ein klassischer Investor bin. Ja, das kann ich in ihren runden, braunen Augen sehen.

»Ach was«, meint Vivien schließlich zu Tanya. »Wir arbeiten weiter unseren neuen Businessplan aus und dann läuft das schon.«

»Genau. Und dann haben wir ja noch die Finanzspritze.« Mit diesen Worten sieht Tanya zu mir – das kann ich im Rückspiegel erkennen.

Okay. Irgendetwas hat Vivien ihr erzählt. Aber es wirkt so unschuldig, wenn Tanya darüber redet. Dann habe ich Vivien wohl richtig gedeutet und sie hat mich tatsächlich als Investor vorgestellt. Als Investor, der womöglich mit ihr schläft. Keine Ahnung, ist ja auch egal. Zumindest für den Moment.

»Und?«, frage ich und kann meine Neugierde kaum verbergen.

Tanya und Vivien grinsen.

»Was *und*?«, fragt Vivien mich.

Auffordernd nicke ich und stelle über den Rückspiegel Blickkontakt zu ihr her. »Wenn man so eure Tüten betrachtet, könnte man meinen, dass ihr erfolgreich wart.« Das meinte ich eben schon, leider ohne eine Info zu bekommen. »Hast du dein Kleid gefunden, Viv?«

Ein verliebtes Lächeln ziert ihr hübsches Gesicht. »Ja. Das könnte man so sagen.«

Meine Augen werden größer. »Und wie ist es?«

»Du wolltest dich doch überraschen lassen«, wirft sie mir schmunzelnd vor.

Da erwische ich mich dabei, wie ich längst wieder ihretwegen strahle. »Aber einen kleinen Hinweis kannst du mir doch bestimmt geben.«

»Nö«, meint sie frech.

»Was? Du quälst mich!«

»Selbst schuld, Mr. Kent.«

»Wieso bin ich selbst schuld, Ms. Harper?« Oder wie ich sie insgeheim gerne nenne: *Mrs. Kent in spe.*

Sie lacht. »Keine Ahnung. Aber du bist schuld.«

Da muss auch ich lachen und den Kopf schütteln. »Du bist … unmöglich.«

Tanya räuspert sich.

Erst da kapiere ich, dass ich vollkommen auf Vivien fixiert war. Schuldbewusst wende ich mich ihrer Kollegin zu. »Würdest du mich vielleicht erlösen?«

Nun grinst auch Tanya wieder. »Wer, ich? Nein, nein, das macht mal schön unter euch aus.«

»Ihr seid fies«, kommentiere ich nur noch und spiele den Gequälten.

Im Rückspiegel sehe ich, dass die beiden sich zufrieden angrinsen.

Im nächsten Augenblick erreichen wir auch schon den Hafen und ich mache halt. Das Timing könnte nicht besser sein – gerade steht die nächste Fähre bereit und nimmt die neuen Gäste auf.

Wir steigen aus und es wird Zeit, sich von Tanya zu verabschieden. Es mag egoistisch sein, aber schon seit Minuten denke ich daran, dass ich endlich wieder mit Vivien alleine sein will. Deswegen habe ich diesen Moment schon herbeigesehnt.

»Danke für deine Hilfe«, sagt Vivien zu ihr.

»Hey, hat doch echt Spaß gemacht!«

Zum Abschied nehmen sie sich kurz in den Arm.

Dann wendet Tanya sich mir zu. »Die Kreditkarte hat Viv.«

»Okay«, meine ich lachend und winke ab.

Dann geben wir uns die Hand.

»Komm gut nach Hause«, sage ich.

Sie lächelt und wirft sich die blonden, offenen Haare hinter die Schulter. »Und du, pass mir gut auf sie auf. Sonst gibt es Ärger.« Sie zwinkert.

Ich muss schmunzeln. Weil ich das Gefühl habe, dass sie mir vertraut.

Anschließend warten wir noch, bis Tanya aus unserem Blickfeld verschwindet. Minutenlang winkt

Vivien ihr zu – und ich wiederum beobachte Vivien dabei. Dann schließlich tauschen wir Blicke aus und steigen zurück in den Jeep.

Endlich. Wir sind wieder für uns. Und Vivien sitzt vorne. Nah bei mir. Wir sehen uns an und strahlen um die Wette.

»Hattest du einen schönen Tag?«, frage ich.

Sie grinst und zückt meine Kreditkarte. »Wenn du die hier fragst, dann schon.«

Da muss ich lachen. »Muss ich mir jetzt Sorgen machen? Hast du so viel ausgegeben?«

»Für meine Verhältnisse, ja. Für deine wohl nicht.«

Mit einem gespielt vorwurfsvollen Blick nehme ich die Karte an mich und stecke sie weg. »Verrätst du mir denn gar nichts über dein Kleid? Überhaupt nichts?«

Sie scheint meine Neugierde zu genießen. »Du kannst es nicht lassen, oder, Matt?«

»Tja. Anscheinend nicht.«

Vivien lacht. »Also gut. Ich gebe dir einen Hinweis. Das Kleid ist nicht das, was man bei mir erwarten würde. Genauso wenig wie die Schuhe, die wir dazu ausgesucht haben.«

Ich halte den Atem an. »Was?«

Sie zuckt mit den Schultern. »Genau darauf hatte ich Lust. Mal etwas ganz anderes. Das Kleid hat mich einfach angelacht. Da wusste ich: Das ist das richtige.«

»Ist das dein Ernst?«, flüstere ich, ehe ich schlucken muss.

»Bitte. Da hast du deinen Hinweis.«

»Das ist doch kein Hinweis, Viv!«, protestiere ich. »Wenn, dann ist das ein fieser Cliffhanger. Der mich erst recht neugierig macht.«

»Na, dann freu dich auf nachher.«

Ich schüttle den Kopf. »Schnall dich an. Los. Wir fahren sofort nach Hause. Und dann ziehst du gefälligst das Kleid an.«

***

Ich liebe es, wenn Vivien ihren eigenen Kopf hat und sich nicht darum schert, was andere denken oder ihr vorschreiben wollen. Aber zugegeben: Genauso gefällt es mir, wenn sie nur noch mich sieht und mir gehorcht, wenn ich ihr einen Befehl erteile. Ich will der eine Mann sein, dem sie hörig wird. Damit kann sie mir jedes Mal aufs Neue den Kopf verdrehen. Jetzt gerade ist sie im Gästezimmer und schlüpft für mich in das Kleid. Lange, bevor wir überhaupt losmüssen. Ich kann einfach nicht länger warten und muss sie darin sehen. Dass sie zugestimmt hat und mir gehorcht, macht mich erst recht verrückt. Und so stehe ich hier in meinem Schlafzimmer und versuche der Fairness halber, mich in meinen Anzug zu pellen. Nicht, dass das normalerweise eine Herausforderung wäre. Normalerweise. Aber im Moment habe ich so schwitzige, zittrige Hände, dass ich eine gefühlte Ewigkeit brauche, um meine Manschettenknöpfe zuzukriegen. Vivien hat recht: Auch ich bevorzuge Klamotten, die bequem sind und zu mir passen. In meinem Fall sind das Caps, Shirts, Jeans und Sneakers. Aber sich hin und wieder in Schale zu werfen und auf noble Partys zu gehen, ist eine erfrischende Abwechslung und kann richtig nett sein. Geschmackvolles Ambiente, gute Musik, hochwertiger Wein – das wird so schnell nicht langweilig, vor allem, wenn man nur alle paar Wochen überhaupt dazu kommt. Vielleicht erwarten uns also gar keine bösen Überraschungen und die Gartenparty wird Vivien gefallen. Ich weiß nur, dass sie mir in jedem Kleid gefallen wird. Ich will sie endlich sehen.

Verdammt. Scheiß auf die Manschettenknöpfe. Und überhaupt aufs Jackett. Das kann ich mir später noch überziehen. Die Anzughose und das Hemd müssen vorerst reichen, um Vivien endlich in ihrem Kleid sehen zu dürfen. Damit zeigt sie doch bestimmt sowieso mehr Haut als ich. Oder? In ihren Jäckchen, den Röcken und den Stiefeln sieht man nie sonderlich viel Haut. Aber das Kleid ist anders als ihr üblicher Stil, hat sie gemeint. Fuck, wie kann sie mir das antun und so etwas zu mir sagen?

Das halte ich nicht mehr aus. Ich muss sie sehen.

Kurzerhand reiße ich die Schlafzimmertür auf und gehe strammen Schrittes durch den Flur. Im nächsten Moment klopfe ich voller Ungeduld gegen ihre Tür.

»Viv?«

»Ja?«, ertönt ihre reine, zarte Stimme durch das weiß lackierte Holz.

Ich muss mich räuspern. »Kann ich reinkommen?«

Sie zögert. »Ja. Komm ruhig rein.«

Schon drücke ich die Tür auf. Das mache ich versehentlich mit einem so kräftigen Stoß, dass die Tür gegen die Wand donnert. Und zwar so laut, dass ich meinem frischbezogenen Landhaus vermutlich gerade die erste Kerbe verpasst habe. Aber das interessiert mich nicht. Ich sehe nur Vivien. Mit verlegenem Blick und erröteten Wangen steht sie neben dem Bett und sieht zu mir. Das allein würde ausreichen, um mich sprachlos zu machen. Doch das Kleid, in das sie geschlüpft ist, verschlägt mir erst recht den Atem. Vor mir steht meine Traumfrau in einem trägerlosen, weißen Satinkleid. Das Kleid, das sie ausgewählt hat, ist schlicht – aber genau dadurch wirkt es edel und geschmackvoll. Das ist wirklich etwas anderes als ihr üblicher Stil. Und obwohl ich ihren braven Look für den Alltag liebe, ist das Kleid für den heutigen Anlass perfekt. Allein die Tatsache, dass sie damit garantiert sämtliche Blicke auf sich ziehen wird, missfällt mir etwas. Doch so, wie sie gerade wieder strahlt, werde ich ihr den Auftritt in diesem atemberaubenden Kleid natürlich gönnen. Ich darf ihr eben für keine Sekunde von der Seite weichen. Nicht, dass ich das vorgehabt hätte.

»Wow«, bringe ich endlich hervor und verliere dabei fast meine Stimme. »Du siehst bezaubernd aus. Ich bin sprachlos, Viv.«

Sie lächelt. »Es gefällt dir?«

»Und wie. Ich weiß gar nicht, was ich sagen soll.«

Da lacht sie und wirft mit einer eleganten Bewegung die dunkelbraunen Haare hinter die Schulter. »Das reicht mir, Mat. Das ist das schönste Kompliment, was du mir machen kannst.«

Mit großen Augen betrachte ich sie weiter, als ich näher komme. »Und du fühlst dich wohl darin?«

»Ja«, erwidert sie und strahlt noch immer mit sich selbst um die Wette. »Ich meine, auf der Party laufen alle Frauen so herum, oder? Und niemand dort kennt mich. Da dachte ich mir, ich nutze die Gelegenheit, lasse den Alltag ganz hinter mir und gehe in die Vollen.«

»Aber hallo«, höre ich mich sagen und muss aufpassen, dass ich nicht zu sabbern anfange. Mit meinen Blicken habe ich sie in den letzten paar Sekunden schon mindestens fünfzigmal ausgezogen – und ich gehe jede Wette ein, dass ihr das nicht entgangen ist. Ich glaube sogar, dass sie meine ungeteilte Aufmerksamkeit auf ihrem Körper genießt.

»Der Anzug steht dir aber auch nicht schlecht«, sagt sie mit sinnlicher Stimme und kommt auf mich zu. In ihren weißen High Heels bewegt sie sich so elegant, als würde sie jeden Tag solche Schuhe mit Absätzen tragen.

Als ich endlich kapiere, was sie gerade gesagt hat, muss ich schlucken. Im nächsten Moment steht sie auch schon dicht vor mir und sieht mir tief in die Augen. Nun ist Vivien wieder die selbstbewusste Frau, in die ich mich verliebt habe. Und ich hasse mich schon fast dafür, dass ich mir in dem Moment nichts sehnlicher wünsche, als sie mir zu unterwerfen und gefügig zu machen. Natürlich nur in einer Art Rollenspiel, das damit enden würde, sie auf jede nur erdenkliche Weise zu verwöhnen. Aber genau das würde mir jetzt verdammt gut gefallen.

»Ist das für dich auch eine Ausnahme geblieben?«

Ich muss mich sammeln. »Was?«

Sie lächelt. »Ein Hemd und eine Anzughose zu tragen.«

»Ja.« Wieder muss ich schlucken. »Wie hast du es genannt? Eine erfrischende Abwechslung für zwischendurch.«

Vivien neigt den Kopf zur Seite, wodurch ihre dunkelbraunen, langen Haare über den angedeuteten Herzausschnitt ihres weißen Satinkleids fallen. »Steht dir aber gut, Matt. Ich freue mich schon darauf, dich nachher im Jackett zu sehen.«

Ich muss lächeln. »Und du, lässt du die Haare offen?«, höre ich mich auch schon neugierig fragen.

»Wenn es dich nicht stört?«

Mit langsamen Bewegungen und gebanntem Blick schüttle ich den Kopf. »Ganz und gar nicht.«

Zurückhaltend lächelt sie. »Eine weitere Ausnahme. Passend für den heutigen Look.«

Wortlos nicke ich. Zu mehr bin ich nicht fähig. Diese Frau hat mich fest im Griff, ohne dass sie dafür viel tun muss. Und ich habe das Gefühl, dass sie das längst weiß und bewusst auskostet. Die Frage ist, ob es für sie nur ein Zeitvertreib ist, oder doch mehr. Aber so stark, wie mein Verlangen gerade nach ihr ist, ist das sogar zweitrangig. Vivien hat mich fest in der Hand. In diesem Moment kann sie alles von mir verlangen, was sie nur will. Was will sie haben – einen Kuss, eine Massage, harten Sex, ein Haus? Vielleicht in der Reihenfolge. Sie müsste es nur sagen und ich würde es ihr besorgen. Ich sehe nur noch Vivien und spüre meine Lust auf sie. Alles andere blende ich aus.

»Matt«, haucht sie meinen Namen.

»Ja, Viv?«, flüstere ich zurück und sehe ihr tief in die Augen.

Da nimmt sie die restlichen Haare von hinten nach vorne und legt sie sich über die Schulter. »Ich habe das Kleid nicht ganz zubekommen. Würdest du das übernehmen?«

In der nächsten Sekunde dreht sie sich um. Vivien kehrt mir ihren unbedeckten Rücken zu. Über dem trägerlosen Satinkleid offenbaren sich mir ihre zarten Schultern. Ihre Haut ist makellos und ich habe noch genau in Erinnerung, wie weich und gut sie sich anfühlt. Von ihrem freigelegten Nacken steigt mir ihr Duft in die Nase und droht, mich zu verführen. Mir schnürt es die Kehle zu und ich kriege kaum noch Luft. Ich werde noch verrückt!

Still steht sie da und wartet darauf, dass ich mich um die restlichen Zentimeter kümmere, die der Reißverschluss oben an ihrem Kleid noch offen steht. Der Satinstoff endet unter ihren Schulterblättern – kommt sie da wirklich nicht ran oder ist das nur ein Vorwand? Vielleicht verliere ich mich gerade in Wunschdenken, aber mir würde natürlich der Gedanke gefallen, dass sie den Reißverschluss mit Absicht nicht ganz geschlossen hat.

»Matthew?«, fragt sie, weil ich ihr noch immer nicht ausgeholfen habe.

Bisher konnte ich ihr keinen Wunsch abschlagen. Und jetzt?

Vorsichtig führe ich meine Hände zu ihrem Kleid. Mit der linken Hand rücke ich den Stoff zurecht, während meine andere Hand nach dem Reißverschluss greift. Jetzt könnte ich ihn eigentlich nach oben ziehen. Könnte. Doch stattdessen macht sich meine Hand selbstständig und zieht ihn in die entgegengesetzte Richtung. Gen Süden. Mehrere Zentimeter tief. Immer weiter lasse ich den Reißverschluss über ihren Rücken gleiten, sodass sich das Kleid mehr und mehr öffnet. Dann halte ich inne und atme zittrig durch.

»Was machst du?«, fragt sie verwundert.

Ich rechne schon mit einer Standpauke, die ich ja auch verdient hätte für so viel Dreistigkeit. Doch ihre nächsten Worte hauen mich um.

»Warum hörst du auf?«

Wieder bin ich zunächst sprachlos und brauche mehrere Sekunden, um mich zu sortieren. »Viv ... Willst du mich etwa verführen?«

Unter einem sinnlichen Seufzer atmet sie aus. »Und wenn's so wäre, Mat?«

»Dann könnte ich für nichts mehr garantieren, Liebling.«

Beide halten wir inne. Ich halte den Atem an – und auch Vivien regt sich nicht mehr. Haben wir uns gerade beide darüber erschrocken, wie ich sie genannt habe?

Doch plötzlich neigt sie den Kopf weiter zur Seite und zieht leicht an ihren Haaren, sodass mehr von ihrem Hals freigelegt wird. Sogleich werte ich das als Einladung, wenn nicht gar als Befehl. Ohne erst darüber nachzudenken, gehorche ich. Meine Lippen suchen Viviens Hals und landen auf ihrer weichen, zarten Haut. Zärtlich liebkose ich sie am Nacken. Mit jedem sanften Kuss arbeite ich mich zu ihrer Schulter vor und wieder zurück. Vivien genießt meine Liebkosungen und wirft leicht den Kopf zurück. Ihre Atmung wird tiefer und bald mischt sich ein süßes Stöhnen hinzu, wenn sie Luft ausstößt. Da kann ich nicht anders und übe mehr Druck beim Küssen aus. Ich bringe meine Zunge ins Spiel und kann es mir auch nicht verkneifen, hin und wieder die Zähne einzusetzen, um sanft an ihr zu knabbern. Vivien stöhnt auf und wirft den Kopf weiter zurück. Unter einer unregelmäßigen Atmung presst sie sich nach hinten gegen mich. Als sie dann auch noch meinen Namen flüstert, ist es um mich geschehen: Ich greife mit der einen Hand um ihren Hals und halte sie fest, die andere umklammert ihre Taille. Als mein Mund ihr Ohr sucht, werfe ich ihr heißen Atem gegen die Haut. Abwechselnd knabbere und lecke ich an ihrem Ohrläppchen und bringe sie dazu, einen lang gezogenen Seufzer in die Welt hinaus zu lassen. Ich drücke sie fester an mich und kann nicht mehr klar denken, nur noch meine Triebe bestimmen mein Handeln.

»Oh, Matt«, haucht sie zwischen zwei Seufzern. »Ich will mit dir schlafen. Bitte ...«

Das heftigste Kribbeln jagt durch meinen gesamten Körper.

Wie soll ich mich da noch zurückhalten?

Richtig.

Das ist soeben unmöglich geworden.

13. KAPITEL

VIVIEN

Bitte, Matt. Lass mich nicht zappeln. Spiel nicht den Coolen. Oder den Vernünftigen. Ich will mich fallen lassen und du sollst mich auffangen. Die letzten Tage waren unglaublich und ich habe keinen einzigen Zweifel mehr daran, dass ich es tun will. Ich zergehe vor Verlangen. Bitte. Ich kann nicht länger warten.

Zum Glück lässt er mich nicht im Stich. Matthew zögert keine Sekunde. Er umklammert mich fester von hinten und flüstert meinen Namen. Erleichtert schließe ich die Augen und muss lächeln.

Oh, Matt …

Wir könnten es sofort tun. Hier und jetzt. Wir stehen doch eh schon vorm Bett. Er müsste mich nur nach vorne stoßen und ich würde auf die weiche Decke fallen, unter der ich in den vergangenen Tagen schon so oft von ihm geträumt habe. Ja, das könnte mir gefallen.

»Wie willst du es?«, fragt er plötzlich.

»Hm?«

»Wie willst du es machen, Viv?«, flüstert er und küsst mich auf die Wange.

»Egal«, sage ich voller Ungeduld. »Ich mag vieles, das weißt du vielleicht noch.«

Zwischen zwei Küssen auf meinen Hals lacht er zurückhaltend-charmant. »Ich erinnere mich an jedes einzelne Mal, Liebling.«

Schon wieder. Er nennt mich Liebling. Plötzlich hat er einfach damit angefangen. Sind das die Hormone, die da aus ihm sprechen? Früher hat er mich nie so genannt. Ich weiß nur, dass ich mich wie elektrisiert fühle, jedes Mal, wenn er mich so nennt. *Liebling.* Ich glaube, daran könnte ich mich gewöhnen, wenn dieser Kosename aus seinem verführerischen Mund kommt.

»Jetzt sag schon«, fordert er mit sanfter Stimme. »Was würde dir gefallen?«

Da kann ich mir ein Lächeln nicht verkneifen. »Du musst schon selbst darauf kommen, wenn du dich an alles so gut erinnern kannst.« Es fällt mir schwer, das von ihm zu verlangen, weil ich im Moment verdammt ungeduldig bin und ihn endlich spüren will. Aber irgendwie ist es mir auch wichtig, nochmals bestätigt zu bekommen, dass er mich wirklich noch kennt.

»Wie du möchtest«, sagt er. Mehr nicht.

Was hat das jetzt zu bedeuten?

Die Antwort darauf erfahre ich in der nächsten Sekunde. Matthew geht in die Knie, umklammert mich an den Beinen und hebt mich hoch. Zuerst erschrecke ich mich, doch im nächsten Moment halte ich mich intuitiv an ihm fest, indem ich die Arme um seinen Hals schlinge. Nun endlich können wir uns wieder ansehen. Und mit seinen starken Armen hält er mich sicher fest. Matthew schließt die Augen und gibt mir einen zärtlichen Kuss auf die Lippen, den ich sofort erwidere. Seine warmen, weichen Lippen fühlen sich fantastisch an und ich fühle mich nichts als glücklich. Dann sehen wir uns wieder an. Erwartungsvoll warte ich ab und will wissen, was er vorhat.

Ohne etwas zu sagen, setzt er sich in Bewegung und verlässt mit mir das Zimmer. Er geht mit mir durch den Flur. Dass er das macht, ohne dass ich ihm das erst vorschlagen muss, ist unglaublich! Für mich hat diese Geste eine ganz besondere Bedeutung. Sie erinnert mich daran, wie Matthew mich vor vielen Jahren im Regen durch die Straßen getragen hat, um meinen Knöchel zu schonen. Das war ihm wichtiger, als seine Muskeln für das Footballspiel am nächsten Tag zu kurieren. Schon damals hat er mich mit seiner Kraft sicher auf Händen getragen, so wie jetzt.

Und auch, als Matthew jetzt mit mir in sein Schlafzimmer geht, fühle ich mich in die Vergangenheit zurückversetzt. Als wir im letzten Schuljahr waren und er noch bei seinen Eltern wohnte, haben wir uns oft bei ihm zu Hause getroffen. Nie konnten wir die Finger voneinander lassen. In den verschiedensten Räumen seines Elternhauses herumzumachen, machte damals einen besonderen Reiz aus. Wenn dann seine Eltern nach Hause kamen oder uns suchten, packte er mich schnell und trug mich in sein Zimmer. Auf seinem Bett legte er mich behutsam ab, nur um in der darauffolgenden Sekunde stürmisch über mich herzufallen.

Genauso ist es jetzt auch. Matthew trägt mich ins Schlafzimmer und legt mich vorsichtig aufs Bett. Im nächsten Moment beugt er sich über mich und überhäuft mich mit wilden Küssen. Er legt sich auf mich, legt die Hände an meine Wangen und hält mich fest. Ich fühle mich wie benebelt und will nichts anderes mehr tun, als seine Küsse zu erwidern. Ich schmelze dahin und habe mich lange nicht mehr so glücklich gefühlt wie jetzt.

»Gut so?«, fragt er zwischen zwei leidenschaftlichen Zungenküssen.

»Frag nicht, sonst machst du es noch kaputt«, flüstere ich.

Da muss er grinsen. »Pass bloß auf. Wenn du zu frech wirst, muss ich dich bestrafen.«

»Dann tu es doch«, flehe ich unter Stöhnen.

»Mmh«, macht er und wandert nach unten. Er zieht mir das Oberteil des Kleids nach unten. »Wenn ich es kaputtmache, bringst du mich um, oder?«

Ich lache und merke, wie entspannt ich längst bin. »Na ja, du müsstest mich dann nackt zur Party mitnehmen.«

»Niemals«, haucht er und knabbert an meiner entblößten Haut.

Ich zucke zusammen und gebe meiner Lust Raum, indem ich laut seufze. In der nächsten Sekunde kralle ich mich an seinem Hinterkopf fest und presse ihn an mich. Das bringt ihn dazu, leidenschaftlicher zu werden. Dort, wo meine Haut kreisförmig dunkler ist, saugt er nun stärker. Es fühlt sich unverschämt gut an!

»Viv«, haucht er und wandert zur anderen Seite, um weiterzumachen. »Du siehst verdammt heiß in diesem Kleid aus.«

»Du meinst das Kleid, das du mir schon halb ausgezogen hast?«

Da sieht er mich wieder an und schenkt mir einen Kuss. »Vielleicht ist es sowieso zu heiß, um dich anderen Männern darin zu zeigen.«

Ich muss lachen. »Was? Wir haben es extra für diesen Anlass gekauft. Soll das umsonst gewesen sein, Matt?«

»Wieso umsonst?« Abermals knabbert er an meinem Ohrläppchen und ich genieße es vollends. »Dann hast du es eben nur für mich gekauft. Für private Partys zu zweit. Für jetzt.«

Irgendwie gefällt mir dieser Gedanke. Genau genommen, steigert er meine Lust ins Unermessliche und ich spüre, dass Matthews Worte ausreichen, um mich heiß zu machen.

»Kannst du auf der Party nicht etwas Normales tragen, Liebling?«, fragt er. »Wenn ich Glück habe, dann sind die Männer auf der Veranstaltung allesamt oberflächliche Idioten und lassen dich in Ruhe.«

»Wer ist jetzt frech?«, werfe ich ihm unter Lachen vor und verwuschle seine dunkelblonden, strubbeligen Haare noch mehr. »Das kannst du vergessen. Ich will dieses Kleid auf der Party tragen. Also wehe, du machst es kaputt.« Nun bin ich diejenige, die ihm einen Kuss auf seine warmen Lippen schenkt.

Doch sogleich übernimmt er wieder die Führung und bringt seine Zunge ins Spiel. Matthew küsst mich so dominant, dass mein Verstand aussetzt. Ich kann nur noch daran denken, wie gut er schmeckt und dass ich mehr von ihm will.

»Ich darf also dein Kleid nicht ruinieren«, flüstert er und wandert mit seinem Mund nach unten – weiter als eben. Viel weiter. »Ich werde es versuchen. Aber ich kann dir nichts versprechen.«

Ein Kribbeln jagt durch meine Beine, als mir klar wird, was er vorhat. In der nächsten Sekunde schiebt er auch schon das Kleid nach oben über meine Schenkel, bis der Slip darunter zum Vorschein kommt. Er greift ihn sich mit den Zähnen und schiebt ihn beiseite.

Erst da wird mir klar, dass wir so etwas früher nie gemacht haben. Das haben wir uns mit achtzehn noch nicht getraut. Vor allem ich wollte damals warten, weil mir das so verdammt intim vorkam. Mit niemand anderem als mit ihm wollte ich das erleben. Aber zu Schulzeiten war ich einfach noch nicht so weit. Aber …

Das ist jetzt anders.

Wir sind beide über dreißig und haben so unsere Erfahrungen gemacht. Das ist wohl der Grund, warum sich Matthew gerade wie selbstverständlich an mir vergeht. Aber ist das der einzige Grund? Ich weiß nur, dass ich ihm mittlerweile wieder blind vertraue. Das ist ein schönes Gefühl. Hoffentlich werde ich das nicht bereuen.

Als er abtaucht und ich seine Zunge an mir spüre, kenne ich nur noch die Lust. Längst ist alles andere egal geworden. Alles, was zählt, ist, Matthews Nähe zu fühlen und es zu genießen. Ich will die einzige Frau für ihn sein. Wenigstens für den Moment. Und, ja, ich will von ihm verwöhnt werden.

Matthew fängt sanft und gemächlich an. Nahezu behutsam lässt er seine Zunge über meine empfindlichste Stelle gleiten. Doch mit jedem Mal übt er mehr Druck aus. Nun bewegt er die Zunge schneller hin und her. Ich kralle mich an der Bettdecke fest und entlasse einen weiteren Seufzer der Lust in die Welt. Darauf reagiert er sofort. Er umschließt meinen feuchten Kitzler mit den Lippen und saugt leicht daran. Gott, fühlt sich das gut an! Ich bäume meinen Körper unter ihm vor Lust auf. Als ich laut aufstöhne, dringt er mit der Zunge in mich ein. Das ist ein unglaubliches Gefühl! Ich lege die Hände an seinen Hinterkopf und drücke ihn an mich. Matthew leckt mich wieder und nimmt seinen Finger hinzu, um mich dabei weiter zu penetrieren. Die Lust benebelt mich! Ich weiß nicht mehr, wo oben und unten ist. Nun fasst er mit den Händen unter mich und hebt mein Becken an. Mit schnellen Bewegungen leckt er mich weiter und …

»Matt, warte!«

»Mmh.«

Leicht drücke ich ihn weg. »Stopp. Ich komme sonst.«

Er hört nicht.

»Aber ich will noch nicht«, flüstere ich und stoße heißen Atem aus.

Er macht weiter.

Ich drücke ihn stärker weg. »Matt!«

Er denkt nicht daran. Stattdessen wird er schneller und bringt auch seine Zähne zum Einsatz, um leicht zuzubeißen.

Unglaublich, wie sich das anfühlt! Einfach unglaublich. Ich kann keinen klaren Gedanken mehr fassen. Vor meinem inneren Auge sehe ich Regenbögen aufblitzen. Ich versinke in meiner Lust. Rhythmisch stöhne ich und werde lauter. Erneut kralle ich mich an ihm fest. Ich lasse mich fallen.

Mehrmals zucke ich zusammen. Plötzlich überrollen mich die Gefühle! Ich explodiere. Unter einem lang gezogenen Aufschrei komme ich. Da seine Zunge noch immer über meinen Kitzler fährt, kann er es sicher schmecken. Einmal mehr zieht er das Tempo an. Ich komme so heftig, wie ich noch nie in meinem Leben gekommen bin. Mein Höhepunkt dauert an die zehn Sekunden an und ist der intensivste, den ich jemals erlebt habe.

Als er abklingt, entspannen sich meine Muskeln. In meinem Körper breitet sich eine wohlige Wärme aus und ich fühle mich geborgen, nichts als geborgen.

»Wow«, flüstere ich und ziehe Matthew zu mir hoch. »Das war … wow.«

Schuldbewusst sieht er mich an. »Entschuldige. Ich konnte nicht aufhören. Dafür war das gerade viel zu heiß.«

Verlegen lächle ich. »Eigentlich wollte ich auch nicht, dass du aufhörst.«

Trotzdem: Noch immer steht ihm die Sorge ins Gesicht geschrieben. »Habe ich es gerade übertrieben? Oh, Viv, ich hoffe, ich habe jetzt nichts kaputtgemacht.«

Kaputtgemacht? Wie meint er das?

»Nein, nein«, beteuere ich und gucke dabei sicher irritiert. »Ich wollte es doch auch.«

Dennoch. Matthew steht auf und tigert beunruhigt vor mir auf und ab. »War das auch wirklich nicht zu früh?«

Hä, zu früh? Für was denn? Wir haben doch nur noch knapp vierundzwanzig Stunden, ehe unsere sogenannte Woche endet.

Jedenfalls gefällt es mir ganz und gar nicht, wie besorgt er auf einmal ist. Schnaufend reibt er sich die Augen mit den Handflächen.

Da richte ich mich auf und setze mich auf die Bettkante. »Hey«, sage ich mit sanfter Stimme und schnappe mir seinen Arm, damit er endlich stehen bleibt. Inständig sehe ich ihn an und schenke ihm ein warmes Lächeln. »Es ist alles in Ordnung, Matt. Richtig? Für mich ist alles in Ordnung. Was ist denn los?«

Ernst sieht er mich an. »Viv, ich ...« Er atmet durch. »Ich wollte dir ja noch etwas sagen.«

Ich ziehe eine Augenbraue hoch. »J-Jetzt? Ich meine ... Nicht, dass ich nicht neugierig wäre. Aber eigentlich wollte ich erst mal etwas anderes machen.«

»Ja?«

Ich nicke. »Etwas, bei dem du dich mal ein bisschen entspannen kannst.«

Er kommt näher. »Und was?«

Mit einem selbstbewussten Lächeln sehe ich zu ihm hoch. Ohne den Blick von ihm abzuwenden, öffne ich den Reißverschluss an seiner dunkelblauen Anzughose. Spätestens da sollte ihm klar sein, was ich vorhabe: Ich möchte mich bei ihm revanchieren. Und seinem Blick entnehme ich, dass er das inzwischen genau weiß.

Matthew legt die Hand an meine Wange und beginnt, sie zu streicheln. Doch ich sehe nicht mehr zu ihm hoch und drücke seine Hand sanft weg.

Jetzt nicht, Matt. Ich brauche jetzt nicht den Romantiker in dir, sondern den ungehemmten Liebhaber.

Ich hole sein bestes Stück aus der Hose und umschließe es mit der Hand. Im nächsten Augenblick beuge ich mich leicht vor und schließe die Augen. Mit kreisenden Bewegungen umspielt meine Zunge die längst feucht gewordene Spitze.

»Viv …«

»Nein«, sage ich. »Fang jetzt bloß nicht an, mich mit Samthandschuhen anzufassen.« Nach dieser Forderung umkreise ich ihn weiter.

Er zögert. »Soll ich mich dann nicht wenigstens ausziehen?«

Kurz fällt mein Blick auf mein Kleid, das ich noch immer an mir habe – auch wenn es vor der Party besser Bekanntschaft mit einem Bügeleisen machen sollte. »Gleiches Spiel für alle.«

Und das ist das Letzte, was ich sage. Es ist das Letzte, was überhaupt in den nächsten Minuten gesagt wird.

Mit der freien Hand drücke ich ihn an mich, damit er näher kommt und ich leichteres Spiel habe. Sofort gehorcht er und gibt nach. Während ich seinen Schwanz weiter festhalte, lecke ich über den gesamten Schaft. Dann nehme ich sein hartes Glied in den Mund. Ich genieße diesen intimen Akt und liebe es, ihn zu schmecken.

Aber noch immer merke ich an Matthews Körperhaltung, dass er sich geniert. Dabei hätte ich ihn gar nicht für den Typ Mann eingeschätzt, der bei einem Blowjob zögert. Inzwischen hat er die Hände zwar an meinen Hinterkopf gelegt und presst mich sanft gegen sich. Doch irgendwie werde ich das Gefühl nicht los, dass er sich zurückhält. Als hätte er Angst, mich zu hart anzupacken. Woran liegt das? Hat das damit zu tun, dass wir noch nicht darüber gesprochen haben, wie es nach dieser Woche weitergehen soll?

Vielleicht sollten wir ... genau jetzt darüber sprechen ...

Oh, er drückt mich fester an sich.

Plötzlich kann er es sich nicht mehr verkneifen, ein rhythmisches Stöhnen von sich zu geben, das mit jedem Mal lauter wird. Automatisch werde ich schneller. Und schneller. Bis er vor Lust schreit und mehrmals zuckt. Auf einmal geht alles ganz schnell – und das gefällt mir, denn ich werte das als Kompliment. Matthew kommt. Und ich schlucke.

Wahnsinn!

Denn für mich hat dieser Blowjob nichts Schmutziges an sich, wie ich es manchmal in der Vergangenheit bei anderen Männern empfunden habe, wenn sie mir null Gefühl entgegenbrachten. Matthew ist da ganz anders. So etwas Intimes mit ihm zu erleben, fühlt sich gut und richtig an. Ich könnte es sogar direkt noch mal tun, wenn ich ehrlich bin.

Aber wir brauchen wohl beide erst mal eine Verschnaufpause. Und so mache ich den Reißverschluss brav wieder zu.

»Wow, Vivien ...«

Erwartungsvoll sehe ich ihn an. »Wie bitte? Geht es dir gut? Du hast mich gerade *Vivien* genannt, nicht *Viv.*«

Da müssen wir beide lächeln.

Matthew reicht mir die Hand. Dankbar lege ich meine Hand in seine. Sogleich lässt er mich seine Kraft spüren, indem er mich mit Leichtigkeit zu sich hochzieht. Als ich vor ihm stehe, streiche ich mir das Kleid glatt und ziehe es auch wieder über die Brüste. Anschließend sehen wir uns an.

»Viv ...« Nun legt er wieder die Hand an meine Wange und streichelt mich voller Zärtlichkeit.

Ich lasse es zu und schließe die Augen, um es noch mehr zu genießen. Dann öffne ich sie wieder und suche seine.

Er intensiviert seinen Blick. »Sollen wir jetzt reden?«

Nichts täte ich lieber als das. Ich will schon Jaa sagen, da fällt mein Blick auf die digitale Uhr neben seinem Bett. »Oh, wir kommen noch zu spät!«

Da prüft auch er die Uhrzeit. »Du willst rechtzeitig zur Party?«

»Na ja, meintest du nicht vorhin, dass es bei solchen gehobenen Gartenpartys sogar eine Art Eröffnungsshow gibt?«

»Was heißt Show«, überlegt er laut. »Es spielt eine Band oder ein Orchester. Manchmal tritt auch ein Comedian auf oder es gibt einen richtigen Moderator, den man aus dem Fernsehen kennt. Je nach Budget.«

»Wahnsinn. Das wären alles Dinge, die ich nicht gewohnt bin und die ich echt gerne miterleben würde.«

Er lacht. »Du möchtest also gerne pünktlich da sein? Das schaffen wir noch.«

»Und wir reden dann später?«, frage ich verunsichert.

»Klar. Das läuft uns ja nicht weg. Oder?«

»Ja, das stimmt. Gut, dann sollten wir uns fertig machen. Und diesmal wirklich.«

Und so gehe ich zurück ins Gästezimmer, um mich fertig zu stylen. Dabei habe ich die ganze Zeit ein Grinsen im Gesicht. Denn im Grunde brauche ich kein klärendes Gespräch mehr. Längst habe ich Matthew verziehen. Das sagt mir mein Herz. Er hat sich wirklich verändert. Und irgendwie auch nicht. Zwischen uns passt es perfekt. Die letzten Tage waren unbeschreiblich schön, und das habe ich allein ihm zu verdanken.

Na ja, trotzdem müssen wir natürlich reden. Noch weiß ich ja nicht sicher, wie er darüber denkt und ob wir eine Zukunft haben. Aber mein Gefühl sagt mir, dass er genauso empfindet. War er in der vergangenen

Woche nicht einfach wunderbar zu mir? Romantisch, fürsorglich, interessiert. Aufmerksam. Heiß. Voller Erinnerungen. Gleichzeitig den Blick nach vorne gerichtet. Und so vieles mehr.

Ja, so war es. So *ist* es.

Ich liebe Matthew. Und ich glaube, er liebt mich.

Ich will mein restliches Leben mit ihm verbringen. Da habe ich auch noch nach dieser einzigartigen Party Gelegenheit, ihn das wissen zu lassen und zu erfahren, was er dazu zu sagen hat.

Alles, was mich noch davon trennt, ist diese Gartenparty. Und auf die bin ich doch schon ganz neugierig. Allein schon, weil solche Veranstaltungen zu Matthews Leben dazugehören.

Was kann auf diesem Event schon schiefgehen?

14. KAPITEL

MATTHEW

Unbeschreiblich. Wirklich. Wie es sich angefühlt hat, Vivien endlich wieder so nahe zu sein, lässt sich nicht in Worte fassen. In den vorherigen Tagen habe ich mich immer zurückgehalten und über unsere Küsse auf der Fähre ist es nicht mehr hinausgegangen. Das ist mir alles andere als leichtgefallen, aber ich wollte sie auf keinen Fall bedrängen. Ich wollte doch ihr Herz für mich gewinnen. Es zurückgewinnen, obwohl ich so ein Idiot gewesen bin und sie damals habe gehen lassen. Da muss man seine Triebe schon mal in die Schranken weisen. Aber vorhin, als sie mich verführen wollte und dann auch noch meinte, dass sie es unbedingt tun will – da konnte ich nicht mehr anders. Und irgendwie sind wir dann beim Oralsex gelandet. Vivien zu schmecken ... Ich kann mir nichts Schöneres vorstellen. Oder Intimeres. Noch jetzt benebelt es mir die Sinne, wenn ich nur daran denke, dass ich das machen durfte. Und dann hat sie sich auch noch revanchiert – diese Frau ist unglaublich.

Aber war es auch wirklich nicht zu früh für so viel Intimität? Sie sagt zwar, dass sie es nicht bereut, mir wieder so nahe zu sein. Die Geräusche, die sie gemacht hat, sprechen auch für sich. Doch wie geht es jetzt weiter? Noch habe ich ihr nicht offenbart, was ich noch immer für sie empfinde – sogar stärker als jemals zuvor. Ich Depp habe zugelassen, dass wir die nächste Stufe erklimmen, ohne vorher über unsere Gefühle zu reden. Hoffentlich fliegt mir das nicht um die Ohren.

Nach der Veranstaltung wollen wir ja endlich über alles sprechen. Was auch immer das für sie heißt – *alles.* Über uns, schon klar. Aber ob ich ihr mehr bedeute als *bezahlter Spaß*, weiß ich noch nicht genau. Bisher kann ich dazu bloß Vermutungen anstellen. Und das macht mich verrückt. Na ja, jetzt muss ich nur noch die nächsten paar Stunden überstehen. Also will ich ihrem Wunsch nachkommen und die Gartenparty mit ihr genießen. Wahrscheinlich ist dies das Beste, was ich im Moment machen kann. Ihr einen schönen Nachmittag zu bereiten. Indem ich sie wie versprochen zur Party mitnehme und mich möglichst normal verhalte, damit sie all die Eindrücke hier genießen und diesen Teil meines Lebens kennenlernen kann.

Ich stelle den Motor ab und sehe ihr in ihre wunderschönen braunen Augen. Doch für einen Moment erwische ich mich dabei, wie ich ihr auf die schimmernden Lippen sehe, die sie mit Lipgloss benetzt hat. »Bist du so weit?«, frage ich.

Da lächelt sie mich warm an. »Ja. Und jetzt lass uns gehen, bevor ich es mir anders überlege.«

Damit bringt sie mich zum Lachen. »Okay. Aber warte bitte, ja?«

Ich steige aus und umrunde den Jeep, um Vivien die Beifahrertür zu öffnen. Heute lasse ich mir diese Geste nicht verbieten – wenn ich Pech habe, ist es das letzte Mal, dass ich das für sie machen darf. Als ich die

Wagentür öffne, begrüßt sie mich mit einem dankbaren Lächeln und strahlenden Augen. Ich halte ihr die Hand hin, damit sie sich daran festhalten und aussteigen kann. Vor allem, weil ich weiß, wie selten sie in solchen High Heels läuft, ist mir das ein Bedürfnis. Das würde ich mir auf keinen Fall von ihr verbieten lassen. Aber glücklicherweise versucht sie erst gar nicht, zu protestieren. Mit einem charmanten Lächeln hält sie meine Hand fest und lässt sich von mir über die Stufen zum imposanten Eingangsbereich führen. Mit der freien Hand werfe ich dem jungen Kerl vom Parkservice den Autoschlüssel zu.

»Sehr wohl, Sir«, antwortet er auf meine wortlose Aufforderung und fängt den Schlüssel mit einer sicheren Handbewegung. Um seine höfliche Erscheinung abzurunden, verbeugt er sich vor Vivien und mir. »Sir. Ma'am.« Dann begibt er sich zur Fahrerseite.

Vivien und ich wenden uns derweil der riesigen Villa zu, vor der ich geparkt habe und vor der wir jetzt stehen.

»Okay«, meint sie amüsiert. »Ich bin jetzt schon beeindruckt. Mit diesen großen, weißen Säulen sieht die Villa aus wie ein griechischer Tempel.«

Schmunzelnd nicke ich. »Kein Wunder. Inhaber von Automobilkonzernen halten sich gerne mal für Götter.«

»Ach, seid ihr Footballer da so anders?«, triezt sie mich.

Ich lache. »Zugegeben – die High Society ist voll von Menschen, die sich für etwas Besseres halten.« Inständig sehe ich sie an. »Aber glaub mir bitte. Eine Medaille hat immer zwei Seiten.«

»Ich weiß, Matt.« Sie zeigt auf mich. »Beweisführung abgeschlossen.«

Wieder muss ich lachen und den Kopf schütteln. »Du bist unmöglich, Viv. Nur, um das noch mal anzumerken.«

»Ist notiert«, erwidert sie und grinst. »Gehen wir hinein?«

Das lasse ich mir nicht zweimal sagen. Ich lasse Vivien sich bei mir unterhaken und wir betreten das Foyer. Am breiten Eingang stehen zwei Männer von der Security, die mir stumm zunicken.

»Musst du dich auf der Gästeliste abhaken lassen, oder so?«, flüstert Vivien mir zu.

»Nein«, erwidere ich und verziehe verlegen den Mund. »Die Typen kennen mich schon von anderen Events. Die wissen bei den meisten, die hier reinkommen, wer das ist.«

Sie formt ihre vollen Lippen zu einem Grinsen, als sie mich das sagen hört. Vermutlich fühlt sie sich gerade ein Stück weit in ihren Vorurteilen gegenüber dieser Gesellschaftsschicht bestätigt. Doch gleichzeitig habe ich das Gefühl, dass sie allmählich Gefallen an meinen Privilegien findet. Warum sonst wären wir hier? Am Ende war sie richtig heiß darauf, die Gartenparty zu besuchen. Und ohne mich wäre sie hier nicht reingekommen – das ist nun mal eine Tatsache. Dadurch, dass wir die Villa so dicht beieinander betreten, zeige ich der Welt unmissverständlich, dass sie meine Begleitung ist. Und mein Eindruck sagt mir, dass Vivien das ebenso genießt wie ich.

Jedenfalls staunt sie nicht schlecht, als sie die Empfangshalle, durch die wir schreiten, näher betrachtet. Die großen Glasfassaden sorgen dafür, dass viel Tageslicht das Foyer flutet. Der Boden ist aus teuerstem Marmor, ebenso wie die griechisch angehauchten Büsten, die an den Wänden aufgereiht sind und die Familienmitglieder und Freunde des Hausbesitzers darstellen. Die Villa gehört Thomas

Flynn, dessen Firma erfolgreich Luxusautos herstellt, nicht zuletzt Limousinen für sämtliche Stars dieser Welt. Aber es würde mich nicht wundern, wenn wir den Gastgeber heute kein einziges Mal zu Gesicht bekommen. Auf der Gartenparty werden sich mehrere Hundert Leute aufhalten, mit denen man sich in ewig langem Small Talk verlieren kann. Solange Mr. Flynn mich später auf einem Pressefoto wiederfindet, wird er zufrieden sein. Und *ich* werde zufrieden sein, wenn Vivien und ich hier einen schönen Nachmittag haben.

Wir begeben uns zu dem silbern schimmernden Cabrio, das mitten im Foyer steht.

»Wow«, sagt sie voller Ehrfurcht in ihrer lieblichen Stimme. »Nettes Teil.«

Ich stelle mich dicht neben sie und betrachte den Wagen. »Findest du?«

»Na ja, ich bin kein Autokenner. Aber protzig sieht dieser Wagen nicht aus. Ich mag seine Form. Sieht gut aus. Schön dezent.«

»Dahin geht unter den Reichen seit einiger Zeit der Trend.«

»Oh«, entgegnet sie und wirkt angenehm überrascht. »Sieht sehr edel aus.«

Da lehne ich mich zu ihr herüber und flüstere ihr ins Ohr: »So wie dein Kleid.«

Ihre Wangen erröten und sie sieht mich verlegen an.

Mein Blick wird ernster, als ich weiterflüstere. »Und der Typ da hinten soll gefälligst aufhören, dich so anzusehen, sonst vergesse ich mich noch.«

»Hey«, meint sie mit sanfter Stimme zu mir, ohne sich nach dem Typen, den ich meine, umzusehen. Sie legt die Hand auf meinen freien Arm und sieht mir in die Augen. »Benimm dich, ja?« Sie zwinkert.

»Na gut«, meine ich und zwinkere zurück.

Ich lege die freie Hand auf ihren Arm, den sie bei mir untergehakt hat, und gehe mit ihr weiter. Sanft streichle ich über ihre weiche Haut, während wir uns nach hinten durch die Villa vorkämpfen. Vivien und ich gehen von Raum zu Raum. Überall stehen Butler bereit, die Häppchen auf Silbertabletts anbieten. Vivien lässt sich den Spaß nicht nehmen und probiert sie alle. Die meisten schmecken ihr nicht sonderlich. Daraus macht sie mit ihren Grimassen kein Geheimnis, sondern bringt mich zum Schmunzeln. Spätestens da versteht sie wohl, warum ich dieses extravagante Zeug erst gar nicht anrühre. Auch ich habe mit diesen Häppchen so meine Erfahrungen gemacht. Natürlich schmeckt mir nicht alles aus der Sterneküche. So wie es in der gehobenen Gesellschaft nette und weniger nette Menschen gibt, so gibt es auch gutes und weniger gutes Essen. Aber dass ich Vivien ihre eigenen Erfahrungen sammeln lasse, scheint uns beide zu amüsieren.

Als wir so durch die Räumlichkeiten schreiten, werden die Reihen immer dichter. Je weiter wir nach hinten vordringen – Richtung Garten – umso voller wird es um uns herum. Die meisten Gäste zieht es in den Garten, wo die eigentliche Feier stattfindet. Natürlich ist die gesamte Villa herausgeputzt und übersäht mit Personal, das den Besuchern die Wünsche von den Augen ablesen soll. Auch wir steuern den Garten an, um dabei zu sein, wenn die Feier offiziell eröffnet wird. Gut, dass wir rechtzeitig losgefahren sind. Dadurch, dass uns ständig jemand begegnet, der uns begrüßt und uns in ein Gespräch verwickelt, brauchen wir ewig, bis wir auch nur in die Nähe des Gartens gelangen. Auch das ist vom Veranstalter so gewollt. Mehr als einmal landen wir in einer Unterhaltung über die neuesten Automodelle. Unser eigentliches Ziel, den Garten, haben wir immer noch nicht erreicht. Mittlerweile befinden wir uns aber immerhin im letzten Raum, bevor es auf die Terrasse und damit in die große Gartenanlage geht.

»Ach, sagen Sie bloß!«, meint die alte Dame, mit der wir uns gerade unterhalten, zu Vivien. »Und der Buchladen hält sich bis heute? Ich muss ja sagen, das finde ich ganz entzückend.«

Kurz tauschen Vivien und ich Blicke aus. Doch anscheinend kommen wir beide zu dem Entschluss, dass die Dame ihre Bemerkung gar nicht sarkastisch meint.

Schließlich schenkt Vivien ihr ein Lächeln. »Nun, wir geben unser Bestes, damit es so bleibt.« Anschließend nippt sie an ihrem Champagner.

Das lässt mich die Lippen aufeinanderpressen. Nicht, weil ich gerade einen Schluck von meinem alkoholfreien Bier genommen habe. Sondern weil mich Viviens Antwort an unseren Deal erinnert. Den Vertrag. Hat Vivien den jetzt überhaupt unterschrieben? Es würde mich nicht stören, wenn nicht. Natürlich werde ich ihr das Geld auszahlen, ganz egal, was bei unserem Gespräch herauskommt. Doch insgeheim wünsche ich mir, dass dieser Deal gar nicht existiert. Ich wünsche mir, dass er nicht nötig ist, damit Vivien in meiner Nähe bleibt. Für den Rest meines Lebens will ich sie um mich haben – ob ich nun reich bin oder nicht. Wobei ein gewisses Vermögen das Leben schon einfacher macht, das gebe ich zu. Würde ihr das gefallen? Mrs. Kent zu werden, die Frau an meiner Seite? Damit würde sie spätestens und unweigerlich selbst Teil der High Society werden. Könnte sie sich das vorstellen?

»Sie können stolz auf sich sein«, ist das Nächste, was ich von der Dame mit dem pompösen lila Hut mitbekomme. »Und verpassen Sie heute nicht, mit Mr. Smith und mit Mr. Wesson zu sprechen. Mr. Smith ist Verleger und Mr. Wesson hat kürzlich einen Literaturpreis für seinen Gedichtband gewonnen.

Beide müssen sich irgendwo hier auf der Party herumtreiben.«

Viviens Augen werden größer. »Oh, wirklich?«

»Oh ja! Glauben Sie mir, ich habe da so meine Quellen.« Die große weiße Feder an ihrer Kopfbedeckung schwingt mit, als sie nickt.

»Haben Sie vielen Dank für den Tipp, Mrs. Miller.«

Die Dame kichert und winkt ab. »Dafür nicht. Ich wünsche Ihnen weiterhin viel Erfolg mit dem Buchladen, Mrs. Harper.«

»Oh, bitte«, entfährt es Vivien verlegen. »Ms. Harper. Nicht Mrs.«

Mehrmals wandert der Blick der Dame zwischen Vivien und mir hin und her. »Ich verstehe. Nun, haben Sie einen schönen Abend.« Schon verneigt sie sich und zieht zum nächsten Gesprächspartner weiter.

Irritiert steht Vivien da und sieht mich an.

»Na ja, Viv.« Da gestikuliere ich mit meiner Bierflasche in der Hand. Zweimal hat der Kellner mir ein Glas angeboten, damit ich nicht direkt aus der Flasche trinke – und beide Male habe ich dankend abgelehnt. »Sie wollte genau abchecken, ob du nur eine Bekannte von mir bist, oder weitaus mehr als nur das.«

»Ach … so?« Verwundert sieht sie sich nach der Dame um, ehe sie sich wieder mir zuwendet. »Ist das denn so wichtig?«

Ich verziehe den Mund. »Einige der Gäste kennen mich, Viv. Und sie wollen wissen, wer die Frau ist, die ich als meine Begleitung mitgebracht habe und zwischendurch so nah an mich ziehe.«

Die Röte schießt in ihre Wangen. »Soll das etwa heißen, ich bin Teil der Klatschpresse geworden?« Wieder sieht sie sich um. »Journalisten sind doch auch hier, oder?«

Schlagartig wird mir heiß – und nicht auf angenehme Art. »Das ist möglich, ja. Tut mir leid. Hätte ich dich vorwarnen sollen?«

Fuck. Fühlt sie sich plötzlich doch unwohl?

Wieder sieht sie sich um. Leider zeigt genau in dem Moment ein Herr auf sie, der sich mit einem anderen Mann unterhält.

Oh, Shit. Das ist nicht gut.

»Aber …« Verwundert sieht sie mich wieder an. »Warum ist das so wichtig? Hier sind doch viele geladene Gäste mit Begleitung da, oder nicht?«

Nun leere ich die Bierflasche in einem Zug. Auch wenn es keinen Alkohol enthält, brauche ich das als Mutmacher, um meine nächsten Worte an Vivien auszusprechen. »Das Besondere an dir ist, dass ich noch nie zuvor jemanden zu solchen Veranstaltungen mitgebracht habe.«

Mit großen Kulleraugen sieht sie mich an. Sekundenlang bringt sie keinen Ton mehr hervor. Was geht ihr gerade durch den Kopf? Ich täte alles dafür, es zu erfahren. Wenigstens ist ihr anzusehen, dass sie es mich gleich wissen lassen wird, sobald sie sich gesammelt hat.

»Es ist so, Viv«, füge ich an und neige leicht den Kopf. »Seit ich zu solchen Partys eingeladen werde, bist du meine erste Begleitung überhaupt.«

»Aber …«, sagt sie in ihrer Überforderung erneut.

Inständig sehe ich sie an. »Was auch immer du über mich gehört oder gelesen hast – es ist sehr wahrscheinlich nicht wahr, okay?«

Noch immer regt sie sich nicht.

»Viv«, sage ich mit eindringlicher Stimme. »Ich habe mich mit Frauen getroffen, ja. Aber ich habe niemanden vorsätzlich zu irgendwelchen Veranstaltungen mitgebracht. Und es hat sich auch nie etwas Ernstes entwickelt. Wodurch mir klar geworden ist …« Ich atme durch und sehe mich um. Um uns herum sind zu viele Menschen. »Können wir das später zu Hause besprechen? Bitte.« Unruhig verlagere ich mein Gewicht. »Wir können auch sofort gehen und …« Mehr sage ich nicht. Ich glaube, ich habe genug gesagt. Nun sehe ich sie voller Erwartung an. Mein Herz schlägt so hoch, dass es schon unangenehm ist. Dabei bin ich Ausdauer- und Krafttraining – und somit einen flotten Puls gewohnt.

Verdammt, Vivien … Bitte krieg das nicht in den falschen Hals, wenn die Leute dich beobachten. Ich wollte dir nicht zu viel zumuten. Aber du wolltest so gerne herkommen – und niemanden hätte ich lieber mitgenommen als dich. Ich mag solche Partys, ab und zu. Das ist nun mal auch ein Teil meiner Welt. Kommst du damit zurecht? Jede Faser meines Körpers wünscht sich, dass du mir gehörst. Haben wir überhaupt eine Chance?

Sie holt Luft, um mir etwas zu sagen. Da kommt ihr jemand zuvor.

»Sieh an, sieh an«, ertönt eine selbstgefällige Stimme.

Ein dürrer Mann mit abwertendem Blick gesellt sich zu uns. Vivien hält hörbar den Atem an. Als ich das bemerke, spanne ich die Arme an und lege die Schultern zurück. *Was ist hier los?*

»Mr. Wright …«, sagt Vivien leise und wirkt überfordert.

Scheiße, was ist hier los?

Gehässig grinst er. »Hallo, Vivien. Dich hätte ich hier als Letzte erwartet. Wie bist du hier reingekommen?«

Geht's noch?! Der Penner redet ja, als wäre er etwas Besseres als sie. Wer ist dieser Wichser?

»Hey!«, entfährt es mir energisch, womit ich seine Aufmerksamkeit auf mich ziehe.

Herausfordernd nickt mir die halbe Portion zu. »Was ist?«

Da komme ich näher.

»Schon gut«, geht Vivien dazwischen und drückt mich leicht weg. Einen Moment lang sieht sie mir tief in die Augen. »Ich mach das schon.«

Nur widerwillig gehorche ich und überlasse ihr das Feld.

Vivien wendet sich dem Würstchen zu. Sein Anzug mag ebenfalls maßgeschneidert sein, doch seine dürren Arme kann er nicht retuschieren.

»Peter, was soll das?«, zischt sie.

Peter also! Das hätte ich mir gleich denken können. Meinte sie nicht, dass er sie schlecht behandelt hat?

So. Wie. Jetzt.

Ohne das dumme Grinsen abzulegen, hebt er die Hände. »Was denn? Ich bin ständig auf solchen Veranstaltungen, Vivien. Und du?« Sein Blick landet auf mir. »Hast dir endlich einen reichen Kerl geangelt, wie ich sehe.«

Ich fletsche die Zähne.

»Was?!«, erwidert sie entsetzt. »Als wenn ich je auf der Suche nach einem Millionär gewesen wäre!«

»Genau so ist es aber«, meint er zu mir, ohne sie noch eines Blickes zu würdigen. »Ich kann Ihnen nur raten, nehmen Sie sich vor ihr in Acht. Sonst nimmt sie Sie schneller aus, als Sie gucken können.«

Ich atme ein, um etwas zu sagen.

»Verdammt, Peter!«, zischt Vivien. »Hast du das echt nötig? Bist du immer noch so gekränkt, weil aus uns nichts geworden ist?«

Sie hat recht. Dass er verletzt ist, ist ihm klar anzusehen. Aber er benimmt sich wie ein Dreizehnjähriger, dem man den Lolli weggenommen hat.

Mehr und mehr Blicke richten sich auf uns.

Abfällig schnauft Peter. »Als wenn ich je etwas mit einer wie dir anfangen würde.«

»Ach, und warum wolltest du dann mit mir ausgehen?«

»Aus Mitleid, Baby.« Sein Grinsen wird breiter. »Rein aus Mitleid.«

Da brennt mir eine Sicherung durch. Schwer atmend stürme ich auf ihn zu und packe ihn am Kragen. Panisch brüllt er los.

»Matt, nicht!«, ruft Vivien angsterfüllt.

Doch ich halte den Mistkerl fixiert und packe fester zu.

»Bitte!«, wimmert er sogleich. »Ich wollte doch nur helfen und Sie vor einem großen Fehler bewahren. Die Frau spinnt!«

Das. Reicht.

Ich balle die freie Hand zur Faust.

»Matt!«, ruft Vivien voller Panik.

Da besinne ich mich. Die Wut weicht aus meinem Gesicht und ich sehe zu ihr. Wie erschrocken sie mich ansieht, erschrickt wiederum mich. Das darf nicht sein. Keine Sekunde länger soll sie meinetwegen Angst verspüren. Und so überwinde ich mich und lasse Peter los.

»Wurde auch Zeit«, meckert er und klopft sich den Anzug glatt.

Auffordernd nicke ich. »Sollen das unsere Anwälte klären? Zeugen hätten wir genügend.«

Verunsichert sieht Peter sich um und bemerkt die vielen Handykameras, die längst auf uns gerichtet sind. »Nein, bitte. Das dürfte nicht nötig sein.« Unter einem Räuspern sieht er zu Vivien. »Tut mir leid«, fügt er ihr gegenüber kleinlaut an. »Die nächste Runde geht auf mich!«, ruft er laut in den Saal – was gar keinen Sinn ergibt, da Mr. Flynn sämtliche Getränke der Party bezahlt. Es wirkt, als würde dieser Peter Wright angeben wollen und es nie so richtig hinkriegen. Peinlich berührt räuspert er sich ein weiteres Mal. Dann verschwindet er nach draußen.

Musternd sehe ich ihm nach, bis er aus meinem Blickfeld verschwindet. Allmählich beruhigt sich mein Puls wieder. Bis ich in Viviens Augen sehe. Diese sind noch immer vom Schrecken gezeichnet. Der Anblick versetzt mir tausend Stiche mitten ins Herz.

»Vivien ...«, bringe ich reuevoll hervor.

Es tut mir leid.

Das will ich gerade sagen, da blitzen mehrere Handykameras auf. Vivien zuckt zusammen. Mit feuchten Augen sieht sie sich um und bemerkt die vielen Kameras, die auf sie gerichtet sind.

»Viv, bitte«, flehe ich eindringlich. »Sieh mich an.«

Doch dazu ist sie nicht mehr in der Lage. Wie ein eingekesseltes Reh sieht sie sich um. Das Ganze wird ihr endgültig zu viel. Fuck. Mein schlimmster Albtraum ist wahrgeworden: Die Party ist *für sie* zum Albtraum mutiert. Noch bevor wir überhaupt in der Gartenanlage angelangt sind und ich ihr das unterhaltsame Programm zeigen konnte.

Endlich sieht sie mich wieder an. Doch ihr Blick verheißt nichts Gutes. Alles andere als das. »Tut mir leid, Matt.«

Ehe ich begreife, was sie da sagt, stürmt sie auch schon aus dem Raum, zurück in Richtung Foyer.

»Vivien?«, rufe ich verzweifelt.

Doch sie setzt ihre Flucht fort. Auf High Heels. Sie. Es muss ihr also ernst sein.

Scheiße! Soll ich hinterher? Oder braucht sie den Abstand und ich mache alles nur noch schlimmer, wenn ich sie aufhalte?

»Mr. Kent!«, höre ich jemanden rufen. »Bitte hierher!«

Automatisch schaue ich in die Richtung, aus welcher der Ruf kam. Damit blicke ich direkt in die Kamera eines Journalisten. Schon blendet mich der Blitz und ich halte mir den Arm vors Gesicht.

»Was soll das?«, maule ich. Auch wenn mir klar ist, dass ich mich nicht beschweren darf, wenn ich als Öffentlichkeitsperson Teil einer solchen Szene werde.

Was zum Teufel hat sich hier eben überhaupt abgespielt? Alles war gut, bis dieser Penner aufgetaucht ist. Fuck, wie gerne würde ich dem jetzt nachjagen und ihm eine reinhauen. Aber ich darf das Wesentliche nicht aus den Augen verlieren.

Vivien.

Und so beschließe ich, es doch zu tun. Ihr hinterherzulaufen. Sie aufzuhalten. Ich muss sie davon abhalten, mich zu verlassen. Vor der Villa können wir hoffentlich ungestört reden. Und wenn wir uns dafür im Jeep verschanzen müssen!

Ohne Rücksicht auf Verluste, lege ich einen Sprint hin. Den meisten Gästen auf meinem Weg ins Foyer kann ich ausweichen. Doch dann stoße ich mit einem Kellner zusammen. Der Aufprall wirft mich zurück und ich höre das Tablett in meinen Ohren scheppern, als es zu Boden kracht. Egal. Ich muss weiter.

»Sorry!«, rufe ich ihm zu und hebe defensiv die Hand. Allerdings sprinte ich, ohne eine Antwort abzuwarten, weiter.

Im Foyer bremse ich ab und sehe mich um.

Scheiße, wo ist sie so schnell hin? Aufs WC verschwunden, um für sich zu sein?

Mein Gefühl sagt mir, dass ich draußen nachsehen soll. Und so setze ich meinen Sprint fort. Ich stoße die Tür auf und stürme ins Freie. Wieder bleibe ich abrupt stehen und halte nach allen Seiten Ausschau. Da entdecke ich sie weiter hinten. Sie steigt gerade in eines der bereitstehenden Taxis ein!

»Vivien!«, rufe ich und mache ein paar Schritte auf sie zu.

Doch es ist zu spät. Sie hört mich nicht. Schon fällt die Tür zu und das Taxi fährt los.

Fuck.

Wenn ich sie jetzt noch einholen will, muss ich selbst ins Auto steigen. In mein eigenes oder ins nächste Taxi?

Ich entscheide mich für den Jeep und lasse ihn holen. Der Kerl vom Parkservice erkennt mich wieder und rennt sofort los, als ich ihn bitte, sich zu beeilen. Ungeduldig warte ich vor dem Eingangsbereich. Mehrmals gehe ich auf und ab. Dann beschließe ich, den Kerl zu verfolgen und einzuholen. Als er gerade in meinen Wagen einsteigen will, um ihn vorzufahren, komme ich ihm zuvor.

»Danke«, sage ich hektisch und steige selbst ein.

Ernsten Blickes nicke ich ihm zu. Sein irritierter Gesichtsausdruck ist mir dabei egal. Er soll wissen, dass er nichts falsch gemacht hat. Aber mehr kann er gerade nicht erwarten. Ich werfe den Motor an und manövriere den Jeep voller Ungeduld vom Parkplatz und vom Gelände.

Shit. Mittlerweile ist natürlich zu viel Zeit vergangen und das Taxi ist über alle Berge. Aber mit einer filmreifen Verfolgungsjagd habe ich sowieso nicht gerechnet. Selbst wenn das Taxi noch in meinem Blickfeld wäre, würde der Fahrer sich nicht darauf einlassen, für mich anzuhalten. Und ich würde ganz sicher nicht Viviens Sicherheit riskieren, um ihm davon zu überzeugen, sie mir zu überlassen. Nein, so wird das nichts.

Aber vielleicht kann ich sie abfangen, sobald sie ausgestiegen ist. Die Frage ist also: Wo fährt sie hin?

Denk nach, Mann, denk nach.

Sie ist hier in Staten Island. Hier wohnt sie nicht und sie kennt sich kaum aus. Wo würde sie hingehen? Zum Hafen, um die nächste Fähre nach Manhattan zu nehmen, um von dort aus mit der U-Bahn nach Queens zu gelangen?

Nein. Mein Gefühl sagt Nein. Sie will mich nicht verlassen und direkt nach Hause, um mich nie wieder zu sehen. Sie wollte nur weg von der Party. Wohin würde sie sich also zurückziehen?

Ich gebe Gas und steuere mein Landhaus an. Schräg in der Auffahrt parke ich den Wagen, stoße die Wagentür auf und stürme zur Haustür. Vivien hat einen Schlüssel – ist sie vielleicht hier? Und sei es nur, um ihre Sachen zu packen ... Aber ich muss zweimal aufschließen, um ins Haus zu gelangen. Das ist kein gutes Zeichen – sie scheint die Tür nicht entsperrt zu haben.

Trotzdem gebe ich die Hoffnung nicht auf und sprinte nach oben. »Vivien?«, rufe ich. »Viv!«

Ich stoße die Tür zu ihrem Zimmer auf.

Nichts.

Sie ist nicht hier. Aber ihre Sachen sind noch da. Logisch, so schnell hätte sie nicht packen und verschwinden können. Wenn sie hergefahren wäre, hätte ich sie nun erwischt. Und was ist das? Der Vertrag liegt noch immer so auf dem Schreibtisch, wie ich ihn dort abgelegt habe. Hat sie ihn überhaupt gelesen? Ich hebe ihn auf und sehe nach. Unterschrieben ist er jedenfalls nicht. Für den Bruchteil einer Sekunde zaubert mir das ein Lächeln ins Gesicht. Doch genauso schnell verflüchtigt sich dieses Lächeln wieder.

Ich muss sie finden. Jetzt. Bevor sich endgültig der Gedanke in ihrem süßen Kopf festsetzt, dass wir nicht zusammengehören. Das kann sie mal getrost vergessen, dass ich das zulasse. Denn verziehen hat sie mir längst

– oder habe ich sie in den ganzen letzten Tagen völlig falsch gedeutet?

Das kann und will ich nicht wahrhaben. Ich hoffe, sie braucht nur Abstand von dem Rummel eben; nicht auch von mir.

Und gerade kommt mir eine Idee. Wenn ich damit richtigliege, dann ist Vivien gerade tatsächlich nicht auf dem Weg zum Hafen. Und doch ist sie dabei, Staten Island zu verlassen. Über die Hängebrücke. Im Taxi. Bis nach Brooklyn. Zu einem Rückzugsort, der für unsere Liebe steht. Oh, ich hoffe, das ist kein Wunschdenken von mir.

Aber ich glaube, ich weiß jetzt, wo sie ist.

15. KAPITEL

VIVIEN

Warum bin ich hergekommen? Wieso wollte ich diesen Ort aufsuchen, ausgerechnet jetzt? Ich bin doch ewig nicht mehr hier gewesen. Und das Taxi hierhin hat mich – für meine Verhältnisse – ein Vermögen gekostet. Immerhin waren das an die zwanzig Meilen.

Aber genau darum ging es wohl. Abstand zu gewinnen. Etwas Unvernünftiges zu tun. Zumindest etwas Drastisches. Aus Staten Island wegzukommen. Allein die Fahrt über die Verrazano Bridge hat gutgetan, hat mich beruhigt. Und jetzt hier zu stehen, ausgerechnet an diesem Ort aus meiner Vergangenheit – das tut einfach nur gut. Ich kann nicht genau sagen, warum. Nur, dass es so ist. Der Anblick, den ich vor mir habe, spendet mir Trost.

Mittlerweile bricht die Abenddämmerung heran. An einem Samstagnachmittag mit dem Taxi von Staten Island bis nach Brooklyn zu fahren, hat doch einige Zeit in Anspruch genommen. Aber das Licht ist perfekt. Das harte Streulicht der Mittagssonne hat sich in ein weiches Abendlicht verwandelt. Nur noch vereinzelte

Vögel zwitschern sanft vor sich her. Windig ist es nicht, doch hin und wieder bringt eine aufsteigende Brise die Blätter um mich herum zum Rascheln.

Inmitten dieser romantischen Kulisse stehe ich auf dem Pausenhof der *Brooklyn High*. Hier hat sich in den letzten Jahren einiges verändert. Die Bänke auf dem Pausenhof sind andere als damals und in der Zwischenzeit hat die Schule einen Pavillon angebaut, um mehr Schüler in Klassenräumen unterzubekommen. Aber einige Dinge sind gleichgeblieben. So wie der Balken, vor dem ich stehe. Noch immer befindet er sich, zusammen mit den anderen beiden Holzbalken, hier, am Rande des Schulhofs. Und noch immer trägt er Matthews und meine Initialen in sich, liebevoll umrandet durch ein eingeschnitztes Herz.

Vor langer Zeit hat Matthew diese Schnitzerei begonnen und mich zu Ende bringen lassen. Dieses Symbol sollte für unsere ewige Liebe stehen. Seitdem sind viele Jahre vergangen. Und es ist so viel passiert. Als ich die Schnitzerei jetzt betrachte, kommen mir die Tränen. Und es sind keine Tränen der Trauer. Ich bin glücklich, hier zu sein. Ich bin dankbar, dass der Balken noch da ist. Und ich bin froh, die letzte Woche mit Matthew verbracht zu haben.

Da wird es mir endgültig klar: Ich liebe ihn. Ich habe nie aufgehört, ihn zu lieben. Und nach allem, was sich in den vergangenen Tagen zugetragen hat, habe ich ihm auch verziehen. Ich brauche Matthew. Ich vertraue ihm und ich will mit ihm zusammen sein. Für immer. Keiner könnte mich je so glücklich machen wie er. Und das sollte ich ihn so schnell wie möglich wissen lassen. Es zu verschweigen oder auch nur hinauszuzögern, um ihn zu bestrafen, würde mir nur selbst schaden. Ja, es war richtig, herzukommen. Das fühlt sich richtig an. Aber jetzt muss ich zurück zu Matthew.

Gerade, als mir das klar wird, bemerke ich jemanden hinter mir. Es ist Samstagnachmittag, und doch ist noch jemand aufs Gelände gekommen. Regelmäßige Schritte nähern sich mir von hinten. Je näher er kommt, umso klarer höre ich seine schwere Atmung. Und als mir vollends klar wird, wer da hinter mir steht, überwältigen mich die Gefühle. Mit feuchten Augen drehe ich mich zu ihm um und sehe ihn an.

»Matt …«, flüstere ich, und schon dabei versagt meine Stimme fast.

Auch er macht ein ernstes Gesicht und sieht mich inständig an. Zu mehr scheint er nicht in der Lage zu sein. Zumindest im ersten Moment. Dann regt er sich plötzlich wieder und räuspert sich. »Oh Gott, ist dir kalt? Warte.« Schon legt er mir voller Fürsorge sein Jackett über die Schultern.

Wie gebannt sehe ich ihn an. »Woher wusstest du …« Weiter schaffe ich es nicht, meine Frage auszusprechen. Die Emotionen überrollen mich noch immer.

»Können wir es einfach Schicksal nennen?«, fragt er und kommt näher. »Bitte.«

Tief und zittrig atme ich durch. Und will gerade etwas sagen.

»Viv«, kommt er mir mit sanfter Stimme zuvor. »Bitte, lass es mich dir endlich sagen: Ich liebe dich.«

Mein Herz setzt einen Schlag aus.

»Ich liebe dich«, wiederholt er in eindringlichem Ton und sieht mir tief in die Augen. »Und alles, worum es mir in unserer gemeinsamen Woche ging, war, dich davon zu überzeugen. Es tut mir leid, wie es damals auseinandergegangen ist. Dass ich überhaupt so blöd war, es dazu kommen zu lassen. Ich war jung und …« Er schluckt. »Aber Worte hätten nicht gereicht, um dir zu beweisen, wie sehr ich unsere Trennung bereue. Du hättest es mir nicht geglaubt, und ich hätte es nur zu gut verstanden. Deswegen wollte ich es dir mit Taten zeigen, Vivien. So sehr habe ich gehofft, dich davon überzeugen zu können, dass ich der Richtige für dich bin. Dass du mir vertrauen kannst. Und wie viel du mir bedeutest. Du bedeutest mir verdammt viel, Viv. Du bedeutest mir die Welt. Deswegen habe ich übrigens meine Karriere als Spieler beendet, obwohl Dallas meinen Vertrag erneut verlängern wollte. Ich habe alles auf eine Karte gesetzt und bin deinetwegen zurück nach New York gekommen, Viv. Du bist also auch kein *netter Nebeneffekt* meines Umzugs, wie man so schön sagt. Du bist der Grund, weswegen ich überhaupt wieder hier bin. Das ist mein ganzes Geheimnis. Nicht mehr, aber auch nicht weniger. Es geht also nicht um perverse Vorlieben, ein traumatisches Erlebnis, Rachegelüste oder eine Leiche im Keller. Es geht allein um das, was ich für dich empfinde. Darum, dass ich dich einfach nicht vergessen kann und es auch nicht mehr will. Aber genau das war ein Geheimnis, das ich dir nicht einfach vor die Füße werfen konnte, das war mir klar.«

Wieder atme ich tief durch und muss die Tränen unterdrücken. Doch mir fehlen die Worte! Ich habe ja schon geahnt – um nicht zu sagen: gehofft –, dass Matthew genauso empfindet wie ich. Aber dass er meinetwegen überhaupt wieder nach New York gekommen ist und eine Vertragsverlängerung ausgeschlagen hat, hätte ich nicht gedacht! Er hat recht: Aus Liebesromanen kennt man alle möglichen schmutzigen Geheimnisse, die dahinterstecken, wenn ein Millionär einer Frau ein unmoralisches Angebot macht. Aber bei Matthew ist es von Anfang an allein um sein Herz gegangen. Nicht mehr, nicht weniger. Das wollte er mir beweisen. Mit Taten, nicht mit Worten. Er wusste nicht, wie ich reagieren würde. Aber er war sich seiner Gefühle so sicher, dass er sein Leben in Dallas aufgegeben hat. Um seine Entscheidung von damals wiedergutzumachen. Das macht mich sprachlos! Und nun werden meine Augen doch feucht.

»Bitte, Viv«, fleht er, als er das sieht. »Bitte, gib uns noch eine Chance. Nichts wünsche ich mir mehr, als mein ganzes restliches Leben mit dir zu verbringen.« Verzweiflung kennzeichnet seinen Blick. »Hör zu, wir müssen auch nie wieder auf solche Partys gehen, okay? Nie wieder! Ich lehne sämtliche Veranstaltungen ab. Und wenn du möchtest, dann lasse ich meinen neuen Job als Assistenztrainer für die Offence-Spieler sausen. Sofort. Noch habe ich nichts bei den Tigers unterschrieben.« Er intensiviert seinen Blick. »So wie du, nicht wahr? Ich habe gesehen, dass du den Vertrag nicht unterzeichnet hast. Und seitdem hoffe ich mit allem, was ich habe, dass das ein gutes Zeichen ist. Dass du es deswegen nicht tun konntest, weil du mich genauso liebst.« Er überwindet die letzten Zentimeter, die uns trennen, und legt seine Hand voller Zärtlichkeit an meine Wange. »Sag mir, Viv, ist es so?«

Ich zittere am ganzen Körper. Das muss er spätestens jetzt, wo er mich berührt, spüren. Seine Worte überwältigen mich! Und so bin ich im ersten Moment sprachlos.

»Bitte, Viv«, flüstert er, während er dicht vor mir steht und mir auf den Mund schaut. »Bitte, sag Ja. Einfach nur Ja.«

Da komme auch ich nicht umhin, ihm auf seine verführerischen Lippen zu sehen. Matthew wirft mir warmen Atem entgegen, und unweigerlich tue ich es ihm gleich. »Matt ...«

Er vergrößert den Abstand zwischen uns wieder und sieht mich an.

Ich presse die Lippen zusammen. »Eine Woche reicht nicht aus, um das, was damals kaputtgegangen ist, zu heilen.«

Hörbar muss er schlucken.

»Aber …« Und als ich es endlich schaffe, mich zu sortieren, sende ich ihm das wärmste Lächeln und strahlende Augen zu. »Ich denke, dein restliches Leben dürfte ausreichen, um es wiedergutzumachen.«

Als er begreift, was ich ihm damit sagen will, verändert sich der Ausdruck in seinem Gesicht. Die Sorge weicht höchstem Glück. »Viv …«, flüstert er überwältigt. Im nächsten Moment legt er auch die zweite Hand an meine andere Wange und kommt wieder näher.

Ich kämpfe mit den Tränen. »Aber lebenslang reicht nur gerade so, hast du verstanden?« Dann muss ich lachen. Vor lauter Glück.

Erleichtert atmet er durch. Stürmisch nimmt er mich in den Arm und drückt mich an sich. »Ich werde dich nie wieder loslassen, Liebling. Mach dich darauf gefasst.«

Damit bringt er mich dazu, gleichermaßen zu lachen und zu weinen – so intensiv, wie ich es noch nie getan habe. »Aber dein Job …«, sage ich dann und überlege, wie ich es ausdrücken soll.

Er sieht mich wieder an. »Mach dir keine Sorgen. Ein Wort von dir und ich kündige. Auch wenn ich damit Gefahr laufe, wieder als Schnösel bezeichnet zu werden – das Geld wird auch so reichen.«

Ich schüttle den Kopf – grinsend. »Du sollst doch nicht die Arbeit aufgeben, die du so liebst, Matt. Das wäre ja, wie wenn du mir verbieten würdest, im Buchladen zu arbeiten.«

»Das würde ich nie tun, Viv. Aber dein Job bereitet mir ja auch kein Unbehagen. Umgekehrt allerdings … Wie ist es dir auf der Party ergangen? War das zu viel?«

Wieder schüttle ich den Kopf, diesmal mit ernstem Blick. »Nein. Nur die blöde Situation, die sich plötzlich ergeben hat. Vor allem, weil Peter mich daran erinnert hat, wie respektlos er mich bei unserem Date behandelt hat. Er gehört definitiv zu der Sorte Millionär, die sich für etwas Besseres hält. Darüber könnte ich mich jetzt schon wieder aufregen. Davon brauchte ich Abstand.« Ich atme durch. »Aber das wird sich genauso schnell wieder legen, das weiß ich. Denn du hast recht. Nicht alle Millionäre sind so. Und gerade ist mir noch etwas klar geworden. Nicht einmal der überheblichste Schnösel hat es verdient, dass ich meine Zeit darauf verschwende, mich über ihn zu ärgern.«

»Hey«, erwidert Matthew mit verständnisvoller Stimme. »Dieser Idiot namens Peter ist derjenige, der sich eben geärgert und zum Affen gemacht hat. Sieh es als Kompliment, denn er scheint deine Abfuhr noch immer nicht überwunden zu haben. Aber wenn du ihn ganz vergessen willst, habe ich absolut nichts dagegen.«

»Das ist wirklich das Beste. Ich meine, er wollte ja nur für eine Art Zweckehe mit mir zusammen sein. Um sein verkorkstes Image aufzupolieren.«

»Was?!«, entfährt es Matthew voller Entsetzen. »In welchem Jahrhundert leben wir bitte?«

Nun schenke ich ihm ein Lächeln. Dass er mir zuhört und mich unterstützt, tut unbeschreiblich gut. »Ach, weißt du was? Es geht schon wieder. Und abgesehen von einem gewissen Peter, hat es mir auf der Party sogar ganz gut gefallen.«

Hoffnungsvoll sieht er mich an. »Wirklich?«

»Na ja, allzu viel habe ich ja leider nicht mitbekommen. Du schuldest mir noch eine richtige Eröffnung bei so einer Gartenparty.«

Da muss er lachen. »Alles, was du willst.« In der nächsten Sekunde drückt er mich wieder an sich. Fest. Sehr fest. Damit zerknittert er nicht nur sein Jackett, das noch immer über meinen Schultern liegt, sondern er schnürt mir auch die Luft ab.

»Hey, ich bin doch kein Football!«, protestiere ich lachend und klopfe ihm aufs breite Kreuz.

»Entschuldige«, meint er, ebenfalls lachend, und sieht mich wieder an. Zärtlich reibt er seine Nase gegen meine. »Mmh. Mir fehlt deine Brille. Aber in dem Kleid gefällst du mir auch *nicht schlecht*.« Nach dieser Bemerkung huscht ihm ein schelmisches Grinsen über die Lippen.

Ich spiele die Entsetzte. »Ach, nicht schlecht, ja? Mehr nicht?«

Daraufhin bleibt er mir eine Antwort schuldig. Zumindest, was Worte anbelangt. Liebevoll umfasst er mich an der Taille und zieht mich zu sich. Er schließt die Augen und schenkt mir einen zärtlichen Kuss. Ich schließe meine Augen ebenfalls und spüre seine vollen, warmen Lippen auf meinem Mund. Matthew schmeckt so gut, dass es mir die Sinne raubt.

»Viv«, sagt er zwischen zwei Küssen.

»Hm?«

»Hast du mir eigentlich schon geantwortet?«

»Was?«

Zurückhaltend lacht er, ehe seine Lippen abermals auf meine treffen. »Ich sagte, ich liebe dich.«

»Mmh«, mache ich, als ich ihn schmecke. Ich bin kaum noch in der Lage, zu denken.

»Ist das alles?«

Da sehe ich ihn an. »Ich liebe dich, Matt. Weil du mich zum Lachen bringst und mir gezeigt hast, wie viel ich dir wirklich bedeute. Wir alle machen Fehler. Du hast dich damals für die Karriere entschieden, während ich Vorurteile gegenüber der gehobenen Gesellschaft entwickelt habe. Natürlich war dein Fehler schlimmer.« Vorwurfsvoll pike ich ihm in den Oberarm und er lässt es über sich ergehen, als wäre es eine wortlose Zustimmung. Dann muss ich wieder lächeln. »Aber … Ich liebe dich, Matt. Das tue ich wirklich. Ich liebe dich mehr als meine *Harry-Potter*-Sammlung.«

»Wow … Mehr als deine limitierte Geschenkbox-Edition von *Harry Potter*? Das ist aus deinem Mund eine wahre Liebeserklärung, das weiß ich. Gut. Dann kannst du deinen Mund nun ja wieder anderen Dingen widmen.«

»Wie bitte?«

»Komm her.« Er drückt mich fester an sich und küsst mich wieder und wieder.

»Du bist unmöglich«, werfe ich ihm flüsternd vor und genieße seine Küsse.

»Du auch, Viv. Du auch.«

»Mmh.«

»Hör auf, solche süßen Geräusche zu machen, Liebling.«

»Aber du schmeckst so gut, Mat. Ich liebe dich.«

»Ich liebe dich, Viv.«

»Ich liebe dich«, muss ich abermals zu ihm sagen, gefolgt von einem Seufzer der Lust.

Seine Atmung wird schwerer. »Wenn du so weitermachst, nehme ich dich mit nach Hause.«

Zwischen zwei weiteren Küssen muss ich lächeln. »So weit willst du erst fahren?«

»Was wäre die Alternative, Liebling? Sollen wir etwa unseren Balken entweihen?«

Verlegen lache ich. »Das können wir nicht machen. Allein schon, weil hinter uns der Park liegt und der Zaun nicht blickdicht ist.«

»Hm, schade«, flüstert er. »Also doch nach Hause?«

Ich nicke und fordere einen Zungenkuss von ihm ein. Sofort lässt er mich spüren, was es heißt, ihn herauszufordern. Voller Leidenschaft dringt er in meinen Mund ein. Seine warme Zunge schlägt gegen meine und lädt mich zu einem feuchten Spiel ein.

»Mmh, Matt …«

»Lass uns in unser Landhaus fahren, Viv. Jetzt sofort.«

»Aber dann müssten wir aufhören, uns zu ... Warte, unser Landhaus?« Abrupt höre ich nun doch auf, ihn zu küssen, und sehe ihn an.

»Natürlich. Oder soll ich zu dir nach Queens ziehen?« Erwartungsvoll sieht er mich an.

Kurz überlege ich. Aber dann muss ich grinsen. »Nee!«

Er lacht. »Das dachte ich mir. Dass du dich für die Schnösel-Immobilie entscheidest.«

Ich spiele die Beleidigte und gebe ihm einen Klaps gegen den Oberarm, den er vermutlich kaum spürt.

»Dann können wir deine Wohnung kündigen«, meint er und streichelt mir ein weiteres Mal zärtlich über die Wange. »Und du musst den Vertrag nicht mehr unterschreiben.«

Oh Gott, der Deal!

»Hey, was ist los?«, fragt er, als er meinen Gesichtsausdruck sieht.

Verunsichert verziehe ich den Mund.

Seine braunen Augen werden schmaler. »Du denkst gerade an den Buchladen, oder?«

Ich nicke. »Aber ich will dein Geld nicht annehmen. Das würde sich einfach nicht mehr richtig anfühlen, verstehst du? Es muss eine andere Lösung geben, um den Laden zu retten.«

»Mach dir keine Sorgen«, erwidert er und sieht mir tief in die Augen. »Ich habe eine Idee. Aber dafür bräuchte ich deine Hilfe.«

16. KAPITEL

MATTHEW

Zweimal ertönt die Klingel über der alten Tür, als ich den kleinen Buchladen betrete. »Guten Tag«, begrüße ich die Angestellten mit freundlicher Stimme und widme ihnen ein Lächeln. Ich nehme mein Cap ab und fahre mir durchs dunkelblonde Haar, um es aufzulockern.

»Oh, hallo, Matthew«, begrüßt mich Betty in liebem Ton. »Schön, dich zu sehen.«

»Hallo, Betty«, erwidere ich und nicke. »Wie läuft es heute so?«

»So wie die ganzen letzten Wochen.« Sie formt den Mund zu einem breiten Lächeln. »Bestens. Oder wie man heutzutage sagt: Das Geschäft boomt.«

»Boomt oder brummt?«, fragt Tanya, als sie aus dem Lager kommt, dicht gefolgt von Michael. Während sie eine Kiste trägt, suchen ihre Augen die von Michael. Und ich verstehe sofort, warum: Er studiert Literatur und kennt sich dadurch gut mit Redewendungen aus.

»Man kann beides sagen«, antwortet er und nimmt ihr die Kiste ab. Kurz widmet er mir einen freundlichen Blick. »Hi, Matt.«

»Michael«, entgegne ich grüßend und nicke ihm zu.

Mehr Worte wechseln wir nicht, denn er ist beschäftigt. Wie gesagt: Es boomt. Oder brummt. Wie auch immer.

»Hast du die Ware komplett ins System eingepflegt?«, will Michael von Tanya wissen.

»Ja. Alles erledigt.«

»Perfekt.« Schon verschwindet er mit der Kiste zu einem der Regale, um die neuen Bücher einzuräumen.

Tanya begibt sich hinter die Theke zu Betty, stützt die Hand auf dem alten Holz ab und sieht mich neugierig an. »Und, Matthew? Was treibt dich hierher?«

Ich lache. »Darf der Investor sich nicht ansehen, was ihr hier so treibt?«

Betty und Tanya schmunzeln um die Wette.

»Oh, werden wir kontrolliert?«, fragt Betty und tut ertappt. »Dann müssen wir heute wohl wirklich mal arbeiten.« Sie zwinkert.

»Verdammt«, scherzt auch Tanya. »Und ich dachte, wir können wieder faulenzen.«

Grinsend schüttle ich den Kopf. »Das könnt ihr euch gar nicht leisten, so viel, wie inzwischen in eurem *Bookstore* los ist. Noch ist es früh, aber schon bald werden die ersten Kunden hier eintreffen, das weiß ich.«

»Wenn du es so sicher weißt, dann dürfte der Investor in dir ja zufrieden sein«, triezt Tanya mich selbstbewusst.

»In der Tat, ja.«

Da faltet Betty die Hände wie bei einem Gebet. »Aber mal im Ernst, lieber Matthew. Wir sind dir so dankbar für diese Chance. Danke, dass du uns das

Kapital gegeben hast, um wieder auf die Beine zu kommen.«

Ich winke ab. »Das habe ich sehr gerne gemacht, Betty. Und wenn meine Berechnungen stimmen, werde ich meinen Einsatz schon nächsten Monat wieder reinbekommen. Eure Gewinne sind schon wieder gestiegen, richtig?«

Betty setzt die Brille auf und sieht auf ihrem Zettelhaufen nach. »Ja, letzte Woche gab es wieder einen Umsatzrekord. Ich kann es immer noch nicht glauben.«

Neugierig neige ich den Kopf. »Liegt das an den Lesungen?«

»Hauptsächlich, ja«, ruft uns Michael vom Regal zu. »Die Leute stehen einfach drauf, ihre Lieblingsautoren live zu erleben.«

»Und Bettys Häppchen machen jede Lesung besser«, meint Tanya und stupst der Ladenbesitzerin liebevoll gegen den Oberarm.

»Tja, irgendetwas kann jeder«, erwidert Betty zufrieden.

Ich ziehe eine Augenbraue hoch. »Irgendetwas? Kochen *und* ein Geschäft führen, ist eine ganze Menge. Vor allem in der Buchbranche.«

»Und in der Käsesandwichbranche«, scherzt Michael.

Zufrieden verschränkt Tanya die Arme. »Aber es läuft. Endlich wieder.«

»Ehemalige New Yorker Footballer, die ihre Autobiografien veröffentlichen und exklusiv bei uns daraus vorlesen – das war eben eine Bombenidee von Viv«, meint Betty.

Da zaubert sich ein Lächeln in mein Gesicht. »In der Tat. Daran besteht kein Zweifel.« Ich erwische mich dabei, wie ich regelrecht strahle, wenn ich darüber nachdenke. »Kein Wunder, dass die Verlage sofort angebissen haben und die Fans sich das nicht entgehen lassen.«

»Überraschenderweise laufen vor allem die Bücher von den Spielern gut, die früher nicht so krass gehypt wurden«, merkt Michael an.

»Woher willst du das wissen?«, triezt ihn Tanya. »Für so eine Aussage sind noch lange nicht genügend Biografien auf dem Markt. Da ist noch viel geplant.«

»Umso besser«, entgegnet Michael. »Oder etwa nicht?«

Tanya zuckt mit den Schultern. »Ja, schon. Ich meine ja nur.»

»Jaja, du wolltest mir bloß wieder eins reinwürgen«, beschwert sich Michael.

»Hach«, kommentiert Betty und tut genervt. »Gutes Personal ist heutzutage so schwer zu finden.«

Alle lachen.

»Aber mal im Ernst«, fährt Betty fort. »Ich bin heilfroh, dass wir den Laden nicht vollkommen umgestalten mussten, um ihn zu retten. Ja, wenn ich mich umsehe, kann ich es fühlen: Die Seele meines kleinen Geschäfts ist erhalten geblieben.« Die ältere Frau schenkt mir einen warmen Blick. »Danke, Matthew.«

»Hey«, sage ich. »Ich habe gerne ausgeholfen. Ihr habt es verdient, dass man euch unterstützt.«

»Vor allem eine von uns, nicht wahr?«, meint Tanya und schmunzelt.

Daraufhin lasse ich meine Augen schmaler werden – unter einem Grinsen. »Ich weiß nicht, wovon du redest.«

»Ach nein? Du behauptest also, du wärst auch ohne Vivien auf unseren kleinen Laden aufmerksam geworden?« Tanyas Grinsen wird breiter.

Michael seufzt. »Du und deine frechen Bemerkungen immer, Tanya.«

»Was denn?«, erwidert sie, als wäre sie sich keiner Schuld bewusst. »Ich sage doch nur, wie es ist. Was mich zu meiner ursprünglichen Frage zurückführt.« Sie wendet sich wieder mir zu: »Was verschafft uns die Ehre, Matt? Immerhin hat deine Angebetete heute frei. Viv ist mit ihrer Cousine Lindsey unterwegs und will später zu ihren Eltern fahren. Aber damit erzähle ich dir sicher nichts Neues.«

Ihre direkte Art bringt mich abermals zum Kopfschütteln. »Nein, damit erzählst du mir tatsächlich nichts, was ich nicht schon weiß. Und zu ihren Eltern werde ich sie, wie üblich, begleiten. Aber wenn du schon fragst, Tanya: Genau deswegen bin ich hier. Weil Vivien frei hat und nicht mitbekommen soll, wenn ich euch um einen Gefallen bitten möchte.«

»Gefallen?«, fragt Michael und wird hellhörig. Er stellt die Kiste ab und kommt mit neugierigem Gesichtsausdruck zum Tresen.

»Na ja«, beginne ich, als mich drei große Augenpaare anblicken. »Etwas fehlt noch, damit alles perfekt ist. Etwas ganz Bestimmtes. Würdet ihr mir dabei helfen?«

17. KAPITEL

VIVIEN

»Und wann genau seid ihr zu Footballfans geworden?«, will ich wissen.

»Machst du Witze?«, fragt Michael. »Von den New York Tigers verpasse ich kaum ein Spiel.«

»Okay, aber was ist mit dir?« Skeptisch sehe ich Tanya an. »Dass du regelmäßig ins Stadion gehst, wäre mir neu. Warum wolltest du so unbedingt, dass wir heute zum Match gehen?«

Sie zuckt mit den Schultern. »Irgendwann ist doch immer das erste Mal, oder? Und so, wie ihr immer von den Spielen schwärmt, muss ich es ja irgendwann mal ausprobieren. Mit wem ginge das besser als mit meinen werten Kollegen?«

»Hey, ich schwärme nicht von Football«, stellt Michael klar. »So etwas machen nur Frauen. Und Viv schwärmt vielmehr vom Co-Trainer als vom ganzen Team.«

Da muss ich grinsen. »Ach, tue ich das?«

Tanya seufzt und spielt die Genervte. »Hin und wieder, Viv. Nur hin und wieder.« Sie zwinkert.

Ich lache. »Jedenfalls freue ich mich, dass wir zusammen hier sind, Leute.«

Wir nähern uns der Security und zeigen unsere Tickets vor. Dann lassen wir die übliche Abtastprozedur über uns ergehen und erlauben dem Personal, in unsere Taschen zu sehen. In den Staaten werden die Sicherheitskontrollen gefühlt von Jahr zu Jahr strenger. Das kann nervig sein, aber es ist nur zu meinem Besten. Das sage ich mir jedes Mal, wenn ich ins Stadion gehe, um ein Spiel der Tigers zu sehen.

Seit Matt und ich vor über einem Jahr wieder zusammengekommen sind, habe ich zwar schon viele Spiele besucht. Aber eine Dauerkartelohnt sich für mich dann leider doch nicht. Mat wollte mir trotzdem eine geben, doch das konnte ich einfach nicht annehmen. *Normale* Leute, die nicht mit dem Assistenztrainer liiert sind, warten bis zu fünfzehn Jahre auf eine Dauerkarte! Ist das zu glauben? Da reicht es mir, normale Tagestickets zu bekommen, wann immer ich ins Stadion gehe.

Und das ist immerhin so oft wie möglich. Schließlich liebe ich es, Matt in Aktion zu sehen. Als Co-Trainer ist er genauso cool wie zuvor als Spieler. Und zugegeben: Ein spannendes Match ist eine fast so spannende Unterhaltung wie ein gutes Buch. Ja, fast.

»So, wo müssen wir hin?«, fragt Tanya, obwohl sie voller Tatendrang vorgeht.

Ich sehe auf die Tickets, die Matt mir für uns drei mitgegeben hat. »Hier steht es. Wir müssen zum westlichen Zugang und dann in den Block 337.«

»Da lang«, meint Michael, der sich hier auch auskennt, und geht in die Richtung vor, in die er soeben gedeutet hat.

»Sollen wir uns noch etwas vom Kiosk holen?«, frage ich, als wir am nächsten Imbiss vorbeikommen.

»Nein«, erwidert Tanya schnell. »Bloß nicht.«

»Was? Warum nicht?«

»Sonst muss sie doch ständig aufs Klo«, kommentiert Michael matt und geht weiter.

»Was denn? Ich habe nun mal eine produktive Blase!«, beschwert sich Tanya hinter ihm.

»Und ihr wollt nicht mal etwas zum Knabbern?«, frage ich die beiden.

Nun ist Michael derjenige, der schnell antwortet: »Nein! Ich meine ... Lass uns lieber direkt zu den Plätzen gehen. Ich möchte rechtzeitig da sein.«

»Okay?«, antworte ich – und betone es als Frage.

Tanya lacht. »Du willst doch nur die Cheerleader sehen, Michael.«

Im Gehen dreht er sich zu ihr um, läuft rückwärts weiter und grinst sie an. »Und wenn es so wäre? Würde dich das etwa stören?«

Sie schnauft. »Mir doch egal, was du machst. Guck lieber nach vorne.«

Da dreht er sich wieder um. »Oh!«, macht er, als er beinahe gegen einen Pfeiler rennt. Nur in letzter Sekunde kann er noch ausweichen.

Damit bringt er uns zum Lachen, inklusive sich selbst. Und so habe auch ich nichts anderes mehr im Sinn, als unsere Plätze zu finden und mich zu setzen.

***

Es ist so weit. Die Spieler kommen aufs Feld und werden mit tosendem Applaus von den Fans empfangen. Obwohl es sich nur um ein Freundschaftsspiel handelt – bezeichnenderweise gegen Dallas, wo Matthew früher gespielt hat –, sind Zehntausende von Zuschauern ins Stadion geströmt. Nun dauert es nur noch wenige Augenblicke, bis das erste Quarter vom Hauptschiedsrichter angepfiffen wird. Und das bedeutet: Längst ist Matthew am Spielfeldrand zu sehen! Seit Minuten beobachte ich ihn wie gebannt.

»Sei bitte nicht böse, wenn wir uns in den Pausen nicht sehen können«, meinte er vorhin noch zu mir. »Du kennst das ja schon, mein Liebling: In den Pausen müssen wir jede Sekunde nutzen, um die nächste Taktik mit dem Team zu besprechen.«

Ja, das kenne ich tatsächlich schon. Und das ist auch nicht schlimm. Ich werde es schon überleben, wenn wir uns erst heute Abend wieder sprechen können. Auf der Couch bei einem Glas Wein vielleicht.

Bis dahin ist es eine Freude, ihm bei der Arbeit zuzusehen. Matthew ist ganz in seinem Element – das kann ich sogar von meinem Sitzplatz aus erkennen. Breitbeinig steht er da, die Arme vor der Brust verschränkt, und mustert die Ersatzspieler bei ihren letzten Aufwärmübungen. Anschließend wendet er sich Bob zu und die beiden Trainer stecken die Köpfe zusammen. Dann geht Matthew zum Quarterback und klopft ihm auf die Schulter. Was er dabei sagt, kann ich natürlich nicht hören. Aber der Spieler erwidert seine kumpelhafte Geste und grinst siegessicher. Schließlich kommt noch der Quarterback von Dallas hinzu und klopft Matthew ebenfalls auf die Schulter. Die zwei scheinen sich gut zu kennen. Kein Wunder – bis vor rund eineinhalb Jahren hat Matthew für Dallas gespielt. Ich bekomme Gänsehaut, wenn ich sehe, wie gut ihm auch sein Job als Co-Trainer liegt. Football ist seine Berufung, die er genauso früh gefunden hat wie ich damals meine. Wie könnte ich da sauer auf diesen Sport sein? Keine Chance.

Und nun geht es los. Die Spieler stellen sich auf und es sind nur noch wenige Sekunden bis zum Start.

Dann heißt es: Kickoff.

New York gegen Dallas.

Das letzte Freundschaftsspiel, bevor die NFL Anfang September in ihre nächste Saison geht.

»Touchdown!«, ruft Tanya nach einigen Minuten, als sie allmählich die Spielregeln verinnerlicht hat. Sie und Michael springen auf – und fallen sich beinahe um den Hals, lassen es dann aber.

Ich bin gespannt, was sich aus den beiden Dickköpfen eines Tages noch entwickeln mag. Aber im Moment konzentriere ich mich aufs Spiel. Ich selbst reiße die Arme in die Luft und entlasse einen Jubelruf in die Welt, als die New York Tigers die nächsten sechs Punkte holen.

Insgesamt ist das Spiel aber ziemlich ausgeglichen, was es erst recht spannend macht. Mal holt New York Punkte fürs Team, dann wieder Dallas. Nach dem zweiten Quarter steht es 22:15 für New York.

»Wow, was für ein Match!«, meint Tanya voller Begeisterung.

»Es ist erst Halbzeit«, kommentiert Michael matt.

»Das weiß ich selbst.« Dann wendet sie sich mir zu. »Jetzt gibt es wieder einen Seitenwechsel, oder?«

Ich schüttle den Kopf. »Nur nach dem ersten und dritten Quarter. Zur Halbzeit, also nach dem zweiten Quarter, bleiben die Seiten, wie sie sind. Frag mich nicht, warum.«

»Aber dafür gibt es gleich nach der Pause wieder einen Kickoff«, erklärt Michael. »Seitenwechsel und Kickoff wechseln sich ab.«

»Ah«, machen Tanya und ich synchron, als es in unseren Köpfen Klick macht.

Oh, Matthew verlässt mit seiner Mannschaft das Spielfeld.

Nun ist er außer Sichtweite. Und ich stelle mir vor, wie er und die anderen gerade die Köpfe zusammenstecken, um die nächsten Spielzüge zu besprechen.

»Sollen wir uns jetzt etwas zu trinken holen?«, frage ich.

»Nein«, erwidern Tanya und Michael im Chor – und in strengem Ton.

Verwundert sehe ich die beiden an. »Aber das Spiel dauert noch eine Weile.«

»Na und?«, fragt Tanya. »Beim Kiosk ist es sicher voll. Willst du riskieren, etwas zu verpassen. Ausgerechnet jetzt, wo … es so spannend ist.«

Ungläubig starre ich aufs leere Spielfeld. »Was soll ich bitte verpassen – die Pause?«

»Ja, die Pause!«, meint sie entschlossen. »Die gehört auch zum Spiel dazu, oder nicht? Und ich will bei meinem ersten Mal nichts auslassen.«

»Du kannst doch hierbleiben und ich bringe dir etwas mit«, schlage ich unter Schulterzucken vor.

»Nein, du musst bei mir bleiben!«, befiehlt sie und hakt sich bei mir ein. »Lass mich bitte nicht mit Michael alleine.«

»Hä?«, entfährt es ihm.

Da tauschen die beiden Blicke aus, die ich nicht ganz deuten kann. Als wüssten sie etwas, von dem ich keine Ahnung habe.

Moment mal!

Auf einmal beschleicht mich doch eine Ahnung.

Läuft da längst etwas zwischen den beiden?

Ohne mich einzuweihen, na so etwas! Aber vielleicht ist es dafür noch zu frisch und sie wollen es erst mal für sich behalten. Hm, vielleicht sehe ich auch schon Gespenster. *Wer weiß.*

Noch immer tauschen die zwei Blicke aus, als würden sie sich über ihre Augen unterhalten – um nicht zu sagen: leidenschaftlich diskutieren.

Schließlich seufzt Michael. »Gut, von mir aus. *Ich* gehe Getränke holen. Einmal Cola für alle? Kommt sofort.« Schon erhebt er sich, schlängelt sich an uns vorbei und begibt sich zum Gang, um sich zum nächstgelegenen Kiosk vorzukämpfen.

Und tatsächlich. Die Minuten vergehen, ohne dass Michael schon zurückkommt. Scheinbar ist er wirklich in eine längere Warteschlange an der Kasse geraten. Viele holen sich in der Halbzeit neue Verpflegung.

»Wo ist Michael?«, fragt Tanya und sieht sich um. »Nicht, dass er es noch verpasst.«

Fragend sehe ich sie an. »Es?«

»Das Spiel«, meint sie perplex. »Was sonst?«

Ich zucke mit den Schultern. »Na ja, er wird sicher gleich wiederkommen. Zur Not versäumt er die ersten Minuten. So oft, wie er ins Stadion geht, wird er das bestimmt überleben.«

Schon kommen die Spieler zurück aufs Feld und die nächste Applauswelle ertönt. Die Player winken ihren Fans zu und stellen sich auf.

Aber ... sind die Männer von Dallas nicht plötzlich einer zu wenig, um weiterzuspielen? Und wo ist eigentlich Matthew abgeblieben?

»Meine Damen und Herren«, höre ich den Moderator sagen. Seine raue Stimme hallt durch das gesamte Stadion und zieht ein imposantes Echo nach sich. »Ehe das dritte Quarter beginnt, darf ich Ihnen eine Überraschung ankündigen. Für Dallas wird ein Spieler eingewechselt, der sich vor einiger Zeit von seiner aktiven Zeit verabschiedet hat. Doch heute will er ein letztes Mal an der Seite seiner alten Kameraden auf dem Feld kämpfen, ehe er sich wieder zu seinen neuen Kollegen gesellt.«

Was?

»Bitte begrüßen Sie mit einem kräftigen Applaus unseren Ehrenspieler – Matthew ...«

Und das Publikum führt die Ankündigung zu Ende: »Kent!«

Wie?! Bitte?!

Schon kommt er lässig auf den perfekt getrimmten Rasen getrabt. Und ich muss sagen: In diesem gepolsterten Trikot und der engen Hose macht er eine unverschämt gute Figur. In alle Richtungen winkt er seinen Fans zu und genießt den Auftritt.

Dieses Schlitzohr! Davon hat er mir gar nichts erzählt. Aber das könnte pure Absicht gewesen sein. Ja, da bin ich mir sicher. Ich kenne doch meinen Matthew. Er kann sich denken, was für ein überraschtes Gesicht ich gerade mache. Auch das genießt er bestimmt.

Er. Ist. Unmöglich.

Und dafür liebe ich ihn.

»Ist das zu glauben?«, sage ich zu Tanya, ohne meinen Blick von Matthew abwenden zu können.

»Anscheinend ist er immer für eine Überraschung gut.«

Lachend schüttle ich den Kopf. »Wahnsinn. Ein letztes Spiel, und dann auch noch für seine alte Mannschaft.«

»Ja«, stimmt Tanya mir zu. »Eine coole Aktion.«

Dann warte ich darauf, dass er den robusten Helm aufsetzt. Gehe ich nach meiner Erwartung, so wird mir auch dieser Anblick mehr als gefallen. Und gleich sehe ich ihn live bei einem Spiel. Wie cool ist das denn? Ist das vielleicht ein Geschenk von ihm an mich?

Doch da folgt die nächste Überraschung: Einer der Ersatzspieler, und zwar von den Tigers, kommt aufs Feld und geht zu Matthew. Er nimmt ihm den Helm ab und drückt ihm dafür ein Mikrofron in die Hand. Dankend nickt Matthew ihm zu, bevor der Ersatzspieler wieder an den Spielfeldrand verschwindet.

Was geht hier vor?

Längst wird Matthew auch auf dem riesigen Monitor gezeigt. Sein charmantes Lächeln erwärmt mir das Herz. Er führt das Mikrofron zu seinen verführerischen Lippen und holt Luft.

Eine Ansprache gibt es also auch noch!

»Ich danke Ihnen allen für diesen herzlichen Empfang. Football bedeutet mir viel und es ist mir eine Ehre, heute noch einmal an der Seite meiner alten Kameraden spielen zu dürfen.« Der Ausdruck in seinen Augen verändert sich. »Doch es gibt jemanden, der mir noch weitaus mehr bedeutet als Football. Dieser jemand ist heute hier und sitzt in Block 337.«

Ich! Glaube! Es! Nicht!

Kaum jagt mir dieser Gedanke durch den Kopf, da merke ich auch schon, dass *ich* nun auf dem Bildschirm zu sehen bin! Oh. Mein. Gott. Ich habe keine Ahnung, wo die Kamera steht, die mich gerade im Visier hat und mein Tun live auf den Monitor überträgt. Das ist auch egal. Ich sehe nur zu Matthew und bin sprachlos. In meiner Überraschung schlage ich die Hände vor den Mund.

»Vivien …«, sagt er liebevoll und kommt näher in meine Richtung. »Seit wir uns kennen, bin ich unsterblich in dich verliebt. Leider gab es eine Zeit, in der ich dich enttäuscht und verletzt habe. Doch egal, wie weit wir voneinander getrennt waren: In all den Jahren konnte ich dich nicht vergessen. Und du? Du hast mir verziehen und mir eine zweite Chance gegeben.« Wärme kennzeichnet seine Augen. »Und natürlich musste ich diese Chance sofort ergreifen, denn es gab nichts, was ich mir mehr wünschte, als mit dir zusammen zu sein und den Rest meines Lebens mit dir zu verbringen.«

Ich lache vor Glück und meine Augen werden feucht.

»Seitdem machst du mich zum glücklichsten Menschen auf der Welt, Viv. Weil du mir noch mehr bedeutest als Football. Und die meisten Anwesenden dürften wissen, was das heißt.«

Gerührtes Gelächter raunt durch die Reihen.

Er kommt näher. »All das bedeutet für mich Liebe, Viv. Sich zu finden, sich im anderen zu verlieren und sich gemeinsam fallen zu lassen. Zu kämpfen und zu verzeihen. Einander zu vertrauen und sich nicht vorstellen zu können, ohne diesen einen Menschen an seiner Seite zu sein.«

Als ich ihn das sagen höre, kämpfe ich mit den Tränen und presse die Lippen aufeinander.

»Und so möchte ich dich vor all diesen Leuten fragen ...«

Oh Gott. Es passiert. Es geschieht wirklich. Matthew zückt eine kleine Schmuckbox und öffnet sie, sodass ein Ring zum Vorschein kommt. Ein lautes Raunen hallt durch den Saal. Dann geht er auf die Knie. »Viv, Liebling.« Er atmet durch. Und noch nie habe ich ihn so nervös gesehen wie in diesem Augenblick. »Willst du mich heiraten?«

Ich kann es noch immer kaum glauben! Passiert das gerade wirklich? Ja, es passiert! Und damit macht er *mich* zum glücklichsten Menschen auf der Welt. Zittrig atme ich aus, ehe ich erneut die Hände vor den Mund schlage. Eine Träne kullert mir über die Wange. Überdeutlich nicke ich. »Ja!«, rufe ich, so laut ich kann. Dreimal. Und ich weiß nicht, ob er es da unten hören kann. Aber mein Abbild auf dem Monitor macht deutlich, wie meine Antwort auf die Frage aller Fragen lautet.

Ich sage Ja. Tausendmal Ja.

Als ich die Erleichterung und das Glück in seinen Augen sehe, gibt es kein Halten mehr. Tränen der tiefsten Freude rollen über mein Gesicht und ich lache vor Glück. Mehrere Kollegen beider Teams kommen zu ihm, schütteln ihm gratulierend die Hand, klopfen ihm auf die Schultern. Bob ist es schließlich, der Matthew überschwänglich in den Arm nimmt.

Ich bin überwältigt und kann die vielen Eindrücke um mich herum kaum fassen! Für eine Sekunde nehme ich wahr, dass Tanya neben mir jubelt. Auch Michael steht mittlerweile neben ihr und klatscht. Und so tun es nun immer mehr Menschen. Plötzlich scheint das ganze Stadion in begeistertes Klatschen und Jubeln auszubrechen. Unseretwegen! Weil Matthew all das hier geplant hat. Die Gefühle überrollen mich.

»Küssen! Küssen«, rufen auf einmal viele Menschen.

Erst da sehe ich, dass die *Kiss Cam* aktiviert wurde und auf mich zeigt. Doch der Platz neben mir ist leer – geistesgegenwärtig ist Tanya einen Schritt zur Seite gewichen. Mit strahlenden Augen sehe ich zu Matthew. Und was macht der Verrückte? Er läuft doch tatsächlich zum Spielfeldrand, hievt sich hoch und klettert über die Absperrung! Der Beifall wird lauter und richtig überschwänglich. Lachend schüttle ich den Kopf und kann mein Glück kaum fassen. Matthew kämpft sich durch die Sitzreihe, in der er gelandet ist. Dann trabt er den nächsten Gang hoch, bis zu der Reihe, in der ich sitze. Ohne den Blick von mir abzuwenden, arbeitet er sich von Platz zu Platz vor. Bis er vor mir steht. Wieder will ich intuitiv die Hände vor den Mund schlagen. Doch er lässt mich nicht. Zärtlich nimmt er meine Hände in seine und hält sie fest. Sanft drückt er sie nach unten, ohne sie loszulassen. Im nächsten Moment schließen wir die Augen. Matthew beugt sich leicht vor und küsst mich voller Zärtlichkeit auf die Lippen. Wieder wird das Klatschen lauter und ich vernehme etliche Jubelrufe. Seine warmen Lippen an mir zu spüren, jagt mir ein Kribbeln durch den Körper. Vor allem, als mir klar wird, dass wir damit unsere Verlobung besiegeln – vor Zehntausenden von Zeugen.

»New York und Dallas gratulieren Matthew Kent und Vivien Harper herzlich zur Verlobung!«, ertönt die raue Stimme des Moderators.

Sekunde um Sekunde küssen wir uns weiter. Ich schlinge meine Arme um seinen Hals und er umfasst mich an der Taille.

»Äh …«, macht der Moderator. »Ich befürchte, Matthew Kent ist kampfunfähig geworden. Dallas, ihr müsst einen anderen Spieler einwechseln!«

Amüsiert lachen die Zuschauer.

Und dann irgendwann geht das Spiel weiter. Und sicherlich passieren viele spannende Dinge dabei. Touchdowns werden gemacht. Fouls kommen vor. Die Schiedsrichter sind sich uneinig und müssen auf den Videobeweis zurückgreifen. Tanya und Michael unterhalten sich. Zuschauer sehen noch immer zu Matthew und mir. Aber all das ist mir egal. Jedenfalls im Moment. Denn gerade habe ich mich mit meiner großen Liebe verlobt. Wie das dritte Quarter ausgeht, erfahren wir daher erst in der Pause – als wir es endlich schaffen, uns voneinander zu lösen. Wenigstens für ein paar Minuten.

EPILOG

MATTHEW

»Nicht, Matt!«, sagt sie zu mir. Genau wie damals, als wir schon einmal hier waren, um etwas in diesen Holzbalken zu verewigen. Doch diesmal lauten ihre nächsten Worte: »Nicht so tief!«

»Aber so ist es besser«, erwidere ich und seufze. Ich verlagere mein Gewicht auf das andere Knie.

»Nein, nicht so tief rein!«, fleht sie und atmet zittrig aus.

»Liebling, der Baum ist tot. Wie oft soll ich dir das noch sagen? Du machst die ganze Romantik kaputt, wenn du mich zwingst, dich wieder und wieder daran zu erinnern.«

Vivien lacht. »Entschuldige. Ach, ich hoffe nur, die Balken werden niemals vom Schulhof entfernt. Aber wie wahrscheinlich ist das?«

»Mach dir keine Sorgen, was das angeht, Liebling. Das wollte ich dir ja noch erzählen.«

»Hm? Wovon redest du?«

»Davon, dass die Schule schon Bescheid weiß. Sobald sie die Balken loswerden wollen, kaufen wir sie ihnen ab.«

»Oh«, macht sie voller Überraschung. »Wirklich? Alle drei?«

»Ja, wieso nicht?« Intuitiv zucke ich mit den Schultern, bis ich merke, dass ich das beim Ritzen besser nicht machen sollte. »Aber bis dahin können die Balken gerne hierbleiben und den Kindern eine Freude bereiten. Irgendwann stehen die Balken dann in unserem Garten und werden Kinderaugen zum Strahlen bringen. Mehr als ein Stück Holz braucht es dazu ja oft nicht – das ist ja das Schöne an Kindern.«

»Und das Schöne an uns«, fügt Vivien an und klingt glücklich. »Weil wir uns auch immer noch für so einen Holzbalken begeistern können, der hier auf unserer alten Schule steht.«

Ich nicke. »Hier, wo alles angefangen hat, Viv.«

Sie seufzt. »Das ist wirklich romantisch, Matt!«

Da muss ich grinsen. »Wobei ... Hatte es mit Romantik zu tun, als wir diesen Balken vor einiger Zeit doch noch entweiht haben, Mrs. Kent?«

Sie gibt mir einen leichten Klaps gegen den Oberarm und tut entsetzt. »Was redest du da? Wir haben uns hier unter strahlendem Mondschein geliebt – natürlich ist das romantisch!«

Mein Grinsen wird breiter. Ich setze das Messer ab und sehe zu ihr hoch. »So nennst du das also, was wir hier gemacht haben, ja? Uns geliebt? Na, von mir aus. Immerhin haben wir dabei etwas Wundervolles geschaffen.«

Meine Frau sendet mir einen warmen Blick zu. »Ach, Matt. Das hast du schön gesagt.« Sie verschränkt die Arme. »Zumindest hast du gerade noch mal die Kurve gekriegt.«

Schmunzelnd setze ich das Messer wieder an und ritze die neue Initiale zu Ende. Ein *A* gesellt sich in unser Herz, unter die Buchstaben von Vivien und mir. Es steht für Aaron. Aaron Kent.

»Hm«, höre ich Vivien hinter mir sagen.

»Was? Nicht gut geworden?«

Sie kniet sich neben mich. »Doch, das *A* ist schön. Ich frage mich nur gerade ...« Da sieht sie mich an.

Und ich erwidere ihren Blick.

»Ob unser Sohn mehr nach dir oder nach mir kommen wird.«

Damit bringt sie mich zum Lächeln. Zärtlich lege ich die Hand an ihre Wange und streichle über ihre weiche Haut. Meine andere Hand wandert zu ihrem Bauch und gleitet über die leichte Rundung.

Grinsend zuckt sie mit den Schultern. »Ich bin nur neugierig«, meint sie. »Wird er seinen ersten eigenen Football nicht mehr aus den Augen lassen? Oder werden wir ihn dabei erwischen, wie er auf dem Sofa mit einem guten Buch eingeschlafen ist?«

Tief sehe ich ihr in die Augen. Dabei kann ich es weder sein lassen, sie zu streicheln, noch ihr ein Lächeln zu schenken. »Ach«, erwidere ich voller Zuversicht. »Ich glaube, er wird beides machen.«

ENDE

DIE AUTORIN

C. R. Scott schreibt Liebesromane, die berühren und überraschen. Gleich ihr Debütroman „Play My Game – Spiel für alle Sinne" stürmte die Top 10 der Kindle-Charts und wurde zur Schnulze der Woche gewählt. Seitdem findet jeder Roman aus ihrer Feder Tausende von Lesern.

Die Autorin lebt mit Mann und Hund neben einem großen Wald in Süddeutschland. Bei ihren Spazier- und Laufrunden durch den Wald lässt sie sich zu neuen Liebesgeschichten inspirieren. Diese Geschichten schreibt sie am liebsten im Café um die Ecke auf. Was die studierte Literaturwissenschaftlerin und gelernte Mediengestalterin zu ihren Romanen antreibt? Dass die Liebesgeschichten damit in gewisser Weise Wirklichkeit werden.

DANKSAGUNG

Folgenden Personen möchte ich für ihre wundervolle Unterstützung bei der Vollendung dieses Romans danken. Ohne diese tollen Menschen wäre diese Geschichte nicht das, was sie ist. Mein Dank geht an: Britta Horriar-Haupt, Ramona Birnstiel, Susanne Kossow, Heidi Petry, Diana Zilinski, Elfi Pyka,

Manfred Stiffel, Lea Prahm, Sarah Korte, Sabrina Bömelburg, Julia Riehs, Viktoria Scherr, Susi Stricko, Manuela Knöchel, Babsii Meyer, Susann Bauer, Nicol Liebold, Melanie Zma, Anna vo Leenem, Claudia Scholz, Tanja Becker-Schwering, Alessia Holzmann, Daniela Becker, Heidi Sprandel, Stefanie Brandt, Sabine Hamm-Zichel, Mimi Reckling, Catharina Preuß, Melanie Hermann, Wiebke Schmiady-Kuhn, Katrin Hirt, Daniela Roloff, Ilona Baldeau, Steffi De, Anna Obrok, Kioku Ryoku, Kerstin Kemnitz, Annette Ostermann, Ramona Knopf. Die Reihenfolge ist zufällig.

LUST AUF MEHR?

Auf Amazon findest du weitere Liebesromane von C. R. Scott, die berühren und überraschen.

NICHTS VERPASSEN!

Der Newsletter informiert dich über neue Romane und bietet den Abonnenten exklusive Gewinnspiele: http://newsletter.crscott.de

Printed in Poland
by Amazon Fulfillment
Poland Sp. z o.o., Wrocław